CELUI QUI VOULAIT VOIR LA MER

BERNARD CLAVEL

LA GRANDE PATIENCE

**

CELUI QUI VOULAIT VOIR LA MER

roman

LE GRAND LIVRE DU MOIS

A Armand LANOUX
qui pleurait en me parlant de sa mère.
Avec mon amitié.

Au bruit des berceaux que bercent les mères
la haine et les flots devraient s'endormir.

Th. Botrel.

Je souris, parce que la porte s'ouvrait
sur l'avenir, maman était triste parce que
la porte se fermait sur le passé.

Charles-Louis Philippe.

PREMIÈRE PARTIE

1

Le matin du 1er octobre 1939, la mère Dubois s'éveilla longtemps avant l'aube. Elle regarda du côté de la fenêtre, mais les fentes des volets étaient à peine visibles. Elle demeura immobile à cause du père qui dormait à côté d'elle, allongé sur le dos, la respiration sifflante.

Lentement, elle sortit sa main droite du lit, étendit son bras et le posa sur la couverture. Une douleur partie du bout des doigts monta dans son poignet, atteignit le coude, s'enfla comme une eau qui bouscule un barrage et vint se perdre dans l'épaule. Elle soupira, puis sortit du lit sa main gauche, moins douloureuse. Elle massa lentement son poignet, son avant-bras et son coude. La douleur semblait fuir sous sa paume. Elle quittait les muscles et les tendons pour se réfugier au centre des os et voyager d'une articulation à l'autre. Parfois, la mère s'arrêtait de masser et retenait un gémissement. Après un long moment, entrouvrant à peine les lèvres elle murmura :

— Pourvu que la pluie ne le prenne pas en route.

Elle attendit encore longtemps, les mains à plat sur la couverture piquée dont la fraîcheur lui faisait du bien. Le silence de la maison était peuplé de bruits à peine perceptibles, et qu'il fallait connaître de vieille date pour ne pas les confondre. Il y avait les craquements de bois : celui des poutres par exemple qui n'était pas le même que celui de l'escalier. Un grattement qui n'était pas le grignotti d'un rat dans le faux grenier, mais le réveil du ramier logé sous le toit. De temps à autre, un lapin tapait de la patte ou courait dans sa cage de planches et de grillage dont les cloisons sonnaient comme un tambour voilé.

La mère Dubois se souleva sur un coude pour remonter son oreiller. Le père remua.

— Qu'est-ce qu'il y a, demanda-t-il, tu ne dors pas ?

— Le jour ne doit pas être loin.

— Tu as ravagé toute la nuit; quand je te dis qu'il vaudrait mieux que tu couches dans l'autre lit.

Elle attendit un instant avant de répondre :

— On voit bien que ce n'est pas toi qui lave les draps.

Elle se tut soudain. Comme son homme recommençait de parler, elle le toucha de la main en soufflant :

— Tais-toi voir !

Ils demeurèrent l'oreille tendue quelques instants, puis elle laissa retomber sa tête sur l'oreiller en murmurant :

— Non, j'avais cru, mais ça doit être sur le chemin.

— Qu'est-ce que tu avais cru ?

— Qu'on essayait d'ouvrir la grille.

Au mouvement du traversin, elle sentit qu'il avait haussé les épaules. Il toussa, s'assit sur le lit pour cracher dans son mouchoir puis, lorsqu'il eut repris son souffle, il grogna :

— La grille ! Comme si on pouvait entendre la grille depuis là, surtout avec les volets fermés.

— La nuit, quand il n'y a aucun bruit, on entend même les gens qui marchent dans la rue. Naturellement, toi, tu n'entends pas parce que tu es dur d'oreille, mais moi, je sais bien ce que je dis.

Le père haussa la voix.

— Je suis peut-être dur d'oreille, mais n'empêche que je t'entends bien remuer et que je n'ai presque pas dormi cette nuit.

Elle se contenta de soupirer. Le silence revint dans la pièce obscure. Les bruits mêmes de la maison semblaient se taire. Le père Dubois toussa de nouveau avant de reprendre :

— Comme si ce gosse pouvait arriver ici au milieu de la nuit !

— Tu ne peux pas comprendre... Je sais bien qu'il ne risque pas d'arriver avant midi, mais ça ne se commande pas. Toi, tu as de la chance de ne penser à rien.

— Dis que je suis un imbécile.

— Je dis simplement que tu ne penses qu'à toi. Et c'est vrai. Le souci ne veut pas t'empêcher de dormir.

Elle se tut un instant, puis elle reprit avec un ricanement :

— A moins que la gelée menace de venir sur les plans de tomates ou la grêle sur les arbres...

Il l'interrompit d'une voix dure :

— Ça n'est peut-être pas important ?

— Si. Et moi aussi ces choses-là me tiennent éveillée plus souvent que tu ne crois. Seulement, mon garçon, c'est tout de même encore plus important. Mais toi, à t'entendre, on ne croirait jamais que ce gamin est parti de la maison depuis deux ans.

Le père ne répondit pas. Il avait remonté la couverture sous son menton et demeurait immobile. Il y eut encore un long moment de silence. La mère continuait de fixer les volets dont les ouvertures se dessinaient un peu mieux.

Imperceptiblement, une tache grise s'élargissait, laissant deviner le plafond.

Quand la mère se leva, le père ne dit rien. Il resta étendu, la respiration toujours un peu rapide.

Elle enfila son vieux manteau et ses pantoufles, et ce fut seulement quand elle ouvrit la porte qu'il demanda :

— Tu descends déjà ? Je te demande un peu à quoi ça rime. On n'y voit même pas. Brûler du pétrole pour quoi faire ?

— Je n'ai pas l'intention d'allumer la lampe, dit-elle. Le temps que je m'habille et que je fasse le feu, le jour sera là.

Elle l'entendit encore maugréer, mais elle avait déjà tiré la porte et ne put comprendre ce qu'il disait.

La lucarne du toit éclairait à peine les premières marches de l'escalier de bois. Elle descendit à tâtons et, dès qu'elle fut en bas, sa main se posa sur le loquet de la porte.

Dans la cuisine, c'était l'obscurité totale, à cause des vieux calendriers des Postes que le père avait cloués contre les jours des volets depuis la déclaration de guerre. La mère avança pourtant sans hésiter et, là encore, sa main trouva tout de suite l'espagnolette de la fenêtre.

L'air était frais. Le jardin encore baigné de nuit se peuplait de formes grises trapues et voûtées. Le mur qui sépare le jardin du parc de l'Ecole Normale était à peine visible. Pourtant, derrière Montaigu, le ciel jaunissait déjà. Les collines n'étaient encore qu'une longue masse noire, renflée à l'endroit où l'arbre solitaire fait comme une boule en équilibre, prête à rouler le long du coteau. Le reste demeurait dans la nuit. Et, de l'usine, seuls apparaissaient, plus hauts que la colline à cause de la distance, la cheminée et le réservoir d'eau sur ses quatre piliers de ciment. Sur la gauche, les bâtiments de l'Ecole Normale et le cèdre dépassant le toit se détachaient nettement sur le ciel.

La mère Dubois se pencha sur la barre d'appui pour accrocher les volets ouverts, puis referma la fenêtre. Quelques reflets incolores zébraient les cuivres de la cuisinière. Elle chercha le tisonnier, enleva les cercles de fonte et se mit à gratter le foyer. Son geste découvrit quelques braises encore rouges qui dormaient sous la cendre tiède. Elle froissa deux pages d'un journal et chercha une poignée de brindilles. La flamme monta bientôt par le trou rond, éclairant le mur et le plafond. La mère la rabattit avec deux petits rondins d'acacias, puis replaça les cercles. Le feu pétillait avec un ronflement qui s'en allait mourir dans le gros tuyau. A hauteur de la clef, une lueur minuscule s'allumait par instant. Une grande tache de lumière tombée de la grille dansait sur le plancher et léchait le pied de la table. Au plafond, un petit rond doré tremblotait.

La mère Dubois approcha du feu la chaise où étaient ses vêtements et commença de s'habiller.

A présent, le jour montait plus vite derrière l'horizon et le mur de l'Ecole Normale s'était déjà rapproché. Bientôt, les taches rouges de « *La Vache qui Rit* » apparurent sur le château d'eau de l'usine. Le sommet des monts s'arrondissait, les haies découpaient la pente où quelques arbres mettaient des traînées rousses. Au pied de la cheminée, l'usine prenait forme avec sa terrasse, ses grandes baies que bleuissaient des reflets de ciel et, plus loin, les toits de ses garages.

La mère Dubois avait posé sur la cuisinière une casserole où l'eau se mit bientôt à chanter. Dès qu'elle eut achevé de s'habiller, elle prit le bidon à lait et sortit.

Le jour était là. Avec le jaune des feuilles, le jardin paraissait presque aussi lumineux que le ciel. Sous le grand poirier, l'allée était toute dorée.

Dans la rue des Ecoles, quelques ouvriers des Salines de Montmorot passaient à pied ou à bicyclette. Une femme salua la mère Dubois qui se tenait debout près de la grille ouverte, les mains dans un grand châle noir dont les deux pointes pendaient sur sa poitrine plate. Elle attendit ainsi un long moment, fixant le bas de la rue. Bientôt la fenêtre de la maison qui fait face au jardin s'ouvrit. Mlle Marthe se pencha, regarda vers le haut de la rue, puis demanda :

— Alors, madame Dubois, est-ce qu'il fera beau ?

La mère Dubois interrogea le ciel à l'est, eut un geste vague sans retirer ses mains de son châle, et hocha la tête en disant :

— Ma foi, on ne saurait trop s'avancer.

— Vous attendez la laitière ?

— Oui, et je ne sais pas l'heure qu'il est exactement.

La vieille fille quitta la fenêtre et revint en disant :

— Elle ne passe guère avant la demie, et il est à peine plus du quart.

— Avant la guerre, c'était commode, la sirène de l'usine. Tous les matins, on avait l'heure exacte.

Mlle Marthe se mit à rire en disant :

— Mais c'est dimanche aujourd'hui, madame Dubois, vous n'y pensez pas; et même si la guerre n'était pas là, la sirène de l'usine ne sonnerait pas.

— C'est vrai, je ne sais plus où j'ai la tête.

— Vous voulez entrer un moment ? demanda la Marthe.

— Non, voyez-vous, il ne fait pas froid. D'habitude, je laisse mon bidon, elle sait ce qu'elle doit mettre; mais ce matin, faut que j'en prenne un litre, mon Julien rentre aujourd'hui. Et, à partir de ce matin, il me faudra un litre tous les jours, puisqu'il va rester avec nous.

La vieille fille sourit, puis, après avoir regardé elle aussi du côté où la rue des Ecoles rejoint en biais la rue des Salines, elle proposa :

— Si ce n'est que ça, vous pouvez laisser votre bidon. Je lui dirai, il faut que je prenne du lait également.

— Merci, mademoiselle Marthe, dites-lui bien, un litre par jour.

La mère Dubois posa son bidon sur la dalle bordant le premier carré, contre le gros piquet de bois goudronné qui supporte la boîte aux lettres; puis, ayant repoussé la grille, elle revint vers la maison.

Elle marchait lentement. Elle poursuivait du regard le jardin autour d'elle et le fond de l'allée que ferme le hangar de planches grises. Le soleil devait être à présent tout près d'apparaître au sommet des monts. La lumière était de plus en plus vive, et partout le rouge et l'or des feuilles effaçaient ce que la terre retenait encore de nuit. La mère Dubois ne voyait rien vraiment. C'était seulement la lumière du matin qui entrait en elle. Un flot tiède de lumière qui emplissait sa poitrine, serrait par instant sa gorge comme un sanglot ou une envie de rire.

Avant d'entrer dans la maison, sur le petit palier devant la porte qui donne directement dans la cuisine, elle se retourna. Entre les arbres, les façades qui bordent l'autre côté de la rue apparaissaient par endroits. Plusieurs fenêtres déjà étaient ouvertes. Le pignon de la grosse maison des Magnin, bien plus haute que les autres, accrochait le premier rayon du soleil.

2

QUAND la mère entra, le père était debout devant la cuisinière. Le pique-feu à la main, il se retourna pour crier :

— Je ne sais pas où tu as la tête. Tu mets de l'eau sur le feu et tu t'en vas.

— Je suis allée porter le bidon.

— Il ne faut pas deux heures.

— Fallait que je voie la laitière...

— Ton eau bout et ça coule sur le fourneau.

— La belle affaire !

Le père eut une hésitation. Il avait poussé la casserole qui dansait à présent sur son fond légèrement bombé, à côté du gros tuyau noir et luisant.

— Bien sûr, reprit-il, avec toi, rien n'a d'importance, on peut tout détruire.

— Ta cuisinière nous enterrera tous les deux. Ça n'est pas quatre gouttes d'eau...

Il l'interrompit pour lancer :

— Je ne parle pas seulement pour cette casserole, mais

tu n'as même pas mis d'eau dans la bouillotte; quand elle sera crevée, tu iras la faire refaire, toi. Tu verras ce que ça coûtera.

La mère ne répondit pas. Elle eut un geste vague comme pour s'excuser, et se dirigea vers le placard d'où elle sortit deux bols. Le père mit une bûche dans le foyer, régla le tirage, puis, ayant accroché le pique-feu à la barre de cuivre, il s'assit devant la fenêtre en reprenant :

— Sans compter que tu ne trouverais peut-être pas seulement un bon ouvrier pour le faire. Avec la guerre, il a dû en partir pas mal. Avant, il y avait l'Henri Mahut, qui était un homme sérieux, et adroit et tout; mais depuis qu'il est mort, je ne sais pas ce que vaut son successeur. D'ailleurs, il doit sûrement être mobilisé, comme les autres...

La mère ne l'écoutait plus. Elle s'était mise à moudre le café. Assise sur la deuxième marche de l'escalier qui monte vers les chambres, elle avait placé le moulin entre ses cuisses, dans le creux de son tablier noir à fleurettes grises. Lentement, elle tournait la manivelle, le regard perdu, loin dans le ciel où la lumière grandissait très vite, chassant quelques nuages mauves et jaunes.

Pris par une quinte de toux, le père s'arrêta de parler. Lorsqu'il eut replacé les cercles de fonte sur le foyer où il venait de cracher, et que la mère eut cessé de faire tourner son moulin, il y eut un long moment de silence. Elle s'était levée et commençait de verser la poudre noire dans le filtre de fer, quand le père l'arrêta en lançant :

— Qu'est-ce que tu fais ?

Elle sursauta. L'écart de sa main fit tomber un peu de café sur la toile cirée à carreaux bleus et blancs délavés qui recouvre la table.

— Ce... ce que je fais ? Mais... mais tu es bête de crier comme ça !

— Enfin quoi, je ne sais pas ce que tu as ce matin, mais tu n'as pas mis de chicorée.

Elle s'énerva, posa sur la cafetière le petit tiroir de bois patiné du moulin et retourna vers le placard pour y prendre la boîte de chicorée.

— Ce que j'ai, ce que j'ai, fit-elle... Je suis fatiguée parce que j'ai mal dormi cette nuit.

Le père eut un grognement et hocha la tête sans rien dire.

— Parfaitement, reprit la mère, tu peux penser ce que tu veux, tu verras bien si le temps ne se met pas à la pluie avant deux jours. J'ai mal dans les mains et les genoux depuis hier. Et ma hernie aussi me fait mal.

— Tu as fait ta lessive. C'est chaque fois la même chose.

— Et si je ne la faisais pas, personne ne viendrait la faire à ma place. Personne ne vient te faire ton jardin, à toi. Hé bien, c'est pareil pour tout. Tu le sais bien. Ça ne sert à rien de toujours revenir sur les mêmes choses !

Quand elle eut achevé de préparer son filtre, elle versa un peu d'eau bouillante sur la poudre de café moulu, puis elle dit en sortant :

— Tu continueras de passer le café, je vais chercher le bidon de lait.

A présent, toute une moitié du jardin était baignée de soleil. L'autre moitié — celle qui se trouve du côté de l'Ecole Normale — était encore le domaine de l'ombre grise et bleue. Seules les cimes des arbres étaient éclairées. Partout, cependant, la lumière se coulait, vive ou atténuée, presque semblable à cette brume qui pénètre même les vêtements.

Une fois passé le grand poirier, la mère Dubois s'arrêta. C'était le coin le mieux exposé du jardin. Le père y avait installé deux couches, à cause de la maison des Piolat qui barre la route au vent du nord. Le soleil était chaud. La mère le sentait sur ses bras et ses mains où la douleur n'était qu'à demi endormie.

Les gens qui montaient à présent la rue des Ecoles étaient endimanchés. Ils marchaient gravement, leur livre de messe dans leur main droite, le bras replié sur la poitrine. Des enfants passèrent aussi. Ils portaient également leur missel, mais ils allaient plus vite en poussant à grands coups de pieds une vieille boîte de conserve.

La mère les regarda s'éloigner. Elle eut envie de leur crier qu'ils allaient abîmer leurs chaussures, mais elle ne dit rien. Quand ils eurent disparu au tournant du lycée, elle prit son bidon et revint vers la maison. Le soleil était de plus en plus chaud. Cependant, la mère pressa le pas. Le père devait attendre devant son bol vide. La lumière plus forte montrait l'avance du jour, la mère regardait sans cesse le recul de l'ombre vers le pied du mur de l'école, et pourtant, il lui semblait que le temps s'était arrêté soudain, que cette matinée n'en finirait jamais de couler.

3

APRÈS son petit déjeuner, le père Dubois gagna le jardin. La mère lava les bols, remit une bûche dans la cuisinière et descendit à son tour. Elle prit à la cave un sécateur et une poignée de fils de raphia qu'elle enfila sous le cordon de son tablier, puis elle chaussa ses sabots et se dirigea vers le fond de la propriété. A mi-chemin entre la maison et le hangar, il y avait, cette année-là, une longue bande de terre plantée de glaïeuls dont les plus tardifs se trouvaient en pleine floraison. La petite allée qui mène à la pompe était bordée, d'un côté par des zinnias et des fuchsias et, de l'autre, par des asters blancs et mauves qui faisaient comme une neige fine sur la verdure sombre des buis.

La mère se mit à choisir ses fleurs qu'elle coupait ensuite pour les lever à hauteur de son visage et les examiner un instant avant de les prendre dans sa main gauche. Elle allait d'une plante à l'autre, se retournait, cherchait la tache de couleur qui manquait à son bouquet, puis recommençait à couper. De temps à autre, elle posait son sécateur, empoignait le lien de raphia dont une extrémité pendait, et le passait deux fois autour des tiges.

Quand elle eut composé ainsi trois gerbes, elle les apporta devant la maison, sur la table de fer où elle les posa pour achever d'arranger les fleurs. Elle coupa encore quelques roses qu'elle piqua çà et là, avant d'emplir d'eau claire deux seaux où elle planta ses gerbes.

Le père, qui venait de donner du foin à ses lapins, arriva en époussetant de la main son tablier bleu à large poche.

— C'est pour qui, ces gerbes ? demanda-t-il.

— Pour une femme de Montmorot. Elle doit venir les chercher avant midi.

— Tu n'en as pas d'autres à faire ?

— Non, pourquoi ?

Il eut un léger haussement d'épaules.

— Ma foi, quand Julien arrivera, il aura probablement faim, il ne faudrait peut-être pas trop tarder...

— Oh ! mais tu m'agaces, fit-elle. Il ne sera certainement pas ici avant midi, peut-être même une heure. J'ai tout de même le temps !

Le père fit la grimace. Il semblait se retenir de crier. Une main sur la rampe d'escalier, le pied sur la première marche, il demeura un moment immobile à observer la mère qui était retournée couper trois roses à quelques pas de la terrasse. Comme elle revenait lentement, l'œil fixé sur ses fleurs, le père se décida :

— Moi, fit-il, ce que j'en dis, c'est comme tu voudras, mais tu sais que ton lapin n'est même pas coupé.

Elle acheva de ficher ses roses à leur place, avant de lancer en se relevant :

— Mon pauvre Gaston, tu es de plus en plus pénible, je me demande ce que tu seras dans dix ans.

Le père monta. Arrivé sur le palier, il bougonna comme pour lui :

— Dans dix ans, il y a beau temps que je sucerai les mauves par la racine. Et toi, tu auras enfin la paix.

Posant son sécateur et le reste de son raphia sur le banc

de pierre, elle regarda le père entrer dans la cuisine. Avec un soupir et un hochement de tête, elle murmura :

— Mon pauvre homme, c'est tout ce que tu sais dire.

Elle se rinça les mains dans le grand baquet de zinc qui est sous la gouttière, au pied de l'escalier, avant de monter à son tour. Elle trouva le père penché sur le grand tiroir du bahut dont il sortit un long couteau de boucher, un couperet et un petit couteau pointu.

— C'est ça, dit la mère, aiguise-moi tout ça.

Le père prit le fusil et se mit à affûter les lames, tandis que la mère installait sur la table sa planche à hacher, où elle allongea le corps rouge et nacré d'un lapin dont seules les pattes gardaient encore leurs poils gris.

— Il est beau, dit-elle. Il y en a encore deux gros qu'il faudra tuer avant les froids.

— J'aurais aimé garder un beau mâle. Si la guerre continue, la viande peut augmenter, les lapins se vendraient bien.

— On pourra toujours porter les lapines au mâle chez l'Evariste.

— Ma foi, fit-il, comme tu voudras.

A présent, le soleil entrait en plein par la fenêtre et inondait la table. Par la porte qui donne au nord, une autre lumière venait, plus fraîche et comme bleutée.

— Alors, demanda le père, tu fais le derrière au vin blanc pour midi, et tu feras le reste en civet pour demain ?

— Bien sûr.

— Mais tu le fais mariner ?

— Evidemment.

— Je vais aller chercher le vin et je t'éplucherai les oignons et les échalotes.

— Tu ne te rases pas ? demanda-t-elle.

Le père se passa machinalement la main sur le menton. Sa barbe blanche piquetait de points luisants son visage tanné et strié de rides.

— Je me raserai quand le dîner sera en route, dit-il.

— Tu as vraiment peur de ne pas manger, grogna la mère.

Il fit une grimace qui retroussa sa lèvre supérieure et souleva sa moustache jaunie par le tabac, mais il sortit sans rien dire. Dès qu'il eut disparu, la mère fit une moue et un geste de lassitude en murmurant :

— Mon Dieu, je me demande comment ça va aller. Je me demande !

Elle empoigna les pattes de derrière du lapin qu'elle retourna sur la planche à plusieurs reprises. Elle commença par détacher les deux cuisses en cherchant les articulations qu'elle faisait craquer, coupant avec la pointe de son petit couteau les tendons qui résistaient. Ensuite, elle prit le couperet pour entamer le râble de la bête.

Le père revint bientôt, portant d'une main un litre de vin rouge et, de l'autre, une bouteille poussiéreuse à cachet de cire jaune.

— J'ai pris du Pannessières de 1929, comme ça, nous boirons ce que tu ne mettras pas dans le lapin. Il est très bon, mais il n'en reste plus que quelques bouteilles.

— Tu sais bien que Julien, le vin, ça ne l'intéresse pas beaucoup.

— Je ne sais pas, moi, je pense bien faire, et voilà que je tombe encore à côté.

— Je ne dis pas ça.

Ils se turent tous deux pendant un long moment. Le père s'était assis sur le balcon, et il avait posé dans le creux de son tablier trois gros oignons, une tête d'ail et une poignée d'échalotes. Il se mit à les éplucher de ses gros doigts couturés aux ongles courts et larges, presque plats. La mère l'observait de temps en temps à la dérobée puis, après s'être assurée qu'il ne la voyait pas, elle se retournait pour lire l'heure au réveil posé sur le bahut.

Pour elle, la matinée s'éternisait. Elle se hâtait sur son ouvrage tout en essayant d'imaginer la route. Elle y parvenait mal. Elle avait l'habitude de se rendre à Dole par le chemin de fer et chaque gare, chaque halte de cette ligne lui était familière; mais, de la route, de longues portions lui échappaient. Entre le Deschaud et Sellières, par exemple, tous ces bois qui se ressemblent... Il y a bien quelques fermes, quelques villages, mais à certains endroits un cycliste pourrait tomber et rester des heures sans secours.

Le père se leva et revint près de la table où il posa ses légumes épluchés. De sa main gauche, il retenait les deux pointes de son tablier où se trouvaient les peaux qu'il alla jeter dans la caisse à bois en disant :

— Nous aurons un vilain hiver : *quand les oignons ont trois pelures, grandes froidures.*

— Si la guerre n'est pas finie, ce ne sera pas drôle pour les pauvres bougres qui auront les pieds dans la neige.

— Finie, ricana le père, je t'ai déjà dit qu'il y en a pour plus longtemps qu'en quatorze.

— Oh ! toi, si on t'écoutait !

— Tu verras, tu verras.

Il eut un instant d'hésitation. Il avait mis ses deux mains dans la poche de son tablier, et suivait le travail de la mère qui achevait de découper les pattes de devant du lapin.

— Tu prends la grande cocotte ? demanda-t-il.

— Mais je me débrouillerai bien, rase-toi donc.

Il hésita encore avant d'aller chercher une longue boîte de bois blanc d'où il sortit son rasoir, son blaireau et son cuir à affûter. Il puisa ensuite de l'eau chaude dans la bouillotte qu'il remplit avec l'arrosoir, et se mit à savonner son visage. Il avait ouvert et retourné le col de sa chemise et quitté sa casquette. Il se regardait dans un petit miroir ovale à cadre de bois sculpté qu'il avait suspendu à l'espagnolette de la fenêtre. La mère observait parfois son crâne blanc qui luisait au soleil. Il avait le cou mince et les oreilles décollées de sa tête couronnée par quelques cheveux gris très courts, et qu'il faisait raser dès qu'ils atteignaient deux centimètres. De ses manches de chemise retroussées jusqu'aux coudes, sortaient ses avant-bras bronzés dont les muscles secs roulaient sous la peau comme des cordes tordues.

Il y eut un long moment de silence troublé seulement par les bruits de la cuisinière où le feu ronflait, où la bouillotte chantait. Puis le père passa et repassa longuement son rasoir sur le cuir avant d'en faire crisser le fil sur sa paume calleuse.

— Un jour, tu te couperas, dit la mère.

— Ça fait pas loin de vingt ans que tu me le répètes chaque fois que tu me vois me raser.

— Tu verras que ça finira par t'arriver.

Il ne répondit pas. La tête inclinée sur l'épaule gauche, le bras en cercle par-dessus le crâne, il tirait vers le haut la peau de sa joue droite qu'il rasait d'un geste précis et sûr. Lorsqu'il eut achevé et jeté dans le feu le morceau de journal où il avait essuyé son rasoir, il emporta sa cuvette et alla se laver sur le palier. Quand il se redressa, le visage ruisselant, il lança :

— Voilà quelqu'un, ça doit être ta bonne femme pour les fleurs.

La mère sortit sur le pas de la porte, jeta un regard vers l'allée et rentra en disant :

— C'est elle.

— Pourvu qu'elle ne te tienne pas la jambe une heure.

La mère, après s'être essuyé les mains au torchon qui avait servi à envelopper le lapin, revint sur le palier en disant :

— Surtout, ne ronchonne pas. Quand tu grognes, les gens t'entendent depuis le bas et ça n'est pas agréable pour moi.

— Mais aussi, ces bonnes femmes ont toujours des heures à perdre. Je me demande comment elles font, et qui s'occupe de leur ouvrage pendant qu'elles blaguent.

Comme la femme atteignait la terrasse, la mère coula un regard au réveil avant d'ajouter à voix basse :

— Tais-toi. Je te dis que nous avons tout le temps. Julien ne sera pas ici avant midi, ça n'est pas la peine de t'impatienter de la sorte. Ce lapin est tendre comme tout, il sera vite cuit.

Lorsqu'elle descendit l'escalier, souriant à la cliente qui avançait, elle entendit encore le père qui bougonnait :

— Je ne m'impatiente pas, mais je sais comme ça fait. Je ne tiens pas à me mettre à table à des points d'heures.

4

Il n'était pas encore onze heures et demie quand la mère entendit claquer la grille. Elle se précipita sur le palier. Le père qui lisait le journal sur le banc, leva la tête et la regarda par-dessus les verres de ses petites lunettes ovales à monture de fer.

— Tu veux quelque chose ? demanda-t-il.

— J'ai entendu la grille.

— Ah ! Je n'ai rien entendu, moi.

Le père replia son journal, le posa sur le banc et, prenant ses lunettes à la main, s'avança jusqu'à la grande allée. Aussitôt arrivé, il se retourna pour lancer :

— C'est lui !

Entre les branches des poiriers, la mère avait vu une ombre avancer plus vite qu'un piéton. Elle avait compris : ce ne pouvait être que Julien. Et, déjà, elle était au pied de l'escalier. Elle atteignit la grande allée au moment même où le garçon arrêtait sa bicyclette devant son père et posait un pied sur la dalle qui borde le massif d'œillets.

— Bon Dieu, il a encore forci, dit le père.

La mère ne lui laissa même pas le temps de poser sa

machine. Elle l'attira contre elle et l'embrassa longuement. Puis, se reculant sans lâcher ses épaules, elle le regarda en disant :

— Tu es trempé de sueur. Il faut te changer tout de suite. Mon Dieu, c'est vrai que tu as encore grandi !

Julien appuya son vélo contre le piquet du séchoir à linge et embrassa son père.

— Ta mère a raison, tu es en nage, observa le père. Tu n'avais pas besoin d'aller si vite, le lapin n'est pas encore cuit et le couvert n'est pas dressé.

Julien se mit à rire.

— Comme si je revenais pour le lapin, dit-il.

La mère riait aussi. Le père fit la moue un instant puis, souriant à son tour, il tira de la poche de son tablier un petit étui de cuir où il glissa ses lunettes.

— Tu n'es peut-être pas rentré pour ça, fit-il, mais tu dois avoir faim tout de même; les kilomètres, ça creuse l'estomac, surtout à ton âge.

Julien détachait sa valise de son porte-bagages.

— Laisse ça tranquille, dit la mère, viens vite te changer.

— Mais je n'ai pas besoin de me changer.

— Tu ne vas tout de même pas rester avec une chemise trempée sur le dos. Allons, viens vite.

Il monta l'escalier derrière elle, tandis que le père achevait de détacher la valise.

Julien alla se laver dans le petit évier attenant à la cuisine. La mère sortit de la commode de la salle à manger un maillot et une chemise qui sentaient bon les fleurs des prés. Debout au milieu de la cuisine, elle demeura immobile, les vêtements posés sur ses deux mains ouvertes, le regard rivé à la porte de l'évier. Son sang battait fort à ses tempes; elle avait le souffle un peu court, comme les jours où elle aidait son homme à ramener la charrette du marché, et qu'il fallait peiner pour monter l'avenue du Lycée.

Quand Julien parut, le torse nu, elle sourit.

— Comme tu es fort, dit-elle.

Il prit les vêtements qu'elle lui tendait.

— Merci, maman, dit-il.

— Je ne vais plus pouvoir t'appeler mon petit. Il faut que je t'appelle mon grand. Mon grand Julien.

— Remarque bien que tu pourrais m'appeler Julien, tout simplement.

Elle hésita un instant, avant de dire :

— Ce sont les autres qui t'appellent Julien. Tout le monde peut t'appeler comme ça. Moi, il faut tout de même bien que j'aie quelque chose... Un droit de plus que les étrangers.

Julien s'habillait. Quand il leva les bras pour passer son maillot, elle remarqua ses côtes saillantes sous la peau.

— Tu es plus grand et plus fort, dit-elle, mais tu as besoin de manger un peu à ta faim, on te compterait les côtes.

Soulevant son maillot, Julien s'examina, gonflant sa cage thoracique.

— Non, non, dit-il, ce ne sont pas mes côtes que tu vois, ce sont les intercostaux. Ce sont des muscles, tu peux y aller, ils se voient comme ça parce que je n'ai pas de graisse du tout.

La mère éclata de rire. Un rire comme il ne lui en était pas venu depuis des mois.

— Ah ça, pour ce qui est de la graisse, tu peux le dire, tu n'en as pas un pouce. C'est bien certain.

— Mais il ne faut pas en avoir, c'est très mauvais.

La mère continuait de rire. Quelque chose en elle s'était déclenché, comme un ressort longtemps retenu.

Le père les rejoignit avec la valise.

— Laisse-la dans la cour, cria Julien, c'est du linge sale, s'il y a des punaises dedans, c'est pas la peine d'en rentrer dans la maison.

— Mon Dieu, s'exclama la mère, c'est vrai, ces cochonneries !

— Si c'est pas malheureux, dit le père. Quand je pense

comment les commis étaient traités chez nous, lorsque nous avions encore la boulangerie.

Il redescendit la valise tandis que la mère, se rapprochant de Julien, le contemplait en disant :

— C'est fini, à présent. En travaillant à Lons même, tu mangeras et tu coucheras ici. Que je puisse un peu m'occuper de toi !

Elle marqua un temps, s'approcha de la cuisinière et souleva le couvercle de la cocotte de fonte noire en reprenant :

— Je vais pouvoir m'occuper un peu de toi. Il me semble qu'il y a une éternité que tu es parti.

La cuisine s'était emplie d'une bonne odeur de viande rôtie. Le soleil, plus au sud, n'éclairait que le chambranle de la fenêtre, mais le mur du jardin, entre les arbres jaunes, était éblouissant. Au-dessus, derrière la colline, par contraste, le ciel clair paraissait presque gris.

La mère acheva de mettre le couvert, s'arrêtant à chaque instant pour admirer Julien, debout sur le balcon, les mains et le dos contre la rampe de fer. Le père remonta de la cave une carafe d'eau couverte de buée, la posa sur la table et s'assit devant son assiette.

— Allons, Julien, dit-il, tu dois avoir faim.

Julien s'approcha et prit place à son tour. La mère avait envie de dire : « C'est toi qui as faim, Gaston. Tu as l'habitude de te mettre à table à midi, et même pour l'arrivée de Julien, tu ne voudrais pas patienter une minute ! Tu as tes manies. Tu es tout plein de manies ! » Elle avait envie de dire cela. Elle le répétait souvent, que son homme avait des manies. Cependant, elle se tut. De nouveau elle se tourna vers Julien. Il était grand et fort. Son visage était celui d'un homme. Presque dur déjà, avec encore, dans les yeux, quelque chose qui rappelait le petit garçon de quatorze ans, parti deux années plus tôt pour faire son apprentissage de pâtissier.

Julien était un homme pourtant, et, en le retrouvant, la mère se répétait qu'elle n'avait encore jamais rencontré un homme qui fût aussi beau que son garçon.

5

Après le déjeuner, la mère demeura seule. Le père était monté faire sa sieste et Julien s'était rendu à la ville pour tenter de retrouver quelques camarades.

La mère commença par faire sa vaisselle et balayer la cuisine. Elle allait sans bruit sur ses pantoufles à semelles épaisses, et accomplissait sa besogne avec des gestes prudents, à cause du père qu'elle ne voulait pas réveiller.

Dès qu'elle eut terminé, elle descendit dans la cour et ouvrit la valise de Julien. Elle se mit à en tirer le linge, l'examinant pièce par pièce, avant de le jeter dans une grande corbeille à lessive. Elle souriait, hochant la tête quand elle découvrait un accroc plus large que les autres, grimaçant un instant chaque fois qu'elle tirait un maillot crasseux ou une toque blanche auréolée de sueur, tachée de sucre et noircie de charbon. Lorsqu'elle eut terminé, elle soupira profondément en murmurant :

— Pauvre grand, pauvre grand !

Tout cela sentait la pâte moisie et la transpiration, et

pourtant, la mère s'attendrissait à dépouiller cette crasse et à respirer cette odeur qui était celle de son garçon.

Elle avait à peine terminé, lorsque Mlle Marthe arriva. Mlle Marthe portait sa robe noire des dimanches avec un petit col blanc qui montait très haut. Elle n'avait pas de chapeau, mais ses cheveux étaient tirés en arrière et son chignon gris retenu par trois larges peignes où scintillaient quelques brillants.

— Alors, demanda-t-elle, vous êtes heureuse, madame Dubois, le voilà rentré votre Julien ?

La mère se contenta de sourire en montrant la corbeille de linge.

— C'est le revers de la médaille, dit la vieille fille.

— Ah, vous savez, j'en laverais bien dix fois autant tous les jours pour le garder avec moi.

Elles s'étaient éloignées un peu de la maison.

— Tenez, dit la mère, aidez-moi, nous allons porter ce banc un peu plus loin, pour ne pas être juste sous la fenêtre. Mon mari se repose un peu.

Elles allèrent s'asseoir sous un grand pommier, en bordure d'une petite allée transversale. Le soleil jouait entre les feuilles, l'air était tiède, avec de longs moments d'immobilité que suivaient des remous incertains. Les feuilles tombées se soulevaient un instant, couraient quelques mètres, puis s'arrêtaient au coin d'une dalle ou s'accrochaient au pied d'un groseiller.

— Vous nous avez apporté *L'Illustration* de la semaine passée, dit la mère, mon mari aime mieux ça que le journal, à cause des photographies.

— Oui, c'est vrai qu'ils ont de bonnes gravures. Parfois même on se demande comment ils peuvent les obtenir. Il y a des photos d'Hitler qui ont été prises ces temps-ci. Un homme qui travaille dans le même atelier que moi, dit que tout cela est la preuve que le monde est pourri. Il prétend que tous les gouvernements sont d'accord entre eux pour faire tuer les malheureux, simplement parce que le globe est surpeuplé. Il dit aussi que la guerre durera tant que les fabricants n'auront pas vendu tous leurs canons et leurs fusils.

La mère avait froncé les sourcils. Son visage se tendit et sa voix se fit très dure lorsqu'elle lança :

— Cet homme ne sait pas ce qu'il dit. Cette guerre ne peut pas durer. Vous verrez qu'avant deux ans, elle sera finie !

— Et qu'est-ce qui vous permet d'affirmer une chose pareille ?

La mère réfléchit un instant. Le visage toujours tendu, elle regardait Mlle Marthe qui souriait à demi. De temps à autre, sa main gauche massait son poignet droit où la douleur était revenue, comme ramenée par sa colère.

— Enfin, finit-elle par dire, pourquoi votre bonhomme aurait-il raison davantage que moi ? Qu'est-ce qui lui permet, à lui, de dire que la guerre va durer une éternité ?

Mlle Marthe ouvrit le magazine sur ses genoux. Elle le feuilleta rapidement, pour s'arrêter à une page qu'elle montra du doigt en expliquant :

— Il n'y a pas que lui qui le dise. Tenez, lisez cet article.

La mère prit la revue. Il y avait, en haut de la page, une petite carte du front franco-allemand, accompagnée de quelques commentaires sur les récentes opérations. Puis, en dessous, un titre sur deux colonnes : *« L'Activité Internationale »*. De nouveau, Mlle Marthe pointa son index sur le papier en précisant :

— C'est ça, vous voyez. Là où il y a marqué : *« Le Discours de Dantzig »*. Ça n'est pas la peine de tout lire. On raconte ce qu'Hitler a dit au sujet de sa victoire en Pologne. Et puis, on explique pourquoi il n'a pas proposé de terminer la guerre. Tenez, à partir d'ici.

Lentement, s'arrêtant à la fin de chaque phrase, la mère se mit à lire :

— *« La ferme attitude de l'Angleterre et de la France, et leurs affirmations réitérées de poursuivre la guerre tant que l'Europe n'aurait pas été délivrée de la menace d'hégé-*

monie allemande l'a sans doute convaincu de l'inutilité de la tentative. »

Mlle Marthe l'interrompit pour lancer :

— Hein, vous voyez, et ce n'est pas tout. Tenez, lisez un peu plus loin.

La mère reprit sa lecture :

— *« Le Führer s'en est pris ensuite à l'Angleterre et à ses bellicistes, renouvelant la manœuvre déjà esquissée par le maréchal Gœring pour rompre la solidarité franco-britannique. Il a répété qu'il n'avait aucune revendication à l'Ouest, mais que si l'Angleterre voulait la destruction du régime actuel de l'Allemagne la guerre pourrait durer trois ans, ou cinq, ou sept, mais que l'Allemagne ne capitulerait jamais. »*

La mère se tut. Elle laissa retomber la revue sur ses genoux, et, relevant lentement la tête, le regard perdu dans le fouillis du jardin, elle murmura lentement :

— Trois ans, cinq ans...

— Hé oui, dit Mlle Marthe, et peut-être plus encore. Sûr que ce n'est pas encourageant.

S'animant soudain, la mère se tourna vers la vieille fille en lançant :

— Mais dans trois ans, mon garçon aura presque vingt ans. Et peut-être qu'on fera comme en 17; peut-être qu'on les appellera avant l'âge !

Elle se tut. Quelque chose s'était noué en elle. Une douleur moins précise, mais bien plus aiguë que celle du rhumatisme qui lui serrait le poignet. Il y eut un long moment de silence, avec juste le froissement des feuilles sèches qui couraient dans la petite allée.

D'une voix égale, sans colère, la mère se mit à parler :

— Je me souviens, pendant l'hiver 17-18, j'étais chez ma sœur, mon beau-frère est venu en permission. Il était, je ne sais plus où, dans le Nord. Lui, il était mobilisé depuis le début, mais il nous parlait de tous ces petits gars des jeunes classes, qui se faisaient tuer comme rien, aussitôt qu'ils arrivaient sur le front. Ce qu'il a pu en tomber, de ces petits gars !

Sa voix s'étrangla. Sa voisine se tourna vers elle et demanda :

— Il a quel âge, exactement, votre Julien ?

— Il aura dix-sept ans au printemps prochain.

— Bien sûr, ce sera vite là.

— Quand je pense que lorsqu'il est parti à Dole, il y a deux ans, c'était encore un enfant.

Sa gorge était serrée, mais elle ne pleurait pas. A plusieurs reprises ses paupières se mirent à battre très vite. Elle sentait une brûlure au coin de ses yeux. Mais elle parvenait à refouler ses larmes.

— Après tout, dit Mlle Marthe, rien ne dit qu'Hitler ne sera pas battu très rapidement.

La mère haussa les épaules. Posant la main sur la revue qui se trouvait toujours ouverte sur ses genoux, elle remarqua :

— On ne dirait pas que vous lisez les journaux. Je ne sais pas si on le dit dans *L'Illustration,* mais Hitler a encore parlé de son arme secrète.

— Les gens prétendent qu'il veut faire impression, mais que c'est tout de la vantardise.

La mère hocha la tête.

— Avec des fous pareils, sait-on jamais ce qui peut arriver ? Ça peut être terrible, terrible, vous savez !

La vieille fille réfléchit un moment puis, lentement, comme à mots comptés, elle dit :

— Alors, si c'est vrai qu'il possède cette chose secrète, il n'y a pas de souci à se faire pour ceux qui seront soldats. Nous y passerons tous. Nous, aussi bien qu'eux. L'arrière sera massacré comme l'avant. D'ailleurs, ça aussi il le dit, Hitler.

Reprenant la revue, elle parcourut l'article en silence avant de lire à haute voix :

— « *Le Führer a accusé l'Angleterre de pratiquer le blocus d'une manière qui n'est pas conforme au droit des gens et dont la conséquence sera d'affamer des femmes et des enfants. Cela, a-t-il dit, l'Allemagne ne le tolérera pas et elle saura elle aussi exercer des représailles sur les femmes et les enfants... »*

Elle posa le journal sur le banc, à côté d'elle, en concluant :

— Vous voyez bien que nous allons tous être logés à la même enseigne, combattants et non combattants. Il menace les Anglais, mais il nous massacrera de la même façon.

Les dents serrées, de la colère dans la voix, la mère s'insurgea.

— Le droit des gens, le droit des gens... Mais qu'est-ce que ça veut dire ? Je ne comprends pas grand-chose à la politique et à tout leur Saint Frusquin, moi, mais quand on parle de droit des gens alors qu'il s'agit de savoir comment on va s'y prendre pour les tuer, ça me met hors de moi !

Mlle Marthe souleva ses mains et les laissa retomber grandes ouvertes sur ses cuisses maigres. Elle ne répondit rien, se bornant à hocher la tête. La mère demeura silencieuse un long moment. Elle semblait s'être apaisée et pourtant, la douleur qui était entrée en elle ne dormait pas tout à fait. De loin en loin, elle se réveillait pour pousser jusque dans sa poitrine un élancement comme une pointe de couteau. Alors, le visage de la mère se tendait de nouveau; ses mains frémissaient, ses doigts froissaient le tissu de sa blouse; ses lèvres s'entrouvraient, mais nul son ne sortait de sa gorge nouée.

Le soleil qui descendait lentement vers le sommet boisé de Montciel, jouait toujours dans les branches que le vent plus fort agitait. Bientôt, un rayon oblique déborda le feuillage et vint chauffer la nuque des deux femmes immobiles. Comme si cette bonne brûlure l'eût tirée d'un rêve, la mère eut un mouvement de tout son buste et se pencha légèrement pour regarder sa voisine. Le corps très droit, les mains toujours à plat sur ses cuisses et la tête à peine inclinée en avant, Mlle Marthe s'était assoupie. La mère l'observa un instant, avant de se lever lentement pour se diriger sans bruit vers la maison.

Une fois dans la grande allée, ouvrant à peine la bouche elle murmura :

— Est-ce que ce n'est pas le droit des gens, de garder pour eux les enfants qu'ils ont élevés ?

Elle fit encore quelques pas, puis, jetant un regard vers Mlle Marthe toujours immobile sur le banc, elle ajouta :

— C'est peut-être bien elle la plus heureuse. Peut-on savoir ? Peut-on savoir ?

6

A SEPT HEURES du soir, Julien n'était pas encore de retour. Tandis que la mère préparait la soupe et dressait la table, le père était allé chercher un arrosoir d'eau à la pompe, dans le fond du jardin. Le jour déclinait. Peu à peu, l'ombre coulait des encoignures vers le milieu de la pièce, et la lueur du foyer paraissait plus vive d'instant en instant. Durant l'absence du père, la mère alla plusieurs fois sur le balcon pour regarder en direction de la rue.

Le vent avait pris de la force et de grands vols blonds s'élevaient des arbres, montant plus haut que les toits pour retomber de l'autre côté du mur. Le ciel était déjà sombre. Avec l'éclat des feuilles, la lumière semblait venir de la terre.

Quand le père rentra, il posa son arrosoir sous l'évier, revint à la cuisine et demanda :

— Il n'est pas là ?

— Il ne va pas tarder.

Le père avait le souffle court. Une main sur sa poitrine, il attendit un instant avant de répondre.

— Sept heures sont sonnées.

La mère ne dit mot. Elle retira du milieu de la cuisinière sa casserole de soupe dont le couvercle laissait couler sur la fonte de petites gouttes d'eau qui chantaient. Le père ferma la porte.

— Avec la bise qui se lève, dit-il, ce n'est pas la peine de laisser ouvert, d'ici un moment, on supportera bien le feu.

Il alla s'asseoir à sa place et quitta sa casquette qu'il posa sur la petite chaise, dans le recoin du placard. Ne voyant plus assez clair pour lire, le père resta immobile, l'avant-bras sur la table, la main pendante. De temps à autre il lançait un coup d'œil au dehors, puis, soupirant, il se tournait vers le feu. A plusieurs reprises, sa main vint se poser sur la table où ses doigts se mirent à tambouriner. Debout à côté de la cuisinière, la mère l'observait.

— Ne t'énerve pas comme ça, dit-elle.

Le père leva la tête.

— Moi ? Mais je n'ai rien dit. Voilà qui est un peu fort, je ne dis pas un mot, et tu vas raconter que je m'énerve, tu vois comme tu es !

— Tu ne dis rien, mais je sais bien reconnaître quand tu t'énerves. Rien que ta façon de tapoter la table avec ta main...

— Je fais ça machinalement.

La mère ne répondit pas. Elle souleva le couvercle de sa casserole, le reposa, revint à la table où elle déplaça la corbeille à pain.

— Je ne m'énerve pas, reprit le père, mais je commence à me faire du souci. Il ne faudrait pas qu'il lui soit arrivé un accident.

Il y eut encore un silence. La mère s'approchait souvent de la porte, mais elle n'osait pas ouvrir. Elle demeurait l'oreille tendue, redoublant d'attention à chaque bruit venu du dehors. Lorsque le père toussait ou faisait grincer sa chaise, elle retenait son souffle, impatiente. Après un moment, le père demanda de nouveau :

— Est-ce que son éclairage marche, à son vélo, au moins ?

— Voyons, Gaston, n'exagère pas, il ne fait pas encore complètement nuit.

— Non, mais tous les conducteurs d'auto te diront que c'est à cette heure-ci qu'on y voit le moins. D'ailleurs, c'était déjà pareil avec les voitures à chevaux. Moi je me souviens, quand je faisais les tournées, à la boulangerie, et que je rentrais à la lanterne, j'aimais mieux...

La mère l'interrompit :

— Tais-toi voir !

Ils tendirent l'oreille. La mère se contint un moment et alla ouvrir la porte. Julien était dans la cour. Elle se retourna aussitôt en disant :

— Le voilà.

— Dis-lui qu'il descende son vélo à la cave pendant qu'il fait encore clair.

La mère ressortit et parla à Julien. Puis, tandis qu'il était à la cave, elle revint vers le père et dit très vite :

— Surtout ne le gronde pas. C'est le premier jour qu'il est là, il a pu être retardé.

Le père haussa les épaules.

— Comme si j'avais l'habitude de crier pour un rien.

Julien entra.

— On n'y voit que dalle, ici ! lança-t-il.

— Nous n'avons pas encore éclairé pour souper à cette saison.

— Quand on se met à table à sept heures, observa le père, on y voit assez pour manger.

— Les jours raccourcissent vite, dit la mère.

Le père tapota encore la table, mais ne dit rien.

— Je vais tout de même éclairer, reprit la mère, après un instant, si des fois Julien veut veiller un moment.

— Donne-nous toujours la soupe, demanda le père, elle va réduire, si elle attend trop sur le feu.

La mère emplit les assiettes puis, tandis que son homme et Julien commençaient de manger, elle descendit la suspension, retira le verre de la lampe et tourna légèrement la molette pour faire monter la mèche. Ensuite, enflammant un morceau de papier au foyer, elle alluma. La flamme hésita d'abord, mais, dès que la mère eut remis le verre à sa place, elle monta, plus vive et plus claire. La mère attendit encore un instant, régla la hauteur de la mèche, et s'assit à son tour.

— Quand on n'a plus l'habitude de cette lumière, dit Julien, ça fait tout drôle.

— C'est bien plus doux à la vue, fit le père.

— Ça se peut, mais faut reconnaître que c'est tout de même moins facile que de tourner un bouton.

Ils mangèrent un temps sans parler, puis Julien reprit :

— Mais au fait, avec quoi je vais m'éclairer, dans ma chambre ?

— Tu feras comme nous, et comme tu faisais avant, dit le père. Tu monteras te coucher avec une lampe de poche ou une lampe pigeon; pour le temps qu'il faut pour se déshabiller, ce n'est pas une affaire, tu sais.

La mère n'avait rien dit. Elle observait Julien et, quand il leva les yeux vers elle, elle lui fit signe de se taire. Julien se remit à manger. La mère ne le quittait guère des yeux. Il était assis en face d'elle. Le père était entre eux, au bout de la table. Il mangeait moins vite que Julien, mâchant longuement le pain et les légumes à cause de ses gencives édentées. Il se tenait penché en avant, le coude gauche sur la table; sa main à plat collait contre sa poitrine la bavette de son tablier bleu. La flamme de la lampe se reflétait sur le devant de son crâne. Julien était plus grand et plus large.

La mère, qui avait pris peu de soupe, eut terminé en même temps qu'eux. Elle se leva et leur servit les pommes de terre et la salade.

— Alors, demanda le père, tu as retrouvé des copains ?

— Oui, dit Julien, quelques-uns.

— J'espère que tu vas recommencer la gymnastique, maintenant que tu es revenu.

— Ça dépend du temps que j'aurai.

— Tu le sauras demain, puisque nous irons voir ton nouveau patron. Tu sais que c'est un homme très bien. Ils ont une bonne réputation et ils sont très riches. Il y a le père et les trois fils, dans la maison. Et je crois qu'entre la chocolaterie et la confiserie, ils doivent bien occuper au moins une vingtaine de personnes.

— Sans compter les gens qu'ils ont dans leur affaire de Lyon, précisa la mère.

Le père expliqua encore beaucoup de choses sur cette maison et finit par conclure :

— Si tu y restes seulement deux ou trois ans, quand tu sortiras tu connaîtras aussi bien le chocolat et les bonbons que la pâtisserie. C'est une bonne chose, de tout savoir.

La mère n'écoutait pas. Pour elle, la voix du père n'était qu'un bourdonnement lointain. Elle regardait Julien. Elle ne se lassait pas de le regarder.

Il était là, en face d'elle. Il y avait autour d'eux les murs épais de la petite maison, et, plus loin encore, le jardin noyé de nuit. Ici, il faisait clair et chaud, et Julien était là. Et contre lui, en ce moment, personne ne pouvait rien; pas même la guerre qui demeurait perdue dans un lointain imprécis, présente seulement par les images des journaux et par ces cartons que le père avait cloués devant les cœurs des volets de bois.

7

AUSSITÔT le dîner terminé, le père prit les clefs et sortit. Dès qu'il eut tiré la porte derrière lui, la mère dit à Julien :

— Il n'y a rien à faire, il ne veut pas se décider à fermer le hangar et la grille du jardin avant de manger.

— Qu'est-ce que ça peut faire, il ne fait pas froid.

— Mais quand il fait froid, c'est pareil. Seulement, c'est pour fumer une cigarette. Comme si je ne le savais pas. Et comme si je l'avais déjà empêché de fumer. Mais non, c'est une manie, il aime fumer en cachette.

Tout en parlant, elle avait achevé de débarrasser la table. Elle prit un petit torchon et essuya la toile cirée, recueillant dans le creux de sa main les miettes qu'elle porta dans un panier où elle avait déjà mis les épluchures des pommes de terre. Quand elle eut terminé, elle sortit du bahut sa corbeille à ouvrage qu'elle apporta sur la table.

— Tu ne veux pas te coucher tout de suite ? demanda-t-elle, tu vas veiller un peu avec moi.

Julien hésita un instant avant de demander :

— Tu veilles tard ?

— A cette saison, d'habitude on se couche sans allumer aussitôt mangé, mais puisque tu es là, ce n'est pas pareil.

Julien hésita encore avant de répondre :

— C'est que j'avais promis à Berthier de le retrouver.

La mère, qui venait de s'asseoir et fouillait au fond de sa corbeille, s'arrêta et leva les yeux.

— Ce soir ? fit-elle.

— Bien sûr.

— Mais, avec les kilomètres que tu as faits ce matin, tu dois en avoir ta claque. Tu ferais mieux de rester tranquille.

— Je ne suis pas fatigué, tu sais; j'ai l'habitude de rouler.

La mère retint un soupir et s'efforça de sourire en disant :

— Comme tu voudras, mais alors, il vaut mieux attendre que ton père soit couché.

Julien se mit à rire en avouant :

— C'est bien ce que je comptais faire. D'ailleurs, tu as bien vu que je n'ai rien dit, quand il a pris la clef pour fermer la grille.

Elle leva la tête en fronçant un peu les sourcils. Il souriait toujours. Elle hésita, mais pourtant, elle finit par dire, en essayant de durcir un peu sa voix :

— Je ne voudrais pas que tu t'imagines que je vais tout te passer. Et il ne faut pas croire non plus que je te soutiendrai forcément si ton père te trouve à redire. Je sais qu'il est un peu vieux jeu, c'est pourquoi je voudrais m'efforcer d'arrondir les angles. Mais il faudra aussi que tu y mettes du tien. A Dole, tu as pris des habitudes de liberté, ici...

Julien l'interrompit en riant.

— Ah ! tu sais, la liberté chez le père Petiot. J'aurais voulu t'y voir.

La mère posa son bas et sa boule de buis sur la table, hochant la tête, elle murmura :

— Mon pauvre grand, je me doute bien que ça n'a pas dû être tout rose pour toi, mais je te demande seulement d'essayer de ne pas trop te heurter avec ton père. Déjà tout à l'heure, tu es rentré en retard. Il n'a rien dit, mais ça l'énerve. Je le vois bien.

Julien eut un haussement d'épaules et une moue pour remarquer :

— Tu parles, sept heures et demie, c'est tout de même pas trop tard pour souper.

— Pour toi peut-être, dit-elle, mais ton père a soixante-six ans sonnés. Et il est très fatigué, tu sais. Il faut t'en souvenir.

Il y eut un long silence. Seule la bouillotte chantonnait, poussant son jet de vapeur grise vers la porte entrouverte sur la salle à manger obscure. La mère avait repris son ouvrage. Ses grosses mains, crevassées par le travail du jardin, tremblaient un peu quand elle les élevait entre son visage et la lampe, pour passer le coton à repriser dans le chas de l'aiguille. Julien avait pris sur la petite chaise le numéro de *L'Illustration* apporté par Mlle Marthe et le feuilletait lentement.

Quand elle eut achevé d'enfiler son aiguillée, la mère prêta l'oreille un instant aux bruits du jardin. Seul le vent secouait de temps à autre les fils de fer de la treille qui court au-dessus des clapiers.

— Tu sais, fit-elle à mi-voix, pour moi non plus ce n'est pas toujours drôle.

Elle marqua un temps durant lequel elle observa son garçon; puis, plus bas encore et avec un léger tremblement dans la voix, elle ajouta :

— C'est un peu pour ça aussi que je suis contente que tu sois revenu, mon petit.

Elle avait eu une hésitation à peine perceptible avant de dire : « Mon petit. » Elle l'avait dit pourtant, sans savoir au juste pourquoi; simplement comme ça, pour le plaisir de se l'entendre dire.

Elle baissa à demi les paupières et la lumière de la lampe

se fit moins vive. En face d'elle, Julien devint flou. Le magazine ouvert sur la table n'était plus qu'un carré blanc, à peine plus grand qu'un cahier d'écolier. Un cahier posé devant un petit garçon.

Dehors, le père avait dû heurter la rampe de fer de l'escalier avec une de ses clefs. La mère eut un sursaut. Son cœur se mit à battre plus fort. Julien regardait une page de photographies représentant des soldats et des chars d'assaut sur des wagons à plates-formes.

Le père entra, posa les clefs sur le bahut, prit un vase de nuit dans le réduit où se trouve l'évier, et monta les premières marches jusqu'à la porte. Là, avant d'ouvrir, il se tourna pour dire :

— Allons, bonsoir, et ne veillez pas trop, c'est pas la peine, ça n'arrange pas les yeux.

— Bonne nuit, papa, dit Julien.

— Bonsoir, dit la mère.

Lorsqu'il fut monté, la mère l'écouta marcher dans la chambre. Par la pensée, elle suivait chacun de ses gestes, et elle eut pu annoncer le moment précis où il entrait dans son lit. Julien aussi devait écouter, car, dès que les craquements eurent cessé, il regarda sa mère en disant :

— Bon, je peux peut-être y aller.

— Attends un moment. Il ne s'endort pas toujours tout de suite. Il est dur d'oreille, mais quand il ne le faudrait pas, il entend très bien.

Elle coupa son coton, posa ses ciseaux dans sa corbeille et se pencha un peu pour examiner son travail. Ensuite, ayant pris un autre bas, elle enfila sa main à l'intérieur et commença de chercher les trous.

— Tu aurais presque aussi bon compte d'en acheter d'autres, dit Julien.

Elle eut un sourire qui plissa curieusement le coin de ses lèvres. Sans lever la tête, d'une voix douce, elle expliqua :

— A présent, je crois que tu es en âge de comprendre. La vie n'est pas facile, tu sais. Et la guerre n'arrange pas les choses. Tout à l'heure, tu parlais de la lampe à pétrole; bien sûr, si nous avions fait poser l'électricité il y a quinze ans, on ne s'en serait même pas rendu compte. Seulement, ton père disait toujours qu'il ne voulait pas qu'on lui bouleverse son jardin en plantant un poteau. Et c'était pareil pour la tranchée des eaux.

— Et à cause de ça, on vit en pleine ville exactement comme si nous étions au fin fond d'une forêt.

La mère le regarda. Il semblait ne pas comprendre. Elle hésita parce qu'elle se sentait un peu lasse et que c'était difficile à dire. Et pourtant, elle s'était bien promis de le faire. Comme il se penchait de nouveau vers sa lecture, elle se hâta de poursuivre :

— A présent, on ne peut plus entreprendre un travail pareil, tu comprends. Ce n'est pas ce que rapportent le jardin et deux locations, qui peut nous permettre de vivre. Tu sais bien que nous avons un peu d'argent de placé, mais il y a beaucoup de titres qui ont perdu de leur valeur. C'est la dévaluation, qu'ils disent. En attendant, les gens comme nous ont à peine de quoi vivre. C'est dur, tu sais, très dur.

Elle avait dit ces derniers mots lentement et à voix presque éteinte. Julien s'était arrêté de lire pour l'écouter. Pendant un long moment, ils demeurèrent ainsi, sans parler, sans bouger, avec, dans leurs yeux, la petite flamme de la lampe qui palpitait par moment.

— Je vais gagner davantage, à présent, dit Julien.

La mère sourit.

— Mon pauvre enfant. Tu sais bien que ça n'est pas moi qui te demanderai ta paye.

— Ben, pourtant... s'il fallait...

Il n'acheva pas sa phrase. La mère s'était remise à ravauder, changeant de temps en temps de place sa boule de buis dont le reflet apparaissait par les trous des bas noirs.

— Maintenant, reprit-elle, tu es en âge de savoir. Et tu dois bien comprendre que nous ne sommes pas immortels. Si ton père venait à s'en aller, comme il n'a jamais voulu voir un notaire pour faire ses arrangements, je n'aurais pas de clémence à espérer de la part de Paul, qui n'est pas mon fils.

Julien l'interrompit :

— C'est pourtant toi qui l'as élevé ?

— Pas complètement, non. Mais c'est bien grâce à l'argent que ton père lui a donné qu'il a pu s'établir... Et cet argent, j'en avais gagné ma part, je t'assure.

— Et puis enfin, quoi, lança Julien, qu'est-ce qu'il peut faire ?

Sans retirer la main de son bas ni lâcher son aiguille, la mère leva les bras et les laissa retomber lentement en disant :

— Mon pauvre petit, tu les connais mal. Et puis, tu sais, quand il s'agit d'argent, et quand on est entre les mains des hommes d'affaires !...

Julien ne répondit pas. Il attendit quelques instants avant de demander :

— Tu penses qu'il dort, à présent ?

— Tu veux vraiment repartir ? Il est tard, il ne fait pas bien chaud.

Le garçon se mit à rire.

— Mais non, maman, tu sais bien qu'il ne fait pas froid. Et puis, Berthier m'attend, ce serait vache de ne pas y aller.

— Comme tu parles, dit-elle.

Elle le regarda avec un demi-sourire, puis, tandis qu'il se levait lentement, elle ajouta :

— Essaie de ne pas trop faire de bruit. Et surtout ne va pas perdre la clef; laisse-la dans la boîte aux lettres, c'est plus sûr.

Il l'embrassa en la rassurant. Comme il sortait, la mère dit encore :

— Et surtout, fais attention en rentrant. Je te laisserai la lampe électrique sur la table, et j'ouvrirai la porte de ta chambre... Et ne fais pas de bêtises.

Dès qu'il fut sorti, la mère laissa aller un gros soupir,

et s'arrêta un moment de tirer son aiguille. Ses doigts lui faisaient mal. Elle retira sa main de son bas pour pouvoir masser son poignet dont les tendons roulaient sous sa peau.

Il y avait toujours en elle cette grande joie qui l'avait tant fait rire, le matin même, et pourtant, quelque chose d'autre était là également, une chose encore vague, comme une crainte sans raison apparente.

Pendant un long moment, elle demeura immobile, les bras croisés sur le bord de la table, fixant la revue que Julien avait laissée ouverte en partant. La mère ne distinguait pas les photographies du texte imprimé. Tout s'éloignait, tout devenait plus flou et, bientôt, elle retrouva le carré blanc semblable au cahier d'écolier. Elle le fixa longtemps, très longtemps, jusqu'au moment où ses yeux s'étant presque entièrement fermés, il lui sembla voir un petit garçon, en blouse noire d'écolier, s'accouder à la table et se pencher sur le cahier. Alors elle sursauta. Ses yeux s'ouvrirent soudain tout grands, et quelque chose creva en elle quand son regard se posa sur le dossier de la chaise qu'avait occupée Julien.

Elle se redressa de toute sa taille et tout son être se tendit dans l'effort qu'elle fit pour ne pas pleurer. Repoussant sa corbeille et les vêtements qu'elle avait posés sur la table, elle attira à elle *L'Illustration* qu'elle se mit à feuilleter à son tour.

Il y avait des soldats britanniques et français qui « fraternisaient » en se serrant les mains. D'autres soldats coiffés de casques différents couraient en tirant un canon sur une place de Varsovie. Il y avait aussi des généraux et des présidents décorés, assis dans des fauteuils; des villes américaines illuminées; et puis la guerre encore avec des chars d'assaut et des maisons en flammes. A mesure qu'elle avançait, la mère tournait les pages de plus en plus vite.

Quand elle eut achevé, elle laissa le magazine sur la table. Seul était visible le dos de la couverture qu'occupait entièrement une publicité pour l'Ecole A.B.C. de dessin.

Il y avait un croquis représentant une jeune fille en tenue de sport, et un portrait de garçonnet au regard un peu triste. Entre les deux, un intertitre en caractères gras barrait la moitié de la page : « *ET VOS ENFANTS ?* »

La mère le lut plusieurs fois sans même savoir ce qu'elle lisait; puis, ayant rangé dans le bahut sa corbeille à ouvrage, elle commença de se déshabiller.

8

Le lendemain lundi, au milieu de la matinée, le père accompagna Julien chez son nouveau patron. La mère leur avait préparé des vêtements propres, et, du balcon, elle les regarda s'éloigner. Julien était bien plus grand que son père qui paraissait encore plus voûté que d'habitude, dans ce vieux complet noir dont les épaules étaient à présent beaucoup trop larges.

La mère les suivit des yeux entre les arbres. Dès qu'ils eurent atteint le milieu du jardin, le père s'arrêta et, lorsqu'il reprit sa marche, une bouffée de fumée grise demeura en suspens sous les branches. La mère haussa les épaules et rentra dans la cuisine.

Le temps était couvert, mais la bise avait cessé et il ne faisait pas froid. La porte était ouverte et la mère sortit une chaise sur le balcon pour égrener ses haricots. Elle venait à peine de s'asseoir avec son bol entre ses genoux et son panier à côté d'elle, qu'elle entendit claquer la grille. Elle leva la tête et fixa les arbres de l'allée. Une forme bleue approchait très vite. La mère posa son bol dans son panier et se leva.

Le visiteur était un soldat vêtu de bleu horizon, chaussé de brodequins et de bandes molletières, et coiffé d'un calot portant un petit galon doré. Il s'arrêta au pied de l'escalier, posa la main sur la rampe et demanda :

— M. Gaston Dubois, c'est ici ?

— C'est ici, dit-elle, mais mon mari n'est pas là pour le moment.

Elle dévisagea un instant le soldat, avant de demander :

— C'est lui que vous vouliez voir ?... C'est à quel sujet ?

L'homme paraissait hésiter. Il était moyen de taille, mais assez large d'épaules, avec un gros cou, qui remplissait bien son col, sous une tête aux traits durs, à la peau foncée. Sa main quitta la rampe, il parut sur le point de se tourner vers l'allée pour repartir mais, arrêtant soudain son geste, il ôta son calot et monta l'escalier. Arrivé devant la mère, il lui tendit la main en disant :

— Après tout, s'il n'en a pas pour longtemps, je peux l'attendre, je n'ai rien d'autre à faire.

Comme la mère demeurait devant la porte, indécise, l'homme reprit :

— Vous ne me connaissez pas, mais mon père s'appelle Marius Butillon, c'était un camarade de votre mari...

La mère leva les bras et sourit.

— Ah ! bien sûr ! fit-elle. Votre père est venu nous voir plusieurs fois, quand nous tenions encore notre boulangerie. Je me souviens très bien de lui.

Elle examina le soldat pendant un instant avant d'ajouter :

— C'est au moment où vous avez quitté votre coiffure que je me suis dit : « Je connais cette tête-là. »

L'homme se mit à rire.

— En fait, c'est la tête de mon père que vous connaissez ; mais, vous savez, on a chacun la nôtre, on a les moyens nous autres.

La mère riait aussi. Elle fit entrer le soldat et l'invita à s'asseoir. Elle lui servit un verre de vin, puis s'installa en face de lui pour égrener ses haricots.

— Je vais vous donner la main, proposa l'homme.

La mère protesta, mais il avait déjà tiré une poignée de haricots du panier et se mettait à l'ouvrage en expliquant :

— On n'est pas fatigué, vous savez. C'est pas une guerre tuante qu'on fait là.

La mère regarda ses manches où étaient cousus de petits galons semblables à celui qu'elle avait remarqué sur son calot. Elle demanda à l'homme des nouvelles de ses parents, posa quelques questions sans intérêt puis, n'y tenant plus, elle finit par dire :

— Je vais peut-être vous paraître ridicule, mais je ne connais rien aux grades. Je vois que vous avez des galons, vous êtes sans doute officier ?

L'homme se mit à rire.

— Ah ! Nom de Dieu, non, lança-t-il ! Ça ne risque pas de m'arriver !

Tapant sur sa manche, il précisa :

— Ça, c'est de 18 que ça date. En ce temps-là, j'étais jeune. A cet âge, on est toujours un peu maboule.

La mère se souvint alors qu'en parlant du fils Butillon, Gaston disait toujours : « La tête brûlée. » Et il le disait avec une nuance de crainte, où se mêlait pourtant un certain respect.

— Sergent, disait l'homme, c'est pas grand-chose. Et le jour où j'ai pris ces galons, j'aurais mieux fait de me casser une patte. Ça ne m'a pas servi à grand-chose à ce moment-là et, aujourd'hui, ça me vaut d'être rappelé, à quarante-deux ans, dans une unité, alors que des tas de copains sont mobilisés sur place, dans les usines.

Il vida son verre d'un trait, fit claquer sa langue contre son palais en disant :

— Il est meilleur que celui du mess, votre pinard.

La mère lui servit un autre verre dont il but aussitôt une longue lampée. Elle remarqua alors que ses yeux brillaient beaucoup, et pensa qu'il avait peut-être déjà bu quelques verres avant de venir.

— Heureusement qu'on a encore un coup à boire de temps en temps pour se remonter le moral, fit-il, sinon, ce ne serait pas drôle. Les jeunes ne se rendent pas compte, mais nous qui avons connu l'autre guerre, c'est différent.

Il s'arrêta d'écosser les haricots et, regardant la mère au fond des yeux, légèrement penché en avant et soufflant sur le côté la fumée de sa cigarette qu'il venait d'allumer :

— Vous vous souvenez : la *der-des-der ?*

La mère hocha la tête.

— Oui, dit-elle. Tout le monde le croyait vraiment.

— Des clous ! fit le sergent.

Il y eut un silence. L'homme vida son verre, ralluma sa cigarette et ricana en reprenant :

— *« Faites le sacrifice de votre vie pour que vos enfants ne revoient jamais ça ! »* Tu parles, même les pacifistes comme Barbusse en étaient arrivés là. Ah ! ils nous ont bien eus, jusqu'au trognon !

Il se tut de nouveau et parut réfléchir un moment avant de poursuivre :

— Ecoutez, Madame, je ne connais pas vos idées, mais je vois bien que vous n'êtes pas à mettre parmi les rupins. Moi, tel que vous me voyez, engagé volontaire à dix-huit ans en 1915, croix de guerre, trois citations, sergent de réserve après avoir été cassé, je ne suis pas communiste.

Il respira profondément. Tandis qu'il parlait, sa main s'était avancée sur la table, jusqu'à toucher son verre vide qu'il poussait en lui faisant suivre les carreaux de la toile cirée. La mère regardait tantôt cette main et le verre vide, tantôt son visage. Sur son front, quelques gouttes de sueur perlaient, accrochées aux rides. Le verre avançait par à-coups, glissant d'un carré à l'autre. Dans le fond, une goutte de vin était restée qui montait le long du bord à chaque arrêt et à chaque départ brutal. Presque malgré elle, la mère reprit la bouteille et versa. Le soldat l'arrêta à mi-verre en disant :

— Holà ! Holà ! Ça suffit comme ça. Si on se laissait aller, on serait saoul tous les soirs. Il but une gorgée, écossa un haricot puis, d'une voix plus calme, il reprit, suivant le fil de sa pensée :

— Je ne suis pas communiste, mais, dans l'usine où j'étais, j'avais ma carte de la C.G.T. Et j'ai toujours eu des idées à gauche, c'est vous dire que je ne suis guère pour l'armée. Seulement, que voulez-vous, on nous appelle, faut bien y aller, n'est-ce pas ?

La mère fit de la tête un signe affirmatif, et le sergent continua, haussant le ton :

— Seulement, si on nous mobilise, que ce ne soit pas pour nous laisser dans des casernes à ne rien faire du matin au soir. Qu'on se foute sur la gueule un bon coup et que ce soit fini. Moi, j'ai un garçon de quatorze ans, soyez tranquille, il ne fera pas la connerie que j'ai faite en 15; mais je me dis que si ça dure quelques années, il risque de partir comme les autres, même s'il n'en a pas envie.

A mesure qu'il parlait, le ton de sa voix montait. Il était légèrement enroué et, parfois, il semblait à la mère que cet homme faisait un effort considérable pour parler. Elle avait envie de dire quelque chose pour l'apaiser, mais elle n'osait pas. Il ne l'effrayait pas, et pourtant, sa colère qu'elle sentait augmenter, lui imposait de ne rien dire. Elle levait le regard fréquemment sur ce visage où le sang montait, sur ces yeux qui semblaient se gonfler peu à peu. L'homme passa plusieurs fois son mouchoir sur son front ruisselant. Il était essoufflé, mais ne s'arrêtait plus de parler.

— Vous comprenez, criait-il, on nous a assez bourré le crâne comme ça. Tous nos gouvernements, il a tout de même bien fallu qu'ils soient pourris, pour arriver à nous conduire à la catastrophe en vingt ans ! Alors, comme ça, on aurait sacrifié nos plus belles années pour que nos gosses trinquent à leur tour ! Et encore, on va laisser Hitler mener la guerre comme il l'entend ? Non, moi, chaque fois qu'on me fait des discours, je me dis : « Butillon, tu as un garçon qui risque gros, pense à lui; le reste, c'est de la merde ! »

Il vida son verre avant de demander :

— C'est pas vrai ? J'ai pas raison, des fois ?

— Bien sûr que si, dit-elle. Nous aussi nous avons un garçon, et il va sur ses dix-sept ans.

Le sergent fronça les sourcils et se gratta le visage en faisant :

— Ah ! c'est curieux, mon père m'avait dit !...

La mère l'interrompit :

— Oui, oui, c'est l'aîné que votre père connaît. Le fils de mon mari, de son premier lit. Celui-là, il est réformé, il ne partira pas.

— Ah ! bon, je comprends.

Le sergent eut un sourire qui se figea soudain sur son visage pour se muer en grimace. Sa main, largement ouverte, frappa la table plusieurs fois tandis qu'il disait, martelant ses mots :

— Alors, si c'est ça, vous devez me comprendre. Ils nous emmerdent, avec leurs conneries. Que ceux qui ont fait des blagues paient les pots cassés. Nous autres, on n'a pas fait des gosses pour les mener à la boucherie. C'est pas vrai ? J'ai pas raison, des fois ?

La mère approuvait. La fureur de cet homme, cette violence à laquelle elle n'était pas accoutumée l'effrayaient un peu; et pourtant, il lui semblait que quelque chose de bon venait de lui. Tout à l'heure, quand il avait commencé à crier, elle avait regretté un instant de l'avoir laissé entrer, de lui avoir servi du vin; à présent, elle se demandait pourquoi elle redoutait un peu de le voir se lever et s'en aller. Comme il paraissait réfléchir, elle demanda :

— Vous qui êtes dans l'armée, vous pensez vraiment que ça risque de durer longtemps ?

Le sergent ne répondit pas immédiatement. Il semblait s'être calmé un peu, mais la sueur couvrait toujours son front où ses cheveux noirs, semés de fils gris, collaient par endroits. Il eut deux ou trois froncements du visage avant de se décider à demander :

— Sincèrement, ma pauvre dame, vous y croyez, vous, à cette guerre ?

La mère n'avait pas bien compris sa question. Après une hésitation, elle demanda :

— Y croire, comment ?

— Je veux dire : est-ce que vous avez vraiment l'impression que nous sommes en guerre ?

Elle fit la moue.

— Ma foi, il y a les journaux, et puis ces soldats qu'on voit partout, et la défense passive, à part ça...

— Hé bien moi, fit le sergent, je vais vous dire : cette armée, je n'ai jamais vu un bordel pareil. Personne ne prend rien au sérieux.. Et je suis certain que c'est comme ça depuis le dernier des deuxième-pompes jusqu'au général en chef. Ils ne font pas la guerre : ils s'amusent à la petite guerre. Un point c'est tout. Seulement, les mecs comme moi, qui ont autre chose à foutre dans la vie, hé bien, ils en ont tous plein les bottes ! Plein les bottes, vous m'entendez ! Et quand je dis les bottes, vous m'avez compris, j'espère !

Il s'arrêta un temps, comme pour reprendre son souffle; puis, avec un geste vers ses décorations, il ajouta :

— En 14-18, on y croyait. Tout le monde y croyait plus ou moins. Et c'est après, longtemps après seulement qu'on a compris à quel point ils s'étaient payé notre tête, ceux qui tenaient les guides. Aujourd'hui, on n'y croit pas. Personne n'y croit. Voilà la différence.

Il laissa encore s'écouler quelques instants et, avec un ricanement, il conclut :

— Quant à jouer au petit soldat, très peu pour moi, j'ai passé l'âge. Il y a belle lurette que j'ai passé l'âge !

9

LORSQUE le père Dubois et son garçon revinrent, le sergent Bütillon avait depuis un bon moment quitté sa veste et sa cravate et retroussé ses manches. Il était même allé tirer un arrosoir d'eau à la pompe et chercher un cageot de bois dans le hangar. Après avoir longtemps hésité, la mère l'avait invité à déjeuner.

Le père sembla satisfait. Il se hâta de changer de vêtements et, dès qu'il eut retrouvé sa chemise rapiécée sur le dos et son tablier bleu, il descendit à la cave chercher une bouteille de vin blanc.

Le soldat, dont le visage était à présent cramoisi, et dont la transpiration auréolait la chemise, gesticulait en parlant de ses chefs, du matériel de l'armée, des ordres et des contre-ordres. Et, chaque fois qu'il se taisait, le père se hâtait de dire :

— Ça n'a pas changé. Je me souviens, en 14, vous pourrez demander à votre père, au moment où nous étions à...

Mais il n'achevait jamais. Sans l'écouter, le sergent, qui parlait beaucoup plus vite et plus fort que lui, commençait une autre histoire. Et chaque fois qu'il avait fini un chapitre, c'était vers la mère qu'il se tournait pour demander :

— C'est pas vrai, j'ai pas raison, des fois?

Alors la mère hochait la tête en répétant :

— Bien sûr. Mais bien sûr que si.

Seul Julien ne disait rien. Assis sur l'escalier qui monte aux chambres, il écoutait.

Quand la mère eut servi la soupe, il y eut une accalmie. Comme le père mangeait lentement, le sergent eut achevé avant lui. Déjà il commençait une autre histoire lorsque la mère lui proposa une deuxième assiettée. Il accepta et s'interrompit pour manger. La mère remarqua que jamais le père n'avait mangé aussi vite. D'ailleurs, il ne se resservit pas. Dès qu'il eut posé sa cuillère dans son assiette vide et passé le dos de sa main sur ses moustaches, il commença :

— Je me souviens, en 14, quand j'étais avec votre père...

Et de toute cette journée, ce fut la seule histoire qu'il put raconter jusqu'au bout.

Car le sergent resta jusqu'à l'heure de l'appel. Il les suivit dans le jardin, proposant de donner la main pour chaque besogne, mais ne cessant jamais de raconter. A plusieurs reprises, la mère redouta une dispute.

— C'est la bourgeoisie qui nous a conduits où nous sommes, criait le sergent, la bourgeoisie qui a vu en Hitler l'homme qui allait tuer le communisme !

— Pourtant, hasardait le père, le Front Populaire...

Mais le soldat ne le laissait même pas achever.

— Quoi, le Front Populaire, criait-il, mais on l'a foutu par terre. Et ce sont les bourgeois qui l'ont foutu par terre. « *Politique d'apaisement* », qu'ils disaient, Munich et tout le tremblement. Des nèfles, on a été trahis, je vous dis. Hitler a su manœuvrer pour éviter l'alliance de la France et de l'U.R.S.S. Et les bourgeois sont tombés dans le panneau, comme des couillons qu'ils ont toujours été. Il y a deux ans, au moment de l'Anschluss, c'est le fameux cardinal Innitzer, le Primat d'Autriche, qui a recommandé aux bons catholiques de laisser tomber Schuschnigg et de voter pour Hitler. Tout à foutre dans le même sac, la calotte et la bourgeoisie !

Et le ton montait de plus en plus.

Il s'en prit ensuite à l'état-major.

— Ça aussi, criait-il, c'est de la race des bourgeois. On le sait, qu'on est trahis. Pourquoi n'avons-nous pas attaqué tout de suite ? Parce qu'ils ne veulent pas foutre Hitler par terre. Le fascisme, ça leur convient trop bien, une offensive en masse pendant qu'ils avaient la Pologne sur les reins, c'est ça qu'il fallait faire !

— En quatorze, essayait de dire le père Dubois...

Mais l'autre rugissait aussitôt :

— En quatorze, vous savez bien ce qu'on disait : que le sang des poilus servait, la plupart du temps, à arroser les manches des généraux pour y faire pousser des étoiles. Eh bien, vous verrez, ce sera encore pareil cette fois-ci. Ils nous feront attaquer le jour où ça fera leur beurre.

Comme le père semblait protester, le sergent se calma un peu, invita la mère à se rapprocher et expliqua :

— Je vais vous dire une chose qui prouve qu'il y a du louche dans tout ça. Il y a, dans ma section, un type sérieux et de confiance qui était au bord du Rhin. Il est revenu ici parce qu'il a mal aux yeux. Eh bien, là-bas, on leur a interdit de tirer sur les Boches.

La mère haussa les épaules.

— N'exagérez pas, dit-elle.

— Je n'exagère pas, ma pauvre dame. C'est même précis : interdiction formelle de balancer un obus sur la voie ferrée qui longe la rive droite du Rhin entre Bâle et Karlsruhe. Alors, les mecs, ils regardent passer les trains de canons, et voilà !

— Après tout, dit la mère, si on pouvait finir la guerre sans tuer personne, ce serait beaucoup mieux.

Le sergent éclata de rire. Puis, de nouveau furieux, il se

remit à insulter les marchands de canons, le patronat, la bourgeoisie et l'Eglise.

La mère, que ces cris fatiguaient, s'était éloignée. Tout en continuant d'arracher les fanes des haricots enroulées autour des longues rames de noisetiers, elle surveillait son homme. Sans cesse, elle se répétait : « Il doit bouillir. Il va éclater. Mon Dieu, ce garçon est fou. » Et elle se reprochait de l'avoir invité, de lui avoir servi du vin.

Cependant, le père ne bronchait pas. Jusqu'au départ du sergent, il continua son ouvrage dans le jardin. Simplement, chaque fois que le sergent demandait :

— C'est pas vrai, j'ai pas raison, des fois ?

Le père hochait la tête en disant :

— Ma foi, moi, vous savez...

Mais l'autre ne l'écoutait pas. Sans doute ce hochement de tête suffisait-il à le convaincre de l'approbation du père Dubois.

Enfin, lorsqu'il eut repris le chemin de la caserne Michel, tout en aidant son homme à remettre les paillassons sur les couches, la mère soupira :

— Ouf ! il nous a saoulés, celui-là.

Le père eut un demi-sourire.

— C'est un rigolo, oui. Quand je pense que son père est un homme si tranquille.

— Un rigolo, dit-elle. Moi je crois plutôt que c'est un fou.

— Toi, tu as tout de suite des grands mots, disons qu'il est un peu exalté. D'ailleurs, son père le savait bien : « Tête brûlée, mais bon cœur. »

— Il dit qu'il n'est pas communiste, remarqua la mère, mais tu l'as entendu parler des bourgeois ?

Le père eut un geste d'impuissance. Il semblait embarrassé. La mère se redressa, porta la main à ses reins où une douleur couvait, puis demanda :

— Alors, ça ne te fait plus rien de t'entendre insulter ?

— Tu ne voulais tout de même pas que je me fâche avec lui. C'est un exalté, faut le laisser crier. J'ai fait toute la guerre avec son père, je ne vais pas me brouiller avec lui pour une bagatelle.

Il s'arrêta pour souffler. Son visage était tendu et son regard dur. La mère ne comprenait pas. Ils restèrent ainsi un moment, avec, entre eux, les vitraux posés à plat sur la couche où le soleil déjà bas se reflétait, presque rouge.

— Enfin, finit par lancer le père, qu'est-ce qu'il a dit ? Rien, rien de mal. Est-ce que tu y entends quelque chose, toi, à la politique ? Non, eh bien alors, fais donc comme moi, tais-toi donc. C'est plus de nos âges, de discuter de ces choses-là.

Le travail était terminé. La mère regarda son homme encore un instant sans mot dire. Puis, comme il demeurait immobile, le visage tendu, elle s'éloigna en direction de la maison où Julien venait de rentrer.

— Ce serait notre garçon qui se conduirait comme ça, je n'aurais pas fini d'en entendre. Ben alors, qu'est-ce que j'entendrais !

Mais déjà, elle était trop éloignée du père pour qu'il pût comprendre ce qu'elle disait. Quand elle se retourna, elle vit qu'il était toujours debout à la même place, occupé à rouler une cigarette. Elle eut un haussement d'épaules en murmurant :

— Fume donc, va, tu n'en as pas assez fumé, cet après-midi, avec l'autre maboule. Et après, c'est moi qui te soignerai.

10

POUR la mère, le premier vendredi d'octobre fut interminable. Son fils était parti travailler à six heures et elle avait à peine eu le temps de lui dire deux mots. Le ciel était triste, il avait plu la nuit sur le jardin de plus en plus rouillé.

Vers les dix heures, comme la mère rinçait du linge à côté de la pompe, elle entendit, par-dessus le mur, les enfants de l'école qui poussaient un grand cri en sortant dans leur cour de récréation. Un moment, elle imagina cette cour, avec ses énormes marronniers, ses feuilles mortes vingt fois rassemblées et vingt fois éparpillées à grands coups de galoches. Il lui sembla un instant que ce n'était pas une veste bleue de pâtissier qu'elle tordait au-dessus de son baquet d'eau claire, mais un tablier noir d'écolier. Elle s'en voulait un peu de penser à cela. Elle essayait de se défendre contre cette idée qui revenait toujours en elle.

Quand elle eut achevé d'étendre ce qu'elle avait lavé, elle rejoignit le père qui arrachait les betteraves rouges.

Elle prit un des paniers qu'il avait laissés dans l'allée, à côté de sa brouette, et pénétra dans le carré. Le père se redressa, une main sur ses reins, l'autre posée sur le manche de sa triandine.

— Laisse donc, dit-il, il n'y en a pas tant, je ferai bien tout seul.

— Mais non, je vais t'aider, il pourrait revenir une averse.

Le père observa le ciel, entre Montaigu et la côte de Nancy, puis il dit :

— Ça m'étonnerait, ça se dégage un peu sur Macornay, si ça doit revenir, ce ne sera guère avant ce soir.

Mais la mère insista. Elle avait besoin de parler de Julien, d'en savoir davantage sur la maison où il se trouvait. Elle se mit donc à ramasser les betteraves que le père tirait du sol. Elle les secouait, faisait tomber la terre avec son couteau, puis coupait les feuilles qu'elle mettait dans un panier à part. Ils besognèrent en silence durant quelques minutes, puis la mère demanda, comme si elle eût poursuivi une conversation à peine interrompue :

— Et les autres ouvriers, chez les Martin, tu les connais un peu ?

— Mais oui, dit le père, je t'ai expliqué que je connais bien le chef de la chocolaterie.

— Le chef, bien sûr, mais les autres ?

— Les autres, tu sais, depuis la guerre, ils ont changé. Ce sont soit des jeunes comme Julien, soit des vieux qui ont repris du service, pour remplacer les mobilisés.

Le père répéta ce qu'il avait déjà raconté vingt fois de sa visite à la maison, du patron, du chef et de tout ce que Julien apprendrait là. Habituellement, lorsqu'il revenait ainsi trop souvent sur une interminable histoire qu'elle avait déjà maintes fois entendue, la mère l'interrompait en disant :

— Tu rabâches, mon pauvre homme, je sais tout ça par cœur, tu me l'as répété cent fois.

Et, invariablement, le père se renfrognait en grognant :

— Allons, c'est bon, si ce que je dis ne t'intéresse pas, je n'ai plus qu'à me taire. Je suis bon à mettre au rancart, quoi !

Mais, ce matin, c'était elle au contraire qui le poussait à poursuivre. Dès qu'il s'arrêtait de parler, elle trouvait une autre question à poser. Ils étaient presque arrivés au bout du terrain, lorsqu'elle se décida à demander :

— Crois-tu qu'un jour, je ne pourrais pas aller le voir ?

Le père planta son outil en terre puis, fronçant les sourcils, il se tourna vers elle en disant :

— Aller voir ? Mais qu'est-ce que tu veux voir ? Il n'y a rien d'autre à voir qu'un laboratoire de pâtisserie, une petite usine avec des machines pour les bonbons et les chocolats et puis ma foi... ma foi, c'est tout.

— Ben oui, mais j'aimerais voir.

Le père eut un ricanement, et, se remettant à travailler, il murmura :

— Je me demande un peu. Qu'est-ce que tu veux bien voir là-bas dedans ?

La mère ne s'étonna même pas. « Il ne peut pas comprendre, pensait-elle, il ne peut pas. » Et ils ne parlèrent plus jusqu'à la fin du carré.

A midi, quand le fils vint manger, la mère lui posa mille questions. Elle voulait tout savoir, même ce que lui-même n'avait pas vu. Julien répondait brièvement, répétant souvent :

— Oh ! tu sais, en une matinée, je n'ai pas vu grand-chose.

Il souriait, mais la mère, qui s'efforçait de voir tout au fond de ses yeux, crut y retrouver une lueur qu'elle y avait remarquée jadis, les jours de rentrée des classes. Alors, elle se tut, retenant d'autres questions. D'ailleurs, Julien reprit sa bicyclette et s'en alla aussitôt le repas terminé. Demeurés seuls, les deux vieux achevèrent de boire leur café en silence puis, ayant versé une goutte d'eau-de-vie au fond de sa tasse, le père demanda :

— Il n'avait pas l'air emballé, qu'en dis-tu ?

— Qu'est-ce que tu vas chercher là ? fit-elle; moi, j'ai eu l'impression qu'il était très content.

— Ah ! dit le père, c'est possible, mais alors, il ne le montre guère.

La mère sentit bien qu'il n'était pas convaincu.

— Enfin quoi, reprit-elle, comme il te l'a dit : « Ça n'est pas en une matinée qu'on peut savoir grand-chose d'une maison pareille. »

Le père s'était levé de table et il sortit sans répondre. Une fois seule, la mère se mit à son ouvrage. Elle leva le couvert et fit sa vaisselle. Quelque chose était de nouveau en elle, qui l'empêchait de penser à ce qu'elle faisait. En rangeant les assiettes dans le placard, elle faillit faire tomber un bol qui se trouvait au bord du rayon.

— Ce sont mes rhumatismes qui me reprennent, murmura-t-elle.

Pourtant, dès qu'elle eut balayé sa cuisine, elle gagna la chambre de Julien.

C'était une petite pièce mansardée, éclairée par une lucarne ouvrant sur le toit. Sous la lucarne, un bureau; contre les murs, plusieurs rayons où se trouvaient des livres et des boîtes de carton. Epinglé au-dessus du lit, le portrait de Joë Louis, le visage marqué par la fatigue, et que la mère évitait de regarder. « Ce bonhomme me fait peur », disait-elle à Julien.

Elle commença par faire le lit; puis, ouvrant le tiroir du bureau, elle en sortit un carton à dessin et deux cahiers d'écolier qu'elle avait remarqués lorsque Julien les tirait de sa valise. Elle ouvrit d'abord le carton et, lentement, avec beaucoup d'attention, elle se mit à examiner les dessins et les aquarelles qu'il contenait. Il y avait quelques paysages des bords du Doubs et des vieux quartiers de Dole. Elle cherchait dans ses souvenirs, et, lorsqu'elle parvenait à identifier une rue, un porche ou un pont, son visage s'éclairait, ses yeux exprimaient une grande joie. Il y avait aussi beaucoup de portraits. Des portraits de femmes qui se ressemblaient tous plus ou moins. Là encore, elle fit un effort de mémoire, puis finit par dire :

— Ça ressemble à une actrice de cinéma que j'ai déjà vue sur des affiches, et pourtant, c'est pas tout à fait cette tête-là.

Elle interrogea encore ce visage vingt fois répété, approcha les papiers de la lumière qui tombait de la lucarne, et les replaça dans le carton en disant :

— Cette personne a l'air malheureux. Elle serait malade que ça ne me surprendrait pas.

Ensuite, elle feuilleta les cahiers. Il y avait là quelques poèmes composés par Julien, et d'autres qu'il avait recopiés dans des livres. La mère en lut plusieurs. Elle trouvait ceux de son garçon plus beaux et plus émouvants que ceux de Baudelaire par exemple, dont le nom revenait souvent. Elle s'était assise sur le bord du lit, et ses grosses mains tremblaient un peu en tournant les pages. Plusieurs fois elle s'arrêta, l'oreille tendue, le cœur battant. Quand elle avait identifié le bruit qui l'inquiétait, elle se remettait à lire.

Elle se sentait en faute, et pourtant, à mesure qu'elle avançait dans sa lecture, il lui semblait qu'elle trouvait en elle un peu plus de force. C'était comme une bonne chaleur disparue depuis longtemps et qui revenait, plus vive, plus précise d'instant en instant. Lorsqu'elle eut refermé le cahier, elle le garda sur ses genoux et resta encore un long moment assise sur le bord du lit. Elle ne pensait à rien de bien précis. Simplement, elle demeurait ainsi, parce qu'elle était comme engourdie par tout ce qui était sorti de ces dessins et de ce cahier pour pénétrer en elle.

Enfin, se levant soudain, elle remit tout en place, repoussa le tiroir et descendit l'escalier. A la cuisine, elle regarda le réveil. Il était plus de trois heures après-midi. Il y avait des mois, peut-être même des années que la mère n'était pas restée assise aussi longtemps sans un travail pour occuper ses mains. Cependant, elle ne s'adressa aucun reproche. Quittant ses pantoufles et chaussant ses sabots, elle lança encore un coup d'œil au réveil en répétant plusieurs fois à mi-voix :

— J'irai ce soir. Ce soir, à quatre heures et demie.

11

LE PÈRE avait entrepris de sortir le terreau du pourrissoir qui se trouvait tout au fond du jardin. Il besognait lentement, mais avec des gestes réguliers, s'arrêtant seulement de temps à autre pour reprendre son souffle et râcler, avec une petite truelle, la terre qui restait collée à son outil. Quand il avait fini de râcler, il suspendait la truelle sur ses reins, en accrochant le manche de fer recourbé au lacet de son tablier bleu. Parfois aussi, jetant un regard en direction de la maison, il tirait un mégot de sa grande poche ventrale, l'allumait et demeurait quelques instants à fumer en examinant le jardin. De la fenêtre de la salle à manger dont les rideaux étaient clos, la mère l'observa un moment et vit qu'il lui restait à faire plus de la moitié du travail. Elle hésita devant l'horloge dont le tic tac était le seul bruit avec celui du sang qui battait dans sa tête. Il était quatre heures un quart. La mère respira profondément, puis revint à la cuisine. Ayant enfilé des souliers et jeté son grand châle de laine noire sur ses épaules, elle gagna très vite la chambre de Julien.

La main sur le tiroir du bureau, elle hésita encore. Elle sentait la chaleur monter à son visage, sa main tremblait, quelque chose pesait sur sa poitrine.

Plusieurs fois, elle se répéta : « C'est ridicule. Je suis bête, mon Dieu que je suis bête. » Enfin, la tête toute pleine d'un bourdonnement qui ne s'arrêtait plus, le regard trouble, elle prit le cahier et quelques dessins, roula soigneusement le tout qu'elle cacha ensuite sous son châle.

Après s'être assurée que le père n'avait pas quitté son travail, elle courut jusqu'à la rue. A chaque pas, elle craignait d'entendre crier derrière elle : « Mais où vas-tu comme ça ? »

Une fois dans la rue, elle se sentit un peu soulagée. Elle s'efforça de marcher normalement, serrant son châle sur son rouleau de papiers.

Devant l'école, il y avait quatre femmes immobiles qui bavardaient en attendant la sortie des enfants. Elle les connaissait seulement pour les avoir déjà rencontrées là, et les salua d'un signe de tête. Toutes étaient plus jeunes qu'elle et mieux habillées.

La grande cour était vide. La mère y fit quelques pas, puis s'arrêta. Elle avait toujours le cœur serré, mais ce n'était plus de la même façon. Elle ne pensait ni au père ni aux gens qui risquaient de la retenir au jardin ou dans la rue. Des salles de classe aux fenêtres entrouvertes, venaient les voix des maîtres. Mais la mère n'écoutait pas ce qu'ils disaient. C'était pour elle comme le bruit du vent dans les marronniers dont les feuilles tombaient en se balançant. Elle sentait monter à ses yeux des larmes qu'elle avait peine à retenir.

Elle resta un moment ainsi, immobile, à quelques pas de la grille. Puis, ce fut soudain comme un éclatement qui la fit sursauter. D'une porte d'abord, puis d'une deuxième, les enfants sortirent en criant. Elle laissa passer le flot de ceux qui gagnaient la rue, tandis que les autres se mettaient à courir autour des arbres. A présent, elle ne sentait plus ses larmes, elle souriait :

Un instituteur qu'elle ne connaissait pas, sortit enfin et vint à sa rencontre. La mère demanda M. Gruat.

— Monsieur le Directeur doit être encore dans sa classe, dit l'homme, c'est assez fréquent qu'il garde les élèves qui n'ont pas bien compris.

— Je sais, dit la mère.

L'instituteur paraissait très jeune. La mère remarqua qu'il souriait en ajoutant :

— C'est sa méthode à lui. Il préfère ça au régime des punitions.

La mère ne répondit pas. Ils arrivaient devant une porte vitrée. L'homme se pencha vers la salle de classe.

— C'est bien ça, dit-il. Vous allez être obligée d'attendre un moment.

— J'attendrai, dit la mère. Merci, Monsieur.

L'instituteur regagna le milieu de la cour, où il se mit à faire les cent pas. S'avançant un peu vers la porte entrouverte, la mère put voir M. Gruat. Il était assis sur une chaise, entre les tables des écoliers et sa chaire de professeur. Un enfant se tenait debout à côté de lui; un autre, accroupi par terre, déplaçait de petits objets blancs sur une planche coloriée. A cause des cris dans la cour, la mère ne parvenait pas à comprendre ce qu'expliquait M. Gruat, mais sa voix lui parvenait comme un bourdonnement grave. Elle avait envie d'entrer et de dire : « Ne vous dérangez pas, je vais attendre en vous écoutant. » Bientôt, l'élève qui était accroupi se releva et l'autre prit sa place. M. Gruat expliqua encore puis, attirant l'enfant près de lui, il le fit asseoir sur son genou et lui prit la nuque dans sa grosse main. M. Gruat avait les cheveux gris en broussailles, et une moustache jaune, très épaisse, qui cachait presque entièrement sa lèvre supérieure. Il allait sans doute continuer d'expliquer, lorsqu'il aperçut la mère Dubois. Il repoussa doucement l'enfant et vint à la porte.

— Vous voulez me voir, madame Dubois ?

— Si je ne vous dérange pas, dit la mère.

— Mais pas du tout, rien ne presse; et puis, nous avons

terminé. Allons, les petits, ramassez tout ça et filez.

Sa voix était extrêmement grave avec, par instant, comme une vibration humide au fond de la gorge. Il était très grand et, bien qu'il se tînt légèrement voûté, la mère devait lever la tête pour le regarder. Dès que les enfants eurent quitté la classe, il donna sa chaise à la mère et s'assit lui-même à un banc d'élève, en se glissant de biais, ses longues jambes étendues en travers de l'allée, ses hanches coincées entre le dossier et le pupitre et ses avant-bras occupant toute la surface du bureau.

La mère l'observait en silence. A présent, elle n'avait même plus envie de parler. Elle se sentait un peu mal à l'aise sur cette chaise plantée en plein milieu de l'espace vide; et pourtant, un bon engourdissement montait le long de ses jambes serrées l'une contre l'autre sous sa longue jupe grise. M. Gruat venait de tirer de sa poche une blague à tabac et un carnet de papier à cigarette. La mère fixait ses grandes mains aux doigts jaunis qui roulaient lentement le tabac. Quand il eut tiré deux bouffées de fumée, il demanda :

— Alors, vous vouliez me voir, madame Dubois ?

La mère retira sa main toujours cachée sous son châle et montra le rouleau de papier.

— Je vais peut-être vous ennuyer, monsieur Gruat, dit-elle, mais il n'y a que vous pour me conseiller.

Le maître d'école hocha la tête.

— On ne m'ennuie jamais, quand on vient me parler de mes garçons.

La mère sourit. Il avait deviné. Tout devenait facile. Tandis qu'elle se levait pour poser les papiers devant lui, il continua :

— Déjà l'an dernier, vous m'aviez parlé de Julien, comment va-t-il ?

— Il est rentré. Il a fini son apprentissage.

— Voilà qui est bien. Vous aviez peur qu'il n'arrive pas au bout.

La mère hésita, se rassit et laissa filer un soupir en disant :

— J'avais peur, oui et non. Au fond, s'il était revenu seulement l'an dernier, il aurait pu reprendre l'école.

Elle se tut. Sa phrase était restée en suspens. Le maître ne dit rien. Il semblait s'intéresser uniquement à la fumée de sa cigarette, où le courant d'air qui venait de la porte dessinait comme une rivière.

Timidement, la mère reprit :

— Vous m'aviez dit qu'il aurait vite fait de rattraper.

Le maître mordit sa moustache un instant avant de répondre :

— Bien sûr, mais deux ans, vous savez, ça ne se rattrape pas comme ça.

Ils s'observèrent un temps sans rien dire, puis M. Gruat demanda :

— Vraiment, il aimerait reprendre l'étude ?

— Ah ! non, je ne sais pas, il ne m'a rien dit. Mais, en rangeant sa chambre, j'ai trouvé ça. Je vous l'apporte. J'aimerais que vous regardiez, que vous me disiez si on ne pourrait pas... s'il n'y a pas des fois un moyen... Je ne sais pas, moi, quelque chose à faire...

Elle se tut soudain. Elle avait parlé rapidement, comme pressée de tout dire, et voilà qu'elle ne savait même pas exactement ce qu'elle voulait demander. Et, de nouveau, tout se serrait en elle, tout devenait trouble, même le visage de M. Gruat qui se penchait sur les dessins. Lorsqu'il se remit à parler, il parut à la mère que sa voix était plus lointaine, comme tamisée par l'écran de fumée grise qui les séparait. Pourtant, elle était venue pour l'entendre, elle ne devait rien perdre de ce qu'il disait. Retenant son souffle, assise bien raide, loin du dossier de sa chaise, le corps légèrement incliné en avant et les mains jointes sur ses genoux, elle écouta.

M. Gruat souriait en feuilletant les dessins de Julien.

— Vous comprenez, disait-il, moi, des dessins comme ça, je suis épaté chaque fois que j'en vois. Je n'ai jamais été fichu de rien dessiner. Si j'essaie de faire un cheval, il ressemble à une pomme de terre, mais si je m'avisais de peindre une pomme de terre, ce serait tout sauf une pomme de terre.

Quand il riait, sa grosse moustache se soulevait en tremblotant et découvrait ses dents brunies par le tabac. La mère s'était mise à rire également.

— Pourtant, demanda-t-elle, vous leur apprenez bien le dessin ?

— Ah ! diantre non ! Je m'en garderais bien. C'est plutôt eux qui me l'apprendraient. Non, non, je pose sur mon bureau une potiche ou un moulin à café, et je leur dis de dessiner. Le dessin, je crois que ça s'apprend tout seul. Votre Julien, par exemple, je ne me souviens pas qu'il ait été autrement que premier en dessin, et pourtant, je sais bien que personne, ni ici ni chez vous, ne lui a jamais appris à dessiner.

La mère ne savait plus quoi dire. Le maître l'observa un instant avant de demander :

— Il ne vous a jamais raconté comment je note les dessins ?

— Ma foi, je ne m'en souviens pas.

— Hé bien, voyez-vous, c'est la République. Je montre tous les dessins, et on discute. Et ce sont les élèves qui font le classement. Je considère que c'est beaucoup plus juste et, au moins, ça m'évite les remords.

Il continuait de feuilleter les dessins de Julien avec une moue d'admiration. Enfin, au bout d'un moment, il dit :

— Bien sûr, s'il avait continué, il pouvait entrer aux Beaux-Arts, mais, d'un autre côté, vous savez, ça n'offre pas tellement de débouchés. Moi, je ne suis pas contre le travail manuel, loin de là. Et j'estime qu'un garçon qui a un bon métier dans les mains et qui met tout son cœur à l'ouvrage, ça vaut bien des professions libérales.

La mère sentait sa gorge qui se serrait de nouveau sur ce qu'elle avait à dire. Le maître admirait toujours les dessins en les replaçant l'un sur l'autre. Elle attendit qu'il eût examiné le dernier, et murmura :

— C'est que, je ne sais pas, mais je n'ai pas l'impression qu'il aime tellement son métier.

M. Gruat se gratta la nuque, passa plusieurs fois ses doigts sur sa moustache et finit par dire :

— Tout de même, il n'aurait pas attendu deux ans pour s'en apercevoir... Qu'est-ce qui vous fait dire ça ? Est-ce qu'il vous en a parlé ?

La mère haussa les épaules, souleva ses mains qu'elle laissa retomber sur ses genoux en disant :

— Des fois, il n'y a pas besoin de parler... Une mère, vous savez, ça devine souvent bien des choses sans qu'on ne lui explique rien.

— Je comprends, je comprends, mais vous savez, quelquefois également, on croit deviner juste et on se trompe.

Elle eut un mouvement de tête et une ébauche de sourire qui voulaient dire : « Je ne me trompe pas. Je le connais, mon Julien. Je sais peut-être mieux que lui ce qu'il y a au fond de sa tête. »

Il y eut un silence avec, dehors, les cris des enfants et un appel du jeune maître qui se mit à battre des mains.

— Voilà l'heure de l'étude, dit M. Gruat.

La mère se leva.

— Oh ! nous avons encore une minute, fit-il. L'étude ne se fait pas dans cette salle...

— Je ne veux pas vous déranger davantage, dit la mère.

— Vous ne me dérangez pas, je vous l'ai déjà dit. Au contraire, ça me fait plaisir que vous me parliez de Julien. Seulement, que voulez-vous que je vous dise, moi. Vous me mettez dans l'embarras. Ce n'était pas un mauvais élève, loin de là, mais enfin, ce n'était pas non plus un sujet exceptionnel. Il avait des points faibles.

— Je sais, le calcul, par exemple.

— C'est important, vous savez.

Il parut réfléchir encore, puis demanda brusquement :

— Est-ce qu'il ne pourrait pas passer me voir, un de ces jours ?

— Oh ! il viendra certainement.

Elle était restée debout et M. Gruat se leva à son tour, appuyant ses deux mains sur le pupitre pour tirer ses hanches coincées dans l'espace trop étroit. Comme il s'approchait d'elle, la mère lui montra le cahier qu'il n'avait pas ouvert.

— Je vous avais apporté ça également.

Il ouvrit le cahier.

— Ah ! il fait aussi des poèmes. Tiens, ça ne m'étonne pas tellement, au fond.

Dans le vestibule, les pas des enfants martelaient le plancher et la voix du jeune instituteur montait, demandant le silence.

M. Gruat referma le cahier et le mit sous son bras en disant :

— Je regarderai ça. A défaut d'autre chose, je pourrai toujours corriger les fautes d'orthographe.

La mère, qui marchait déjà en direction de la porte, s'arrêta pour expliquer qu'elle avait pris le cahier sans le dire à Julien. M. Gruat eut un gros rire pour la rassurer.

— Je vous le rendrai demain à une heure, en venant à l'école. N'ayez pas peur, je n'y toucherai pas.

Elle sentit qu'il serrait sa main, fit deux pas dans la cour déserte et entendit la porte se fermer derrière elle. Dans l'autre salle, les lampes étaient allumées. Il faisait encore jour pourtant, mais déjà le soleil était derrière la colline. Le fond du préau était noyé d'ombre, le vent soufflait plus fort dans la cour où les feuilles volaient en larges tourbillons.

Il sembla soudain à la mère que tout était mort et froid. En passant, elle regarda les têtes des enfants penchés vers leurs pupitres; elle serra sur sa poitrine les deux pointes de son châle et se mit à marcher très vite vers la maison.

12

En attendant Julien, la mère pensait au cahier que le maître d'école avait gardé. A plusieurs reprises, elle se surprit à murmurer : « Tout de même, s'il voyait que j'ai pris ce cahier ! » Mais tout de suite après, elle s'efforçait de sourire. Allait-elle avoir peur de son garçon, à présent ?

A sept heures du soir, Julien n'était pas là. Le père commença de lorgner le réveil et de tambouriner des doigts sur la table. La mère alla jusqu'à la porte, revint à son fourneau puis retourna encore se pencher sur la main courante du balcon.

— Enfin, finit par dire le père, ça ne va pas être chaque soir la même chose ! En terminant à six heures et demie, il devrait tout de même bien être ici à sept heures. Nous allons encore être obligés d'éclairer pour manger.

— De toute façon, les jours diminuent vite. Et puis, ce soir, il fait plus sombre.

Le père éleva la voix.

— Ce n'est pas une raison pour qu'il prenne l'habitude de traîner les rues avant de rentrer !

La mère soupira, mais ne répondit pas. Elle descendit la suspension et alluma la lampe. Le père suivait des yeux chacun de ses gestes. Elle le sentait sans avoir besoin de le voir. Un silence pesant semblait couler des recoins sombres, et la lumière de la lampe ne parvint pas à le repousser. Pour la mère, il se confondait avec le poids de ce souci que lui causait le cahier de poésies. Elle imaginait le retour de Julien, elle redoutait ce qu'allait dire le père pour ce retard; elle voyait le garçon monter dans sa chambre et ouvrir son tiroir. Elle avait beau se répéter sans cesse, avec plus de force, que c'était là se faire du souci sans raison, l'idée était dans sa tête. Elle se récitait des mots de ces poèmes, des vers entiers même, qui demeuraient dans sa mémoire, et il lui semblait que Julien pourrait être fâché en apprenant qu'elle les avait lus. A présent seulement, elle faisait le rapprochement entre les dessins représentant un visage de fille à l'air maladif et certains poèmes. Et plus elle allait, plus son inquiétude grandissait. En fin de compte, elle ne savait plus très bien si elle redoutait la colère de Julien ou bien autre chose, une chose indéfinissable qui était déjà en elle, et s'amplifiait sans qu'elle pût rien faire pour s'en défendre.

Le père avait déplié son journal, mais elle voyait bien qu'il s'arrêtait de lire à chaque instant pour écouter les bruits du dehors et regarder l'heure. S'approchant du fourneau comme pour s'occuper de sa cuisine, elle se pencha pour essayer de lire un titre. Après un long effort, elle finit par demander :

— Est-ce qu'on ne parle pas, dans le journal, d'un sous-marin allemand qui aurait été capturé ?

Le père chercha.

— Ah ! oui, dit-il : « Un de nos sous-marins... »

Il s'arrêta, lut à voix basse et reprit :

— Mais non, c'est un sous-marin de chez nous qui a capturé un bâtiment de commerce allemand.

— Ah ! ça se peut bien, dit-elle, j'avais vu ça rapidement, sans déplier le journal.

Le père parla un moment de la guerre sur mer puis, revenant à son journal, il reprit :

— Tiens, ils se décident tout de même à faire quelque chose aux communistes... (Il lut lentement.) *La justice a lancé des mandats d'amener contre MM. Ramette et Florimond Bonte. Les trois cent soixante-dix-sept municipalités communistes sont dissoutes ou vont l'être...*

La mère faisait mine de l'écouter. De temps à autre, elle disait :

— Oui, oui... c'est pas malheureux... Ils ont raison...

Mais, en réalité, c'étaient les bruits du dehors qu'elle guettait. Bientôt, il lui sembla percevoir un bruit de voix. Elle se rapprocha de la porte et s'assura qu'on parlait bien dans le jardin, avant de dire :

— Tais-toi voir, j'entends quelqu'un.

Le père suspendit sa lecture. Ils restèrent un instant l'oreille tendue, puis la mère ouvrit la porte en disant :

— C'est Julien, mais il n'est pas seul.

Le père posa son journal et fit la grimace. Il hésita un peu et, comme des pas montaient l'escalier, il grogna :

— Si, en plus du retard, il nous amène encore du monde...

— Tais-toi donc, souffla-t-elle.

Elle entendit Julien qui disait :

— Entrez, Monsieur.

Et, aussitôt, M. Martin, le nouveau patron de Julien, entra. La mère recula d'un pas, tandis que le père se levait précipitamment, posant ses lunettes à côté de son assiette. M. Martin salua en enlevant son chapeau gris et, tout de suite, il se mit à parler très vite, avec des gestes des deux mains et des mouvements de tête qui faisaient trembler la peau de son visage. C'était un homme de la taille de Julien, sec et pâle, qui devait avoir une soixantaine d'années.

— J'ai retardé votre garçon, expliqua-t-il, je vois que vous l'attendiez pour manger.

— Mais ce n'est rien, dit le père, ça n'a pas d'importance.

— C'est qu'il m'arrive un ennui très grave. Je n'ai déjà presque plus de personnel dans ma maison de Lyon, ce sont presque tous des nouveaux que je ne connais pas, et voilà que le contremaître s'en va.

Le père et la mère l'écoutaient debout, hochant la tête. Comme la mère lui avançait une chaise, il eut un geste de la main pour la repousser en disant :

— Non, non, je ne m'arrête pas. J'ai encore un tas de choses à préparer; il faut que je parte très tôt, demain matin.

Il eut un tout petit instant d'hésitation, se tourna vers Julien qui se tenait à côté de lui; puis, toisant de nouveau le père et la mère Dubois, il reprit :

— J'emmène votre garçon, je suis obligé, il me faut un homme là-bas, en qui je puisse avoir confiance.

— Mais..., dit timidement la mère.

M. Martin l'interrompit :

— Oui, oui, je sais, dit-il. Vous allez me répondre que je ne sais pas du tout ce qu'il est capable de faire, mais ça ne fait rien. A Lyon, pour lui, ce ne sera pas une question de travail, mais de responsabilité. Le travail, il se fait; seulement, je veux un responsable.

Il s'arrêta sur ce mot, les regarda encore avec insistance, puis, comme le père allait parler, il le devança :

— Vous comprenez, monsieur Dubois, je vous connais depuis assez longtemps pour savoir qu'avec vous je pourrai dormir sur mes deux oreilles.

— Mais enfin, dit encore la mère... il faudrait...

M. Martin leur serra la main et ouvrit la porte en disant :

— Ne vous inquiétez de rien. Là-bas, il sera comme un coq en pâte, c'est moi qui l'installerai... Ne vous inquiétez pas... Et je l'augmenterai. Un responsable, il me faut... un responsable... Ne vous en faites pas, je sais que ça se paye, un responsable...

La mère l'entendit descendre l'escalier en répétant ce mot.

Lorsqu'il fut parti et que Julien eut fermé la porte, il y eut un long silence. Ils se dévisageaient tous les trois. Julien avait un demi-sourire, le père fronçait le menton en passant sa main sur son crâne luisant; la mère sentait son cœur battre de plus en plus fort.

— Enfin, dit-elle, enfin, mais ce n'est pas possible !

Julien éclata de rire.

— Mais si, fit-il. Ce bonhomme est comme ça. Il paraît que c'est toujours pareil, avec lui. Il mène toute la maison tambour battant.

— Mais tu viens à peine d'arriver, fit-elle, tu ne vas pas déjà repartir.

Sa voix chevrotait. Elle commençait à voir Julien comme dans un brouillard.

— Maman, dit-il, tu ne vas pas te mettre à pleurer, non ! Merde alors, aller à Lyon, c'est chouette, tu sais !

Elle eut un geste désespéré et se laissa tomber sur sa chaise. Le père s'était assis lentement, et elle l'entendit qui disait :

— Sûr que cet homme est un original. On me l'avait dit, mais c'est vrai. C'est bien vrai. On dirait quasiment un coup de vent. Et dire qu'il a ramassé des millions en menant sa maison de la sorte. Il faut croire tout de même qu'il sait ce qu'il fait.

La mère essayait de ne plus pleurer, mais les larmes continuaient de monter à ses yeux. Elle sentait bien que ce n'était pas un vrai chagrin, mais bien davantage l'énervement de toute cette journée.

— Enfin, dit le père, tu ne vas pas chialer pour ça. C'est évidemment ennuyeux qu'il parte aussi précipitamment, mais tout de même, si M. Martin l'a choisi, c'est quelque chose !

Elle leva la tête et essuya ses yeux avec son mouchoir. Le père souriait. Ses lèvres tremblaient de temps à autre et son menton continuait de se plisser, accentuant sa fossette. Elle sentit qu'il faisait un effort pour ne pas montrer davantage sa joie. Julien s'était assis à table.

— Et toi, lui demanda-t-elle, ça ne te fait rien, de repartir déjà ?

Le garçon eut un haussement d'épaules, comme pour dire qu'il comprenait ce qu'elle pouvait éprouver; puis, souriant, il répéta :

— Merde, dis donc, Lyon c'est bath, tout de même.

Elle sourit à son tour en posant sur la table sa casserole fumante. Le père tendit son assiette qu'elle emplit, en disant à Julien :

— Mon pauvre grand, quel langage tu as. Et dire que tu vas repartir... Que tu vas encore te trouver seul.

Elle servit son garçon et se mit elle aussi à manger lentement. Peu à peu, cet agacement qui l'avait fait pleurer la quittait; mais, à présent, elle sentait revenir en elle cette crainte qu'elle avait déjà éprouvée si souvent, pendant les deux années d'absence de Julien.

13

La mère avait veillé très tard pour préparer la valise de Julien. Cependant, le lendemain matin, elle fut debout bien avant l'aube. Elle n'alluma pas la suspension, mais seulement la petite lampe pigeon qu'elle avait descendue de la chambre et posée sur le bahut. La valise de Julien était prête; elle la ferma en espérant que, peut-être, il oublierait le cahier. Ensuite, elle passa le café et fit chauffer le lait. Elle ne monta réveiller le garçon que lorsqu'elle eut tout achevé.

Tandis qu'il mangeait, elle s'était assise en face de lui. Accoudée à la table, elle ne le quittait pas des yeux. Au bout d'un moment, elle demanda :

— Vraiment, ça ne te fait rien de t'en aller si loin ?

Julien se mit à rire.

— Loin ? Tu rigoles, ça ne fait même pas cent cinquante bornes. C'est dommage que le patron soit pressé, sinon je partirais en vélo.

La mère haussa les épaules.

— Ne dis donc pas de bêtises, va !

Julien se remit à manger. C'était vrai qu'il était grand et fort. Un homme. Un homme qui partait, qui ne resterait peut-être plus jamais ici. Un homme qui s'en allait tout seul vers une grande ville inconnue.

— Il faudra faire très attention, là-bas.

— Attention à quoi ?

Elle soupira.

— Je ne sais pas. A tout. Aux... aux gens. On ne sait jamais sur qui on tombe. Enfin, tu es assez grand pour me comprendre.

Elle avait envie de dire bien des choses, mais les mots ne lui venaient pas. Ou bien, quand ils venaient, il lui semblait qu'elle ne pouvait pas les dire à son petit. Alors, elle se tut, et continua de le contempler.

Le jour se levait, sa lumière pâle éclairait à peine un côté du visage de Julien. L'autre moitié de ce visage demeurait éclairée par la flamme de la lampe. Soudain, la mère se sentit envahie par une grande crainte.

— Les villes, dit-elle, il se peut qu'elles soient bombardées. Ici, à Lons, ce n'est pas important, on ne risque rien; mais Lyon pourrait être visé. S'il y a des alertes, il faudra que tu descendes dans la cave.

— Bien sûr, dit Julien, mais il n'y aura rien, sois tranquille.

— Tout de même, soupira-t-elle, j'aurais bien dû demander à M. Martin s'ils ont des caves, sous la maison.

— Il se serait moqué de toi.

Julien but le café au lait qui restait dans son bol, et se leva. La mère alla jusqu'au bahut et souffla la lampe.

— J'entends ton père, dit-elle.

Julien avait enfilé sa veste et son imperméable.

— Surtout, quand il fera froid, habille-toi bien. Et s'il te manque quelque chose, écris-moi.

Le père entra, posa son vase de nuit sur la dernière marche de l'escalier et demanda :

— Alors, te voilà prêt ?

— Ça y est.

Au son de sa voix, la mère sentit que son homme était heureux. Elle eut envie de lui en faire le reproche, mais elle se tut.

— Je vais avec toi jusqu'au bout du jardin, dit-elle à Julien. Je porterai mon bidon à lait.

Julien embrassa son père qui lui dit :

— Et surtout, travaille bien.

La mère et le garçon marchèrent en silence dans l'allée où les feuilles s'amassaient le long des dalles de bordure. Il faisait frais. La mère serrait son châle autour de ses épaules. Son bidon, qu'elle tenait devant elle, cliquetait contre un bouton de sa blouse; la poignée de la valise que portait Julien couinait un peu, c'était là les seuls bruits. Le matin était tout imprégné de nuit. Quelques fenêtres étaient ouvertes sur la rue.

— Le matin, dit la mère, les gens ne s'inquiètent pas de la défense passive, et personne ne dit jamais rien.

Julien ne répondit pas. Ils étaient arrivés près de la grille. La mère tira la clef de sa poche de blouse et ouvrit. Elle serra longuement Julien contre elle. Il avait beau se pencher, elle devait se lever sur la pointe des pieds pour l'embrasser.

— Pense à tout ce que je t'ai dit, murmura-t-elle. Et écris-moi. Et fais des lettres qui me racontent comment tu es.

Julien s'éloigna. Elle voulait ajouter quelque chose, mais sa gorge était trop serrée. Debout devant la barrière, elle le regarda monter la rue. Il se retourna plusieurs fois pour lui faire signe. Quand il passa devant le portail de l'école, les yeux de la mère s'emplirent soudain de larmes. Tout se brouillait. Julien n'était plus vêtu d'un imperméable beige, mais d'un long tablier noir; il ne portait pas une valise, mais un cartable de cuir. Il allait quitter la rue, entrer dans la cour aux grands marronniers et, avant de franchir le portail, il se retournerait encore une fois pour lui adresser un signe.

Elle inclina la tête et essuya ses yeux avec un coin de

sa blouse. Quand elle se redressa, Julien était immobile, tout en haut de la rue, bien plus loin que l'école, juste avant le tournant. Il leva la main. La mère répondit. Ils restèrent un instant à se saluer, puis elle vit retomber le bras de Julien, qui disparut très vite, derrière l'angle d'une maison.

Alors la mère rentra dans le jardin. Elle repoussa la grille et revint lentement.

Arrivée près de la maison, elle s'immobilisa. Derrière, du côté des couches, le père parlait au voisin. Elle s'avança sans bruit devant les cages où les lapins flairaient le grillage en la regardant passer. Quand elle eut atteint l'angle, elle s'arrêta.

— Vous comprenez, disait le père, des ouvriers, ils en trouvent peut-être, mais ce qu'ils ne trouvent pas, ce sont des gens de toute confiance; et travailleurs et intelligents. Ça n'est pas à n'importe qui, qu'un homme comme M. Martin peut confier sa maison de Lyon.

— Bien sûr, disait le père Piolat, avec vous, ils sont tranquilles. Ils vous connaissent assez pour savoir qu'on peut compter sur un garçon comme le vôtre. Seulement, est-ce qu'ils vont au moins le payer en conséquence, il est encore si jeune !

Il y eut un silence. Se penchant à peine, la mère vit que son homme rallumait sa cigarette avant de répondre :

— Bougre, j'espère bien, qu'ils vont le payer ! Vous comprenez, en quelque sorte, c'est lui qui va tout diriger en l'absence de M. Martin qui est plus souvent ici qu'à Lyon. L'âge, ça ne fait rien, quand un garçon est raisonnable.

— Tout de même, dit le voisin, la guerre, ça oblige les jeunes à prendre leurs responsabilités.

— Ah ! c'est sûr, dit le père.

— Est-ce que ça ne vous fait pas un peu de souci, à vous ?

— Pensez voir, je n'ai pas à m'en faire. Je sais bien ce que vaut mon garçon. D'ailleurs, moi, à son âge, il y a beau temps que je faisais tout seul les tournées...

La mère n'en écouta pas davantage. Elle revint vers l'escalier. Il y avait toujours en elle cette grande peur, mais il lui sembla cependant que le matin avait quelque chose de tranquille, une tiédeur, comme un reste d'été qu'elle n'avait pas encore remarqué.

14

A LA FIN de la matinée, la mère était occupée à faire son lit lorsqu'elle entendit des voix dans le jardin et des bruits de pas râclant le pavé de la cour. Elle se pencha à la fenêtre, mais déjà les visiteurs avaient dépassé l'angle de la maison. Elle comprit seulement, au bruit, qu'il s'agissait de plusieurs hommes qui discutaient avec le père. Elle acheva rapidement son lit et descendit. Arrivée sur le balcon, elle vit en-dessous d'elle, des soldats casqués et en armes. Trois étaient debout. Deux autres assis sur les marches de l'escalier de la cave. Il y avait deux fusils appuyés contre la murette qui sépare la cour du jardin des Piolat. Le père sortit bientôt de la cave, un litre de vin rouge d'une main, un verre de l'autre. Tandis que les soldats commençaient à boire, la mère descendit vers eux. Ils buvaient l'un après l'autre, se passant le verre vide après l'avoir égoutté par terre d'un geste toujours le même. Un petit blond avait posé son casque à côté de lui, sur la table de fer. Il semblait extrêmement jeune et la mère pensa à Julien.

— Ils sont venus nous donner des nouvelles de Butillon, tu sais, le sergent, le fils de Marius Butillon.

— Oui, oui, je sais, dit la mère en souriant.

Elle remarqua que l'un des hommes avait un petit galon doré à sa manche. Il ne portait pas de fusil, mais un étui à revolver à son ceinturon. Il regarda la mère, puis, souriant à son tour, il dit :

— Sûr que c'est un sacré numéro, celui-là; quand on l'a rencontré une fois, on s'en souvient le reste de ses jours.

— Et alors, demanda-t-elle, qu'est-ce qu'il devient ?

— Eh bien, dit le père, le sergent va te raconter.

Le sergent se mit à rire et, montrant ses hommes d'un geste circulaire, il expliqua :

— Ma foi, jusqu'à présent, il faisait comme moi, des patrouilles, du service en ville, comme on dit. (Il marqua un léger temps.) C'est-à-dire qu'il était censé ramasser les ivrognes et ceux qui font du tapage dans les rues.

Les soldats se mirent à rire à leur tour.

— Au lieu de nous les faire ramener, précisa l'un d'eux, il nous disait : « Prenez son nom, vous le porterez présent, et couchez-le dans un couloir, il saura bien rentrer tout seul quand il aura fini de cuver. »

Tous riaient.

— Et alors ? demanda la mère, on l'a puni, je parie !

Il y eut encore des rires suivis d'un silence durant lequel le sergent regarda le père et la mère Dubois.

— On ne peut pas dire que ce soit une punition, puisque c'est lui qui l'a demandé, fit-il; mais enfin, c'est tout de même un sale truc.

— Pas pour lui, dit un soldat, c'est ce qu'il voulait.

— Tu me fais marrer, s'il y laisse sa peau !...

La mère eut le sentiment que les soldats les avaient un peu oubliés, son homme et elle. Durant un moment, elle les écouta discuter puis, comprenant que le sergent Butillon avait été envoyé dans la Sarre, elle pensa soudain à sa femme et à son garçon de quatorze ans qu'elle n'avait vus que sur des photographies. La femme lui avait parue grave et presque triste, le garçon était très beau.

— Et alors, demanda-t-elle, on l'a expédié se battre, à son âge, simplement parce qu'il ne mettait pas les ivrognes en prison ?

Elle sentait la colère gronder en elle. Les hommes se turent un moment pour la regarder, puis le sergent expliqua :

— C'est-à-dire, on lui a simplement fait remarquer qu'il ne faisait pas son service.

— Faut dire que le pitaine qui lui a passé un savon, c'est un pète-sec, remarqua un soldat.

— C'est vrai, mais un officier, mon vieux, c'est un officier, quand il t'engueule, vaut mieux la boucler.

— Seulement, pour faire taire Butillon...

Ils se mirent tous à rire. Le père aussi riait. Il leur versa une nouvelle tournée de vin, tandis que le sergent expliquait :

— Voilà ce qui s'est passé : quand ce capitaine l'a sermonné, il lui a répondu qu'il n'avait pas été mobilisé pour faire le flic, mais pour se battre contre les Fritz. Il paraît même qu'il aurait insulté le capitaine.

— C'est vrai, précisa l'un des hommes, un planton me l'a raconté. Il lui a dit : « Si vous tenez à rester embusqué ici, restez-y. Moi, ou bien vous m'envoyez en ligne, ou bien je vous fous mon fourniment à travers la gueule, et je me considère comme démobilisé. » C'est vrai, il a dit ça, et après il est sorti en claquant la porte.

Les soldats hochaient la tête. Le sergent semblait un peu gêné.

— Enfin, bredouilla-t-il. On ne sait pas au juste...

Le soldat qui venait de raconter, l'interrompit pour lancer :

— C'est comme ça que ça s'est passé, et pas autrement. Même que le planton m'a dit : « Si tu avais vu le pitaine, j'avais l'impression qu'il allait en crever d'apoplexie. »

Il se tut un instant avant d'ajouter, mais avec une moue d'admiration :

— Sûr que Butillon, c'était pas un dégonflé !

— D'ailleurs, dit un autre, leur foutre son fourniment à travers la gueule, c'était bien son expression.

— Toujours est-il, acheva le sergent, que le surlendemain il avait son ordre de mission pour un secteur de combat.

— Tout de même, fit la mère, tout de même !

Les hommes parlèrent encore un moment, mais la mère ne les écoutait plus. Leur présence et ce départ du sergent Butillon lui avaient rappelé la guerre. Tout le monde avait beau dire qu'on ne se battait pas, que personne n'avait vraiment envie de se battre, il y avait toujours cette menace qui ravivait en elle les souvenirs de 14-18, de ces hivers où tant de soldats étaient morts.

Et même lorsque les capotes disparurent l'une après l'autre dans l'allée du jardin, la mère demeura triste.

15

PENDANT le repas, le père parla beaucoup de Butillon et du temps où il était avec Marius Butillon. La mère ne l'écoutait pas. De cette autre guerre, seuls les souvenirs des trains de blessés arrêtés à la gare et des avis mortuaires arrivant dans les familles, étaient encore en elle. Le reste ne l'intéressait pas. Elle avait trop entendu ces histoires de soldats, ces aventures d'une époque d'épouvante, dont elle se demandait parfois si les hommes avaient gardé de vraies blessures. Seuls paraissaient les avoir marqués les heures d'énormes rigolades, ou bien de petits faits absolument insignifiants.

Aussitôt le repas terminé, la mère se hâta de débarrasser la table; puis elle attendit que le père fût monté se reposer pour gagner la rue. Légèrement en retrait de la grille, elle demeura immobile, observant les premiers enfants qui jouaient devant le portail de l'école.

M. Gruat parut bientôt en haut de la rue. La mère sortit de son jardin pour aller à sa rencontre. Dès qu'un élève aperçut M. Gruat, il y eut un grand cri et une galopade générale dans sa direction. Le maître, qui portait une longue gabardine grise et un chapeau noir, s'arrêta au milieu d'une bousculade. Les enfants se précipitaient contre lui, tirant son vêtement, cherchant à se rapprocher en jouant des coudes. Ses larges mains se tendaient au-dessus des têtes, et il empoignait à la fois plusieurs mains d'enfants qu'il secouait en riant. Se penchant en avant, il souleva un tout petit pour l'extraire du groupe. Comme il le prenait sur son bras, vingt voix se mirent à crier :

— Moi... moi... moi !...

La mère Dubois s'était arrêtée à quelques pas de là. M. Gruat la salua sans pouvoir l'approcher, et fit un geste en direction du portail. Tout le groupe d'ailleurs marchait vers la cour et, quand M. Gruat eut ouvert, les enfants entrèrent puis se dispersèrent en criant de plus belle. M. Gruat posa le garçon qu'il tenait.

— Allons, dit-il, va vite t'amuser avec les autres.

Le petit détala en riant et M. Gruat salua la mère :

— C'est tous les jours la même comédie. Il n'y a rien à faire.

— C'est extraordinaire, ces enfants vous aiment vraiment.

Le maître mordillait sa moustache.

— C'est très ennuyeux, dit-il, à cause des jeunes maîtres. Les enfants ne sont pas ainsi avec eux; alors, vous comprenez, ça me gêne un peu.

La mère souriait. Elle ne savait pas comment l'expliquer, et cependant, elle comprenait bien ce qui devait attirer les enfants vers cet homme.

— Pourtant, reprit-il, ça n'est pas que je manque de sévérité. Enfin, enfin...

Il fit un geste d'excuse en levant devant lui ses deux grosses mains largement ouvertes.

— C'est naturel, dit la mère, c'est tout naturel.

Ils firent quelques pas en direction de la cour, puis M. Gruat sortit de sa poche le cahier roulé qu'il tendit à la mère.

— Alors, demanda-t-elle, vous avez regardé ?

M. Gruat paraissait embarrassé. Il se donna le temps de faire une cigarette, de l'allumer avec son gros briquet de cuivre, de prendre sa grosse voix pour appeler deux enfants qui se battaient, puis, finalement, il expliqua :

— Bien sûr que j'ai regardé, j'ai même tout lu, tout, je vous assure. Evidemment, ça montre que ce gaillard est sensible, qu'il a envie de... de s'exprimer.

Il hésitait, il cherchait ses mots. Son regard quittait de temps en temps le visage de la mère pour faire le tour de la cour.

— Vous comprenez, disait-il, c'est bien. On ne peut rien dire, c'est très bien. Seulement, que voulez-vous que ça lui apporte ? Tout le monde a écrit des poésies, à cet âge-là.

La mère eut un sourire triste pour dire :

— Oh ! non, monsieur Gruat, pas tout le monde... pas moi, en tout cas, je vous assure.

L'homme se mit à tourner entre ses mains son chapeau à larges bords.

— C'est très difficile de juger, dit-il, très difficile. Mais ce qui est encore plus grave, c'est de conseiller. Je ne peux tout de même pas vous dire : « Il faut que Julien reprenne ses études. » Et pour faire quoi ? Dessiner, peindre ? Je crois que ni l'un ni l'autre n'a jamais aussi bien nourri son homme que le métier qu'est en train d'apprendre votre fils.

La mère raconta le départ de Julien.

— Vous voyez, dit M. Gruat, ça peut marcher beaucoup plus vite que vous ne pensiez.

Il y eut un silence entre eux. Les cris des enfants continuaient. Les pieds soulevaient des nuages de feuilles rousses. M. Gruat surveillait toujours, tapant parfois dans ses mains qui sonnaient comme des battoirs de laveuse, ou lançant un nom de sa grosse voix qui ne parvenait jamais à être vraiment dure. La mère ne le quittait pas des yeux. Depuis deux jours, elle avait vingt fois imaginé ce qu'il lui dirait. Et il venait de parler, et il n'avait pas dit ce qu'elle attendait. Malgré tout, il y avait, venant de lui, comme une force invisible et rassurante.

Le jeune instituteur adjoint passa près d'eux, les salua, et gagna le centre de la cour où il se mit à marcher, les mains au dos, s'arrêtant quand un groupe d'élèves passait trop vite devant lui.

La mère demeura un moment indécise. Elle regarda la porte, mais, revenant à M. Gruat, elle demanda, presque malgré elle :

— Et la guerre, monsieur Gruat, qu'en pensez-vous ? Il a dix-sept ans, mon Julien; et puis, les grandes villes sont plus menacées que des pays comme le nôtre.

M. Gruat parut très embarrassé par cette question. Il passa plusieurs fois sa main sur sa moustache avant de dire lentement :

— La guerre, la guerre. Peut-on savoir où elle va nous mener ?

Il y avait, au fond de ses yeux, comme une ombre qui impressionna la mère Dubois. Il se tut et baissa la tête. Sous sa semelle, il roulait un marron sorti de sa bogue. La mère ne posa aucune question. Elle attendit, le regard fixé au front de M. Gruat. Cela dura un temps qui parut extrêmement long à la mère; puis, relevant soudain la tête, M. Gruat s'approcha d'elle; tirant un journal de sa poche, il l'ouvrit, le replia en laissant un article à l'extérieur et demanda :

— Est-ce que vous vous souvenez de la mère Bizolon ?

— Bien sûr. La maman des Poilus. On en a assez parlé en 14-18. Une brave femme qui s'était installée à Lyon, sur le quai de la Gare, et qui servait à boire aux permissionnaires à l'arrêt des trains.

— Oui, c'est ça, une brave femme. Moi aussi, je me souviens; en 17, elle m'a versé du vin chaud.

Il s'arrêta encore. Il semblait hésiter à poursuivre; pourtant, regardant son journal, il lut à voix haute :

— « *La vivandière des trains de 1914-1918 a repris du*

service à la gare de Perrache. » Je vous passe la description, mais voici la fin de l'article : « *Croyez-vous, nous disait-elle, que je revois aux portières des trains, avec des barbes grises, de braves poilus qui me reconnaissent et qui me disent : « On part de nouveau, mais cette fois, le fils y est déjà. » Et la brave femme a les larmes aux yeux.* »

M. Gruat s'arrêta pour soupirer longuement. Sa main, qui tenait le journal, retomba le long de sa gabardine. Baissant la voix, il demanda :

— Est-ce que vous croyez que ce n'est pas épouvantable ?

La mère hocha la tête. Elle ne savait pas exactement ce que M. Gruat voyait là d'épouvantable, et préféra ne rien dire. D'ailleurs, toujours parlant bas, mais plus vite et d'une voix qui vibrait un peu, le maître reprit :

— Une brave femme, comme vous dites. Et le plus terrible c'est que c'est exact. C'en est une. Ce sont tous de braves gens. C'est avec des braves gens comme ça qu'on fait la guerre. Des gens qui ont dans les yeux des larmes d'émotion, pas des larmes de tristesse, ou de rage, ou de déception. Des gens qui sont fiers de dire : « *Le fils y est déjà.* »

Il se tut soudain, regarda en direction de la cour où le jeune maître allait toujours de long en large. Puis, plus bas encore, d'une voix cassée, il reprit :

— Madame Dubois, moi aussi j'ai un fils qui vient de partir. Vingt-trois ans... Eh bien, je n'en suis pas fier, je vous assure. J'aimerais mieux le savoir n'importe où, plutôt que là-bas.

— Où est-il ? demanda la mère.

Il eut un geste vague.

— Secteur postal, dit-il. Mais peu importe : il est à la guerre, c'est ce qui compte. Ils sont des millions, à la guerre. Et parfois, je me demande si nous ne sommes pas faits vraiment pour la guerre. Si la paix n'est pas simplement un entracte pour préparer une guerre plus parfaite...

Ça leur semble tellement normal, de partir ou de repartir...

Il soupira encore, avant de continuer, l'air de plus en plus las :

— Dans toute une carrière de fouette-culs comme celle que je termine, madame Dubois, on en voit passer des petits hommes. On ne peut pas faire beaucoup pour eux; mais moi, j'ai toujours essayé, de toute ma force, de leur faire sentir l'absurdité de la guerre. La grandeur d'une vraie paix. Eh bien, voyez-vous, j'en vois beaucoup qui partent, de mes anciens petits. Ils ne partent pas de gaieté de cœur, bien sûr. Il y a les froussards, les faux courageux, les vrais. Ceux qui gueulent, ceux qui laissent une fille, une mère ou des gosses, mille et mille raisons de maudire cette saloperie de guerre, mais quant à avoir conscience de son absurdité, pas un. Vous pouvez me croire, je n'en ai pas vu un seul !

La mère se sentait le cœur serré. Elle eut soudain l'impression que M. Gruat allait se mettre à pleurer. Il se contenta de cligner des paupières plusieurs fois en mordant sa moustache. Puis, comme la mère allait parler, M. Gruat eut un geste du menton vers le jeune maître qui s'était arrêté au centre de la cour.

— Il est l'heure, dit-il. Vous m'excuserez.

— Bien sûr, dit la mère. Je vous remercie, monsieur Gruat.

Il lui serra la main, s'éloigna d'un pas, puis, se retournant un instant, il ajouta :

— Il faut bien faire son métier. Il le faut, même si ça ne sert pas à grand-chose... Même si ça ne devait jamais servir à rien.

Il se détourna rapidement et s'éloigna. Ses derniers mots étaient à peine parvenus jusqu'à la mère, tant il devait avoir la gorge serrée. Elle demeura immobile à le regarder partir. Il allait lentement, mais à longs pas un peu lourds. Son dos large semblait plus voûté, comme tiré en avant par le poids de sa tête grise. Il balançait ses longs bras, tenant toujours d'une main son chapeau et, de l'autre, son journal plié.

Il ne dit rien, mais dès qu'il fut debout sur le pas de la porte qui donne dans le vestibule, les élèves vinrent s'aligner devant lui. Très vite, le silence se fit sur la cour vide et couverte de feuilles mortes.

16

QUITTANT l'école, la mère revint à la maison. De nouveau elle cachait sous son châle le cahier de Julien. Elle le serrait contre sa poitrine, mais, pour l'instant, ce n'était pas à lui qu'elle pensait. Elle avait encore dans la tête les paroles de M. Gruat, et tout n'était pas clair. Elle non plus, n'avait jamais pensé à l'absurdité de la guerre. Elle se disait seulement que Lyon risquait davantage que Lons-le-Saunier d'être bombardé, et que Julien se trouvait à Lyon. Elle se répétait aussi que rien ne prouvait que cette guerre ne durerait pas quatre ans, ou même davantage.

Cependant, sans qu'elle pût en saisir parfaitement la raison, cette grande douleur qu'elle avait devinée dans la voix et le regard de M. Gruat, la peinait. La guerre lui paraissait plus proche, plus dangereuse peut-être. Toujours invisible, cette guerre avait pourtant déjà cruellement blessé M. Gruat, là, à deux pas, dans une école où des enfants continuaient de jouer et de rire.

Lorsqu'elle fut de retour à la maison, elle monta sans

bruit dans la chambre de Julien. Le père se reposait à côté. Elle ouvrit le tiroir et remit le cahier à sa place. Le carton à dessins était toujours là. Elle hésita un peu à le prendre. La main sur le bord du tiroir ouvert, elle fit des yeux le tour de la pièce. Les rayons avec les livres; le lit étroit contre la cloison et qu'elle entendait parfois craquer la nuit, de sa chambre, quand Julien se retournait; la table de nuit avec la bougie, deux crayons, un carnet et un livre; l'affreux portrait du boxeur noir au visage tordu de douleur ou de rage — elle avait cent fois regardé tout cela, durant l'absence de Julien. Il lui était même arrivé de pleurer, assise au bord du lit. Aujourd'hui, elle ne pleurait pas; et pourtant le jour qui coulait de la tabatière était gris comme le ciel. Il sentait l'hiver, un de ces hivers sombres et mouillés, dont on se dit toujours qu'on n'en verra jamais la fin.

La mère se décida enfin à prendre le carton de dessins. Elle s'assit sur le lit et le posa à côté d'elle; puis, tournant les feuilles une à une, elle les examina longuement. Les mots de M. Gruat sonnaient encore à son oreille : « Moi, quand je veux dessiner un cheval, ça ressemble à une pomme de terre... Moi, je ne connais rien à la peinture »

— Moi non plus, je n'y connais rien, murmura-t-elle.

Elle ne cherchait pas à juger les dessins. Elle les trouvait bien faits, c'est tout. Mais ce qu'elle voyait en eux, c'était Julien. Un Julien qu'elle découvrait, un Julien qui paraissait si loin du petit garçon qui l'avait quittée, deux ans plus tôt !... Et dire qu'il s'était à peine arrêté quelques jours, et que déjà il était reparti; plus loin, pour plus longtemps peut-être.

Elle resta ainsi, avec, sur ses genoux, l'un de ces visages de cette fille maladive que Julien avait si souvent dessinée. Elle ne le regardait pas vraiment. Elle n'avait plus besoin de le regarder, il était en elle; tranquille. Il s'accordait parfaitement à cette mélancolie, dont elle savait bien à présent que seul le retour de Julien pourrait la délivrer.

DEUXIÈME PARTIE

17

CET hiver-là fut très dur. Il y eut de la neige, du froid avec du verglas, quelques redoux trompeurs, et encore du froid.

La mère Dubois souffrait souvent de ses mains. Le père eut une petite rechute de sa congestion pulmonaire. Pendant quelques semaines, il garda le lit, et la mère dut s'occuper toute seule de la maison. Il y avait les lapins à soigner, l'eau à tirer à la pompe qui gelait chaque nuit et qu'il fallait dégeler en brûlant de la paille sous le tuyau; il y avait aussi le bois à apporter du hangar pour allumer le feu de la cuisine et alimenter nuit et jour celui de la chambre où le père était couché.

La mère demeurait parfois plusieurs jours d'affilée sans voir personne, en dehors des gens qu'elle rencontrait en allant chercher son pain ou son épicerie. Simplement, de loin en loin, un voisin venait prendre des nouvelles du père. Elle entendait sonner des pas sur l'escalier. Elle ouvrait. Le visiteur quittait ses sabots sur le seuil et entrait en chaussettes, s'excusant d'amener du froid. Les gens ne restaient jamais longtemps près du père qui toussait beaucoup et ne pouvait parler.

Deux ou trois fois, Paul Dubois vint voir son père. Lui non plus ne s'arrêtait guère. Il se contentait de dire :

— C'est rien. Ça va aller mieux. Le docteur m'a dit que ce n'est pas grave... Allons, je ne m'arrête pas, j'ai du travail.

Et chaque fois, après son départ, il semblait à la mère qu'elle était vraiment seule.

La visite la plus fréquente était celle de Mlle Marthe. Souvent, elle ne montait même pas jusqu'à la chambre. Elle prenait des nouvelles en deux mots, puis racontait rapidement ce qu'elle avait entendu à la radio et que l'on n'écrivait pas toujours dans le journal. Chaque dimanche après-midi, elle apportait le dernier numéro de *L'Illustration*. Là, elle tirait son tricot d'un grand sac de tissu noir à fermoir de bois, et s'attardait parfois jusqu'à la tombée de la nuit.

La mère tricotait également ou ravaudait. Elles se tenaient toutes deux près de la cuisinière et demeuraient de longs moments sans parler. La bise sifflait dans les fils de la treille, faisant vibrer la lourde porte de chêne. La cuisinière chantait. Il faisait bon.

Quand le père frappait le plancher de son bâton, la mère montait dans la chambre.

— S'il n'était pas si pénible, s'il ne m'appelait pas si souvent, disait-elle, je pourrais aller vous voir. Moi aussi, j'aimerais bien écouter la T.S.F., mais il suffirait que je m'absente pour qu'il me croie perdue.

Elle soupirait en reprenant sa place.

— Que voulez-vous, c'est un malade, et il n'est plus jeune, disait Mlle Marthe.

— Si seulement il voulait être raisonnable et comprendre qu'il peut lui arriver quelque chose. Mais non, à l'idée de faire venir un notaire, on dirait qu'il prend peur. Il se figure que ça va hâter sa fin.

— Tous les malades sont comme ça.

La mère hochait la tête en murmurant :

— Oui, mais ils n'ont pas tous un fils comme Paul. Vous savez bien que ce n'est pas mon garçon. Et s'il arrivait malheur à mon mari, je ne sais pas ce qu'ils feraient, lui et sa femme.

C'était devenu une des grandes craintes de la mère. Presque chaque dimanche, elle en parlait à Mlle Marthe qui tentait, sans beaucoup de conviction, de la rassurer.

Il y avait aussi les lettres de Julien. Elles étaient souvent très courtes, disant simplement que tout allait pour le mieux. La mère répondait plus longuement, posant toujours les mêmes questions, ne se lassant jamais de renouveler ses recommandations.

— Il doit s'en moquer, disait-elle à Mlle Marthe. Il doit dire que je rabâche; mais ça me fait tellement de souci, de le savoir dans cette ville que je ne connais même pas. Et puis, les temps ne sont tout de même pas normaux.

Cependant, quand le printemps fut venu à bout de l'hiver et que le père eut triomphé de son mal, il sembla à la mère que les choses finiraient peut-être par s'arranger. Il y avait plus d'un mois qu'elle n'avait pas vu M. Martin, mais elle savait qu'il était satisfait de Julien. A leur dernière rencontre, il lui avait laissé entendre qu'il le ramènerait après les fêtes de Pentecôte, tout au moins pour une huitaine de jours.

Pendant quelques semaines, le père resta dans la cuisine. Il passait ses journées assis entre la table et la fenêtre, les pieds contre la porte de la cuisinière.

Puis ce fut le début du vrai printemps, et il fallut recommencer le travail du jardin. Le père était vite essoufflé, et la mère devait accomplir seule la plus grosse part du travail. Elle le faisait en serrant les dents sur la douleur qui tenaillait ses mains et ses épaules, en s'arrêtant de temps à autre pour remonter le bandage de sa hernie qui tenait mal à sa place.

Les soirées étaient encore fraîches, et il fallait se hâter

de dîner pendant qu'achevaient de se consumer les bûches allumées pour réchauffer la soupe.

Un soir du mois d'avril, alors qu'ils venaient de se mettre à table, la mère entendit des pas qui montaient l'escalier. Elle se leva et alla jusqu'à la porte.

— Qu'est-ce qu'il y a ? demanda le père.

— Il y a quelqu'un, tu n'entends pas ?

Elle ouvrit au moment où l'on frappait. C'était M. Martin. Il entra en ôtant son chapeau et en disant :

— Je vous dérange, mais il fallait que je vous voie ce soir, et j'arrive à l'instant même de Lyon.

Soudain angoissée, la mère put à peine articuler :

— Qu'est-ce qu'il y a ?

Le père s'était levé à son tour et demanda :

— Rien de grave, au moins ?

Le visage tendu de M. Martin ébaucha un ricanement.

— Oh ! n'ayez crainte, lança-t-il. Votre fils se porte comme le Pont-Neuf. D'ailleurs, vous pourrez vous en rendre compte dès demain.

Demain ? La mère sentit sa poitrine se gonfler de joie, mais elle ne put rien dire. M. Martin poursuivait, la voix cassante :

— En tout cas, s'il est fatigué, il ne pourra pas mettre ça sur le compte du travail. Certainement pas !

Comme le père tentait de poser une question, M. Martin l'interrompit :

— Laissez-moi vous expliquer. J'ai tenu à vous voir dès ce soir, parce que je voulais que vous soyez prévenus de son arrivée. Et d'autre part, je n'ai pas l'habitude de mettre les ouvriers dehors sans raison.

— Dehors, dit la mère, dehors !

— Mais enfin, demanda le père, qu'est-ce qu'il a donc fait ?

M. Martin éclata de rire.

— Ce qu'il a fait ? Rien. Tout simplement... Ou tout au moins, rien de ce qu'il aurait dû faire. Un garçon à qui je confie la direction de la maison et qui s'en va passer ses journées en vadrouille.

Il s'arrêta. La mère s'était mise à trembler. Elle vit que le visage du père, d'abord très rouge, pâlissait soudain tandis qu'il bredouillait :

— En vadrouille, toute la journée ? Mais c'est pas possible !

M. Martin hocha la tête, laissa passer un instant de silence, puis ajouta, presque sans colère :

— Ses journées et même ses nuits.

Il s'arrêta encore, mais, comme les deux vieux ne disaient mot, il se mit à parler plus vite :

— Parfaitement. Je l'ai attendu deux jours. Deux jours et deux nuits sans rentrer à la maison. Un responsable, (il martelait les syllabes). Un responsable qui dit aux gens : « Débrouillez-vous sans moi, j'ai une fille à voir. » Une fille la nuit, et je ne sais quelles foutaises la journée. Vous comprenez que c'est un peu fort. Et voilà deux mois que ça dure. Et je dormais sur mes deux oreilles. Pensez donc, le fils Dubois !

Il s'arrêta. Le père était blême. La mère serrait les poings et se mordait la lèvre à se faire mal.

— Ah ! reprit M. Martin soudain très calme, on a tort de dire : tel père tel fils.

Il fit un pas vers la porte puis, se retournant, il lança en riant :

— Il est vrai qu'on dit aussi : « A père avare, fils prodigue. » Ah ! les proverbes... les proverbes...

Et il sortit aussi rapidement qu'il était entré. La mère se précipita derrière lui sur le palier. Tandis qu'il descendait l'escalier, elle demanda :

— Mais enfin, il faut nous expliquer.

— Pas la peine, il sera là demain, il vous expliquera, lui. Quant à moi, vous comprenez que je n'ai pas de temps à perdre. Ça ne m'arrange pas, cette histoire-là, pas du tout. Ah ! mais pas du tout !

Il faisait presque nuit, et la mère l'entendit qui s'éloignait en continuant de parler seul. Elle serrait la barre du balcon. La porte était ouverte derrière elle. Elle fixait l'ombre du jardin, mais elle savait que le regard du père ne quittait pas sa nuque.

18

— Alors, lança le père, tu fermes la porte, oui ! C'est pas la peine de nous geler.

M. Martin avait disparu. Il n'y avait plus aucun bruit sur le jardin, que le frôlement du vent dans les arbres. Les mains de la mère Dubois quittèrent la barre d'appui du balcon. Le froid du métal avait pénétré ses paumes. Elle le sentait jusque dans ses avant-bras un peu gourds. Elle se retourna lentement vers la lumière de la cuisine. Les yeux mi-clos, elle avança, ferma la porte et demeura debout, sans un geste.

Le père, qui avait repris sa place à table, la regardait. Ils restèrent ainsi quelques instants puis, baissant les yeux, le père se remit à manger. La mère revint s'asseoir. Elle essaya également de manger, mais un poids comprimait son estomac, et elle ne put même pas avaler une cuillerée de bouillon.

A plusieurs reprises, elle eut l'impression que le père allait parler. Pourtant, chaque fois, après un instant d'hésitation, il se remettait à manger.

Ce fut seulement lorsqu'il eut achevé sa soupe, qu'il demanda soudain, d'une voix presque tranquille :

— Alors, tu es contente ?

La mère ne répondit pas. C'était ce qu'elle redoutait le plus. Elle le sentait en colère, mais elle eût préféré qu'il se mît à crier. Elle soupira, laissa passer quelques instants avant de demander :

— Je te fais un œuf ?

Nouveau silence, puis question du père :

— Et toi, tu ne manges pas ?

Cette fois, la mère ne put plus se contenir. Sa voix vibra comme une lame lorsqu'elle lança :

— Mais ne t'occupe donc pas de moi; je te demande si tu veux un œuf, réponds-moi, un point c'est tout !

— Tu ne vas tout de même pas m'engueuler, cria le père soudain furieux. Je ne sais pas ce qu'il y a d'autre à manger, moi !

— Il y a du fromage et de la compote de pommes.

— Alors, fais des œufs. J'ai travaillé, moi, aujourd'hui; j'ai peut-être le droit de manger, oui !

La mère ne répond pas. Cette fois, c'est elle qui se contient. Elle a seulement, en quittant sa chaise, un haussement d'épaules et une grimace que le père ne remarque même pas. Elle va jusqu'au bahut, elle ouvre la porte qui miaule, prend un œuf dans la petite vannotte, se redresse et pousse la porte du genou. Elle sait que le père l'a observée tant qu'elle lui tournait le dos; elle sait aussi qu'à l'instant précis où elle va se retourner, il baissera la tête vers son assiette.

Elle fixe une seconde son crâne blanc qui porte en plein milieu le reflet de la lampe, puis elle décroche de la planche un petit plat en fer à deux anses qu'elle pose sur la cuisinière. Elle coupe son beurre, le laisse fondre, casse son œuf qui grésille dans la graisse chaude, tout cela sans s'occuper du père. Voilà peut-être cinq minutes qu'il n'a pas prononcé un mot, et pourtant la mère sait tout ce qu'il pense, tout ce qu'il a envie de lui lancer au visage.

Elle empoigne le plat brûlant avec son petit torchon de cuisine, et fait glisser l'œuf dans l'assiette en le décollant avec sa fourchette.

— Merci, grogne le père.

Il casse un morceau de pain qu'il trempe dans son jaune d'œuf. Il va le porter à sa bouche. Il s'arrête, lève les yeux vers elle et demande :

— Alors, tu ne manges pas ?

Elle fait non de la tête et va poser le petit plat dans l'évier. Quand elle revient, le père s'arrête de manger pour dire :

— Après la journée que tu as faite aujourd'hui, tu peux te passer de manger ? Hé bien, ma foi, tu as bien de la chance. Moi, quand je travaille, il faut que je mange.

Il se tait un moment puis ajoute :

— Et je crois bien que ça n'est pas encore demain que nous pourrons nous arrêter de travailler.

Il mange.

La mère serre les dents sur sa rage. Elle a en même temps envie de crier, de pleurer, de sortir et de le laisser seul et pourtant, elle ne fait pas un mouvement. Elle a seulement versé dans la casserole le reste de sa soupe et, depuis, elle n'a plus fait un seul geste. Simplement, de temps à autre, ses épaules se soulèvent lentement pour une aspiration plus profonde que les autres, mais qui n'est même pas suivie d'un soupir.

Après quelques bouchées, le père dit encore :

— Non, ce n'est sûrement pas pour demain... S'il y en a qui peuvent se laisser vivre, ce n'est pas nous. Sûrement pas.

Elle sait qu'il ne dira rien d'autre. Elle sait qu'il peut, s'il en a envie, répéter ces mêmes mots pendant un long moment, sans se lasser.

Le père a fini son œuf. Il essuie longuement son assiette avec son pain, vide son verre de vin et d'eau, mange encore un morceau de fromage, tout cela sans un mot.

Le feu ne doit plus être qu'un reste de braises. Il n'y a

plus, dans la cuisine, d'autres bruits que ceux que fait le père en coupant son fromage dans son assiette, en rompant son pain et en versant du vin dans son verre.

Il fait tout cela lentement, mais la mère qui l'observe à la dérobée, constate que sa main tremble quand il empoigne la bouteille.

Il termine enfin, et se lève presque aussitôt en grognant :

— C'est bon, je vais fermer.

Il sort. La mère le suit par la pensée. Il est au coin de l'allée. Elle se lève et commence de débarrasser. Il doit rouler sa cigarette; marcher vers la grille. La mère s'accroche à ce qu'il fait, pour ne penser à rien d'autre. Quand il revient, elle a fini de débarrasser. Il dit en posant la clef de la grille sur le buffet :

— C'est bon, je monte.

L'escalier craque. La porte de la chambre s'ouvre et se referme. La mère demeure encore quelques instants immobile, puis, lentement, elle se met à essuyer la table.

19

LE MATIN, très tôt, la mère était allée en hâte jusqu'au bout de la rue des Ecoles, chez un employé du chemin de fer, pour savoir à quelle heure arrivait le train en provenance de Lyon. Il n'y avait rien avant midi moins le quart, et la matinée n'en finissait plus de s'étirer.

Le père avait entrepris de préparer les couches pour les plants de tomates. Il se trouvait juste derrière la maison, et la mère l'entendait ahaner à chaque pelletée de terreau qu'il lançait. A plusieurs reprises il dut s'arrêter, plié en deux par une quinte de toux. A onze heures, il revint à la maison. Il avait le souffle court et la sueur ruisselait sur son visage.

— Je n'en viendrai jamais à bout, grogna-t-il, jamais.

— Tu veux faire trop vite.

— Trop vite, ricana-t-il, trop vite, comme si j'étais en avance.

La mère eut un geste de lassitude et monta dans la chambre. Elle redescendit quelques instants plus tard, et tendit à son homme une chemise et une flanelle propres.

— Tiens, change-toi, dit-elle, tu ne peux pas rester comme ça.

— Bah, je vais retourner un moment.

— Change-toi, cria-t-elle. Et reste tranquille jusqu'à ce qu'on mange. Tu n'es pas raisonnable, après tout. Il y a quelques jours seulement, tu étais encore à plat de lit, et tu voudrais être aussi fort qu'avant, c'est complètement ridicule, voyons. On dirait que tu cherches le mal !

Le père prit les vêtements et commença de se déshabiller. Après quelques instants de silence, il dit à voix basse :

— Je n'ai pas besoin de chercher. Ni le mal ni les emmerdements, tout arrive bien sans que je cherche.

— Tu ne vas pas commencer à crier. Tu vas te reposer.

Il se tut. La mère le regardait. Il était maigre. Dans son dos voûté, les omoplates pointaient. A chaque inspiration, ses côtes étaient visibles et semblaient rouler sous sa peau blanche. Sa poitrine était devenue presque creuse. Ses muscles étaient comme des câbles tordus et étirés dans leur gaine trop lâche. Au-dessus de ses coudes, il y avait une séparation nette entre la peau bronzée des avant-bras et celle très pâle des bras. Dès qu'il eut achevé de se changer, le père alla s'asseoir sur le balcon.

La mère préparait son repas et mettait son couvert. A plusieurs reprises, elle vint jusqu'à la porte et observa l'allée, du côté de la rue. Les arbres bourgeonnaient, mais la grille était encore visible par endroits. Le cerisier précoce était déjà en fleurs et faisait une tache plus claire que les façades des maisons.

Pendant un long moment, la mère sentit que son homme avait envie de parler. Il demeurait assis, mais ne cessait de faire aller son regard du jardin à la table. Enfin, il finit par demander :

— Tu ne mets que deux assiettes ?

— Ma foi !

— Tu ne penses pas qu'il revienne avant midi ?

— Comment veux-tu que je sache ? (Elle hésita un instant.) Est-ce que tu connais les heures des trains, toi ?

— Je sais qu'il y en a un en fin de matinée.

— Hé bien, lança-t-elle, s'il arrive, ce sera bien vite fait d'ajouter une assiette.

Le père ne dit plus rien, et ils se mirent à manger bien avant midi. Ils mangèrent en silence, se surveillant l'un l'autre presque continuellement.

La mère demeurait l'oreille tendue, mais elle se contraignit à ne pas aller une seule fois vers le seuil. La porte était restée ouverte et le vent tiède qui entrait apportait parfois des bruits qu'elle s'efforçait à identifier. Si cela ressemblait au cliquetis de la grille, elle cessait un instant de mâcher, retenait son souffle, puis recommençait à manger quand elle s'était assurée que personne ne marchait dans l'allée.

Dès qu'il eut achevé son café, le père monta. Et il n'avait pas encore refermé derrière lui la porte de la chambre, que déjà la mère était sur le balcon. Elle y resta quelques instants avant de descendre jusque dans l'allée. Là encore, elle s'arrêta à l'angle du buis et fixa la grille. Il était plus d'une heure après-midi, et, à moins d'un retard du train, Julien ne pouvait plus venir à présent. Le train du soir n'arrivait qu'à dix-sept heures. Elle le savait, et pourtant, quelque chose la retenait là. Après un moment, elle remonta à la cuisine, débarrassa la table et revint prendre sa faction.

Cette fois, elle n'attendit que quelques minutes. Derrière la grille, Julien parut, sa valise à la main. La mère se précipita aussitôt. Il semblait hésiter à entrer. Elle le vit pourtant qui ouvrait doucement la grille et la refermait sans bruit. Ils se rejoignirent sous le grand poirier qui s'incline au-dessus de l'allée. La mère embrassa longuement son garçon, puis le repoussa un peu pour mieux le voir.

— Tu as maigri. Et tu as l'air fatigué.

Julien regardait du côté de la maison.

— Papa est couché ? demanda-t-il.

— Oui.

Il parut soulagé et ébaucha un sourire.

— Mais comment arrives-tu, à cette heure-ci ?

Le sourire de Julien se crispa légèrement.

— Je suis pas fou, dit-il. J'aimais mieux te voir toute seule avant. J'ai attendu l'heure de sa sieste.

La mère eut un mouvement de tête comme pour dire : « Mon pauvre petit, quelle idée ! »

— Tu comprends, reprit Julien, si tu penses que ça va faire un drame, j'aime mieux me tirer tout de suite.

La mère mit ses poings sur ses hanches et le regarda en fronçant les sourcils.

— Tu repartirais ? Mais où donc, grands dieux ?

Il eut un haussement d'épaules.

— Je me démerderais toujours, t'inquiète pas.

La mère ne comprenait plus. Elle soupira profondément et demanda :

— Est-ce que tu pourrais me dire quand ton père t'a corrigé, ou seulement grondé sévèrement, pour la dernière fois ?

Julien parut réfléchir.

— Evidemment, finit-il par dire, il ne crie pas, lui. Mais j'aimerais mieux qu'il gueule un bon coup et qu'on n'en parle plus.

— Qu'on n'en parle plus, c'est vite dit. Mais enfin, moi je voudrais bien, au contraire, qu'on en parle un peu. D'après ce que M. Martin nous a dit, ça n'est pas tellement à ton honneur.

Julien se mit à rire. Un rire qui sonnait curieusement.

— Ça te fait rire, dit la mère, pas moi, tu sais. Au contraire. Je t'assure que ça me fait énormément de peine. Et toi, tu serais prêt à repartir. C'est alors, qu'il y aurait un drame, et pour moi toute seule. D'ailleurs, tu oublies que tu n'es tout de même pas encore un homme.

Julien avait baissé la tête. La voix de la mère était dure, mais avec un léger tremblement.

— Je riais parce que les autres ont ri. Il paraît que c'était marrant, de voir le père Martin m'attendre en tournant comme un ours en cage dans toute la baraque.

— Mais enfin, est-ce que tu te rends compte de ce que tu as fait ? Cet homme t'avait fait confiance. Tu étais responsable de la maison, en son absence.

Julien haussa les épaules.

— Ça aussi, c'est assez drôle, dit-il. Figure-toi que les gens qui travaillent là-bas ont tous plus de cinquante ans. Cinquante ans à regarder tourner une cuve avec des dragées dedans; tu peux être tranquille qu'ils savent comment ça doit tourner. Moi, c'était la première fois que je voyais ça. Pendant une semaine, j'ai regardé. Ensuite, j'ai compris que je n'avais rien à foutre là. Je leur ai proposé un marché : le travail fait impeccable et ils ne me voyaient pas de la journée. Ils ont tout de suite été d'accord.

La mère en avait le souffle coupé.

— Alors, fit-elle, comme ça, depuis le début tu... tu passes ton temps à vadrouiller ?

— Non, j'avais trouvé un gars qui suivait les cours des Beaux-Arts, il m'avait obtenu l'autorisation d'y aller. J'y allais, et la boîte de M. Martin marchait comme sur des roulettes.

— Mon Dieu, mon Dieu !

Elle ne savait plus ce qu'elle devait faire. Et soudain, un mot de M. Martin lui revint en mémoire.

— Et la nuit aussi, demanda-t-elle, tu suivais des cours ?

Julien hésita, sourit, parut se retenir puis, riant à demi il dit :

— Après tout, si tu veux appeler ça comme ça, moi, tu sais.

Cette fois, la mère se fâcha.

— Julien ! Je suis ta mère, tu sembles l'oublier un peu. Et je n'aime pas beaucoup cette façon que tu as de prendre ce que je te dis. Te voilà sans travail. Tu sais que notre situation n'est pas tellement brillante, et tu plaisantes sur des choses... sur des choses...

Elle cherchait ses mots.

— Mais enfin, maman, tu dois bien te douter... tu comprends...

Lui aussi s'arrêta. Elle laissa passer un temps, et dit en hochant la tête :

— Je comprends... Oui, oui, je comprends pas mal de choses. Et je sais bien que dès l'instant où tu n'es plus sous ma surveillance, tu peux prendre certaines libertés. Seulement, je m'aperçois également que tu n'es pas très malin. Tu aurais tout de même bien dû te douter, qu'un jour ou l'autre, M. Martin viendrait pendant ton absence...

Julien l'interrompit.

— Il est venu plusieurs fois. Mais il ne va jamais à Lyon sans prévenir. Il téléphone toujours la veille, pour qu'un des garçons de course aille l'attendre à la gare s'il vient par le train, ou bien pour qu'on lui prépare à déjeuner s'il vient par la route. Et la boniche était dans le coup. Chaque fois, elle me prévenait. Seulement là...

Il fit la grimace et un geste dont la mère ne saisit pas très bien le sens.

— Tu vois, dit-elle, un jour ou l'autre, ça casse. Tant va la cruche à l'eau...

— Ça n'aurait jamais dû se produire. Seulement la boniche est une peau de vache. Elle a dû être jalouse, alors elle ne m'a pas averti.

La mère leva les bras au ciel.

— Mon pauvre petit, mon pauvre petit...

Elle se mit à marcher en direction de la maison. Julien marcha derrière elle et, après quelques pas, elle l'entendit qui grognait :

— Cette salope, je l'aurais giflée ! Non alors, qu'est-ce qu'elle espérait, moche comme elle est !

Elle marqua une hésitation, fit comme un faux pas, mais renonça à se retourner. Elle haussa les épaules et, alors qu'ils arrivaient au pied de l'escalier, elle demanda :

— Est-ce que tu as mangé, avant de partir ?

— Un peu, oui... mais ça fait déjà un bout de temps.

— Ne fais pas trop de bruit. Allons, monte, je vais te faire une omelette.

20

DÈS que Julien eut fini de manger, la mère l'emmena dans le jardin. Le père avait laissé ses outils dans la couche dont il avait à peine sorti le quart de la terre.

— Il ne se lèvera pas avant quatre heures, dit-elle. Il est encore mal remis de son hiver. Il se fait vieux, tu sais, il n'est plus très fort. Si tu veux continuer, tu dois pouvoir en faire un bon bout. Comme ça, quand il descendra, il aura une bonne impression.

Julien quitta sa chemise et son maillot de corps qu'il lança sur le fil du séchoir. En le voyant ainsi, la mère pensa au père, à son torse maigre de vieillard. Julien était large et épais. Il avait un corps d'homme, musclé, avec une ombre de duvet sur la poitrine.

— Tu as déjà le dos un peu bronzé, dit-elle; tu es allé au soleil ?

— Oh, à peine une fois ou deux, on est allé se baigner dans la Saône.

Elle s'éloigna de quelques pas en murmurant entre ses dents :

— On, qui c'est : on ! Et puis, se baigner à cette saison, mon Dieu ! Mon Dieu !

Elle commença de sarcler une planche où l'herbe poussait drue entre les lignes de carottes à peine sorties de terre. De temps à autre elle regardait Julien. Il pelletait très vite, lâchant seulement son outil le temps de cracher dans ses mains. Le terreau noir et humide s'entassait dans la petite allée, entre les planches des deux couches. Déjà, trois queux rousses étaient sur le tas, piquant les vers et les larves. Il faisait chaud. Dans le ciel transparent, de tout petits nuages blancs et luisants avançaient lentement vers le soleil.

Quand la mère eut achevé de sarcler son semis, elle revint vers Julien.

— Enlève tout ce que tu peux lever directement à la pelle, moi je vais prendre le râble, et je rassemblerai le reste pour que tu puisses le sortir ensuite... Si seulement on pouvait finir avant qu'il ne descende.

Julien s'arrêta un instant pour demander :

— Quoi ? Finir cette couche-là ?

— Oui.

— Tu rigoles, d'ici quatre heures, j'espère bien que l'autre aussi en aura pris un bon coup.

La mère, à quelques pas derrière lui, demeura immobile un moment. Il pelletait à larges coups, emplissant bien son outil qu'il balançait en souplesse. Le soleil faisait luire les gouttes de sueur sur sa nuque. Il semblait mettre au travail une espèce de rage.

— Ne te crève pas, dit-elle, ce n'est pas la peine d'aller comme un fou.

— Gratte toujours et t'inquiète pas ! lança-t-il.

La couche fut vidée bien avant l'arrivée du père, et Julien demanda :

— Alors, on attaque l'autre ?

— Non, dit la mère. Il vaut mieux attendre ton père, je ne sais pas s'il veut la préparer tout de suite.

Julien alla jusqu'à la pompe et fit couler de l'eau fraîche pour se rincer le visage et le torse. La mère l'avait suivi.

— Si tu veux, dit-elle, tu iras chercher la brouette, et tu pourras emmener ces tas d'herbe sur le pourrissoir.

Julien alla jusqu'au hangar d'où il ramena la brouette et une fourche. Il commença de charger.

Comme il venait de planter son outil pour empoigner les mancherons, la mère s'approcha de lui et demanda :

— Est-ce que tu as vraiment suivi ces cours des Beaux-Arts, à Lyon ?

— Ben, naturellement, qu'est-ce que tu voulais que je fasse ?

— Oh, tu aurais pu aller, je ne sais pas moi, vadrouiller à droite à gauche.

— Tu rigoles...

La mère ne le reconnaissait pas. Elle le regarda au fond des yeux, et ils demeurèrent ainsi un moment, sans mot dire. Il semblait à la mère qu'il ne pouvait pas mentir. Cependant, elle reprit :

— Tu aurais pu aller voir cette... cette jeune fille.

Il se mit à rire.

— Le soir, oui. Et le dimanche. Mais je te jure que la semaine, j'allais aux Beaux-Arts.

— Et ça te plaisait vraiment ?

— Oui. D'ailleurs, tu verras ce que j'ai fait. C'est pas du bidon, tu sais.

— Je te crois, dit-elle. Je te crois.

Comme elle se taisait, Julien partit vider sa brouette. Quand il fut de retour, la mère demanda :

— Et tu aurais vraiment aimé rester à suivre ces cours ?

Julien rit de nouveau, plus détendu encore.

— Ben oui, fit-il. Mais le père Martin doit juger qu'on n'a pas besoin de savoir peindre pour fabriquer des dragées ou des pralines.

La mère se renfrogna soudain.

— Ecoute, dit-elle, ne plaisante pas avec ça. Je crois que ton père aura beaucoup de mal à digérer cette histoire, alors je t'en prie, évite d'en parler. (Elle marqua un temps.)

Seulement, il faudrait savoir si vraiment des études de dessin t'intéressent ?

Il eut un geste vague et la mère l'observa un moment en silence. Il la regarda aussi puis, reprenant sa fourche, il attaqua le deuxième tas d'herbe.

— Qu'est-ce qu'ils espèrent avoir, comme situation, les élèves que tu as vus là-bas ? demanda-t-elle.

— Sais pas... Prof... ou peintres...

— Peintre... peintre...

Elle avait envie de parler, mais une certaine crainte la retenait pourtant. Finalement, comme le père ouvrait les volets de la chambre, elle se décida. S'approchant de Julien, très vite, à mi-voix elle expliqua :

— Tu vas peut-être m'en vouloir, mais pendant ton absence, j'ai fait voir de tes dessins à M. Gruat, ton ancien maître.

— Mes dessins ?

— Oui, il y avait un carton que tu avais rapporté de Dole.

— Et tu as fait voir ça à M. Gruat ? Mais qu'est-ce que tu veux qu'il en foute ? C'est complètement ridicule. Complètement.

— Mais non, dit-elle, tu ne comprends pas. Il peut te conseiller.

— Tu parles... Un prof qui n'a jamais été foutu de noter un dessin tout seul...

Il s'arrêta soudain, fronça les sourcils et fixa la mère d'un regard dur.

— Il y avait aussi un cahier, avec ce carton, tu l'as vu ?

La mère fit oui de la tête.

— Tu ne lui as pas fait lire, au moins ?

Elle eut presque peur. Il y avait tant de colère dans les yeux de Julien ! Elle hésita puis, tout bas elle souffla :

— Il a dit que c'était très bien. Très bien. Mais bien sûr, ce n'est pas un gagne-pain possible.

Elle ne put achever. Julien était parti d'un grand éclat de rire. Un rire qui grinçait, qui faisait mal à la mère.

— Bon Dieu ! C'est pas possible. Ah ! merde alors, ce qu'il a dû se marrer. Ce qu'il a dû se payer ma tête, le père Gruat !

— Mon pauvre grand, comme tu connais mal les gens... Comme tu...

Elle s'arrêta soudain. Le père venait de tourner l'angle de la maison et marchait vers eux.

— Voilà ton père, fit-elle. Surtout, ne dis pas de bêtises.

Julien posa sa fourche. Le père s'était arrêté devant la couche. Après quelques instants, il se tourna dans leur direction et parut hésiter.

— Viens, souffla la mère.

Ils allèrent jusque vers le père. Julien s'approcha et l'embrassa en disant :

— Jour, p'pa. Ça va ?

Le père hocha la tête et, montrant du doigt la couche vide et le long tas de terreau noir, il dit :

— Au moins, tu as fait vite. On voit que tu n'es pas essoufflé, toi.

— Je voulais attaquer l'autre, dit Julien, mais la maman n'a pas voulu.

— Vaut mieux attendre que celle-ci soit recouverte, dit le père. Ta mère a raison. Si tu veux commencer à brouetter le fumier, on va s'y mettre à présent.

— Mais il veut peut-être goûter, dit la mère.

— Non, fit Julien, je n'ai pas faim.

Il reprit l'allée de la pompe, alla chercher la brouette qu'il vida au pourrissoir et mena ensuite à côté du tas de fumier, tout au fond du jardin, sous les grands noisetiers.

Le père quittait sa veste de laine. La mère s'approcha de lui en disant :

— Il est costaud, tu sais.

— C'est vrai. Il a l'air. Suffit qu'il veuille travailler.

Ils regardèrent un moment le garçon qui commençait de charger le fumier sur sa brouette. Puis la mère se tourna vers le père. Son visage était toujours tendu. Sous la visière de la casquette, son front se plissait, ses yeux étaient à demi fermés, à cause du soleil, et ses pommettes étaient striées de rides. Comme Julien achevait son chargement, le père se dirigea vers les clapiers.

— Je vais chercher une autre fourche, dit-il à la mère. Il n'aura qu'à vider dans la couche et moi j'étendrai.

Elle le suivit. Elle chercha ses mots et, comme il allait repartir avec son outil sur l'épaule, elle lui dit :

— Sûr que s'il pouvait rester ici quelques jours, ça t'éviterait bien de la peine; et ça nous avancerait bigrement.

Le père la dévisagea un instant. Son œil était encore dur et pourtant, il sembla à la mère que ses traits se détendaient un peu lorsqu'il dit :

— Ma foi, faudrait voir. Je ne sais pas, moi.

Elle le regarda s'éloigner et enjamber la planche pour entrer dans la couche. Elle n'osait pas encore se réjouir, mais pourtant, déjà il lui semblait que ce retour de Julien ne serait peut-être pas aussi pénible qu'elle l'avait redouté.

21

La grande fatigue du père étouffa sa colère. Et puis, sans cesse, la mère talonnait Julien qui, durant les premiers jours, ne quitta guère le jardin. Elle le surveillait, intervenant chaque fois qu'elle sentait le moindre tiraillement entre le père et lui.

Trois après-midi, elle sortit seule pour faire quelques courses. En réalité, elle voulait trouver un emploi pour Julien. Après avoir longtemps hésité, elle alla au bureau d'embauche et expliqua ce qu'elle cherchait.

— Et votre fils ne peut pas venir ? demanda l'homme.

La mère se sentit rougir et bredouilla :

— C'est qu'il n'est pas à Lons pour le moment. Il va rentrer cette semaine.

L'homme du bureau expliqua que la guerre avait beaucoup ralenti les affaires, surtout dans ce domaine.

— Il vaudrait mieux, pour le moment, chercher du côté des usines qui travaillent pour l'armée.

Il donna deux adresses. La mère plia le papier en quatre et l'enfouit tout au fond de son sac à main.

La fin d'avril et le début de mai passèrent ainsi, avec le jardin où le travail retenait les deux hommes, avec, pour la mère, l'espoir que quelque chose allait venir, qui permettrait à son garçon de retrouver un emploi.

Mais il y avait toujours cette guerre. Les journaux n'en parlaient plus que comme d'une aventure un peu lointaine. Le soir, une fois le repas fini, Julien veillait parfois un moment avec la mère. Il regardait *L'Illustration* qui consacrait plus de place aux funérailles du cardinal Verdier, aux travaux des champs en Alsace, à la vie dans les Etats du Levant qu'à la guerre. D'ailleurs, tout se passait très loin. La Norvège, par exemple, c'était presque à l'autre bout du monde. Il y avait bien eu des départs de soldats français, mais aucun parmi les gens que la mère connaissait.

Il y avait parfois des alertes. Depuis le jardin, ils fouillaient le ciel. A deux reprises des avions passèrent très haut, mais tout le monde disait qu'ils devaient être français ou anglais. D'un jardin à l'autre, on s'interpellait.

— Vous les voyez, là-haut, dans la direction de Montaigu ?

— Ah oui, ils brillent, en ce moment.

— Oui, oui, je vois. C'est un de chez nous. Ils donnent des alertes pour nous habituer.

— Ça ne sert pas à grand-chose, sinon à attirer les gens aux fenêtres.

— Vous pensez bien, disait M. Piolat qui avait fait la guerre de 14 dans l'artillerie, vous pensez bien qu'on ne laisserait pas des appareils ennemis venir jusqu'ici. Nous avons de la D.C.A. tout de même. Et des avions de chasse. Croyez-moi, nous ne risquons rien.

Le père approuvait, Julien semblait se désintéresser de la guerre et parlait peu. La mère s'inquiétait de ce silence, mais elle n'osait rien dire.

Dans la nuit du 8 au 9 mai, il y eut une alerte qui se prolongea jusqu'au matin. La mère se leva plusieurs fois pour aller jusqu'à la fenêtre dont les volets étaient grand ouverts. Il faisait frais. Le ciel était limpide.

A la pique du jour il y eut une deuxième alerte. La mère et le père se levèrent. Ils appelèrent, mais Julien qui n'avait rien entendu descendit cependant peu de temps après, et les rejoignit dans le jardin. Quelques coups de sifflets venaient de la rue où, sans doute, des gens devaient se promener. Cela dura assez tard dans la matinée, et, à midi et demie, Mlle Marthe vint annoncer que Lyon avait été bombardé.

— La radio l'a dit, expliqua-t-elle. Il paraît même que les Boches ont complètement détruit les hangars du terrain d'aviation.

— Est-ce qu'il y a des victimes ? demanda la mère.

— Bien sûr, beaucoup de morts et de blessés.

La mère regardait Julien. Mlle Marthe s'en alla. Le père hochait la tête.

— Ça va commencer, dit-il. Je crois que nous n'avons encore rien vu.

Il monta se coucher, et la mère resta seule avec son garçon. Elle ne cessait de le contempler. Enfin, comme il allait descendre au jardin, elle s'approcha de lui en murmurant :

— J'aime mieux te savoir là, tu sais... J'aime mieux.

Il y eut encore une longue alerte au début de l'après-midi. Les gens ne semblaient pas davantage disposés à gagner les abris, et pourtant, ils parlaient beaucoup de ce bombardement de Lyon-Bron. Le soir, chacun était persuadé qu'il y avait eu des milliers de victimes et que la radio avait reçu l'ordre de ne pas en parler.

— En quatorze, dit le père, c'était déjà comme ça, quand il y avait deux cents morts, les journaux parlaient de quelques pertes.

Et M. Piolat ajouta :

— Que voulez-vous, ça fait partie de l'art militaire, ça; c'est de la stratégie. Il faut ménager autant le moral des populations civiles que celui des troupes du front. Et puis, il paraît que ça bouge à la frontière hollandaise, alors, les informateurs sont un peu perdus dans les nouvelles.

Le lendemain matin pourtant, le journal donna des détails sur l'événement. Le bombardement n'avait touché que l'aérodrome, et les tués étaient des soldats polonais affectés à la garde du terrain et des bâtiments. En ville, quelques personnes avaient été blessées par des éclats d'obus de la D.C.A. Un appareil ennemi avait été abattu dans l'Isère.

— Ça ne fait rien, remarqua le père, on ne parle guère de nos fameux avions de chasse.

Mais, ce samedi 11 mai, un titre tenait toute la largeur de la première page du journal :

LA HOLLANDE ET LA BELGIQUE ATTAQUÉES
RÉSISTENT AUX TROUPES ALLEMANDES.

D'habitude, le père n'ouvrait jamais son journal le matin; cependant, ce jour-là, il lut toute la première page, s'arrêtant de temps à autre pour relire à voix haute quelques phrases que la mère écoutait sans mot dire.

— « *Les armées françaises et britanniques prennent position sur le territoire belge... Le Luxembourg est envahi... Une centaine d'avions allemands abattus en Hollande, quarante-quatre en France... De nombreux groupes ennemis ont atterri par avion ou par parachutes en différents points des territoires belge et hollandais.* »

Dès après le déjeuner, la mère alla chez Mlle Marthe pour écouter la T.S.F. Mais elle n'apprit rien de plus. On savait seulement que les troupes ennemies avançaient encore, et que les gouvernements hollandais et belge avaient fait appel aux Alliés pour la défense de leur territoire.

Vers la fin de l'après-midi, cinq hommes arrivèrent au jardin. Outre M. Piolat, il y avait quatre voisins habitant une grosse maison construite derrière le hangar. La mère alla au devant d'eux, et les salua en demandant ce qu'ils voulaient. Ils saluèrent aussi. Tous avaient l'habitude d'acheter des légumes et des fruits au jardin, mais la mère trouvait étonnant de les voir venir en groupe. D'autre part, pour les achats, c'était généralement les femmes qui venaient. De plus, ils avaient l'air grave, presque ennuyé.

— C'est votre mari, qu'on voudrait voir, dit M. Durelet.

— Eh bien, venez, il est au fond.

La mère les accompagna. M. Durelet était le plus âgé. Il venait souvent chercher, dans le fumier du jardin, des vers pour aller à la pêche. Les Dubois le connaissaient depuis une vingtaine d'années et, très souvent, ils avaient été amenés à se rendre service mutuellement. M. Durelet, qui était fonctionnaire, remplissait chaque année pour la mère les feuilles de déclaration de revenus. Il était encore passé, deux jours plus tôt, pour lui donner quelques renseignements au sujet d'une police d'assurance qu'il fallait renouveler. Comme ils étaient assez éloignés de l'endroit où le père travaillait, la mère demanda :

— Qu'est-ce qu'il y a donc, on dirait que vous apportez une mauvaise nouvelle ?

M. Durelet qui marchait en tête à côté de la mère répondit, presque à voix basse :

— Oh, ça n'est pas une mauvaise nouvelle, mais c'est un peu ennuyeux... Enfin, on va voir.

Il n'en dit pas plus. La mère le sentait gêné. Le père, qui les avait vus venir, s'était arrêté de travailler. Appuyé sur le manche de sa pioche, il les observait d'un œil inquiet. Quand ils furent près de lui, ils le saluèrent. Il y eut un moment de silence durant lequel les quatre hommes regardèrent M. Durelet, puis le père Dubois. M. Durelet toussa avant de dire, d'une voix mal assurée :

— Eh bien voilà, on est venu vous trouver, pour vous demander un service.

Il s'arrêta, cherchant ses mots.

— Ma foi, dit le père, je n'ai jamais refusé un service à personne.

— C'est bien pour ça qu'on vient vous trouver, dit l'un des voisins.

Il y eut encore un silence. Tout le monde essayait de sourire, mais la gêne persistait.

— Vous avez vu, ce bombardement de Bron ? demanda M. Durelet. Et tous ces événements dans les pays du Nord ?

— Bien sûr, qu'on a vu.

— Jusqu'à présent, personne ne voulait y croire.

— Moi, je l'ai toujours dit, remarqua le père. Je l'ai toujours dit, qu'on n'avait pas vécu le plus dur.

Pendant un moment, tout le monde se mit à parler de ce bombardement et de la guerre en général, puis, d'un coup, comme à un signal, tous se turent. Et le silence revint, plus gênant, plus lourd. Julien qui s'était approché, salua les hommes. Il y eut une nouvelle détente de quelques instants avant que ne revienne ce même silence. Enfin, ayant longuement pris son souffle, M. Durelet demanda :

— Vous ne craignez pas les bombardements, vous, monsieur Dubois ?

— Bah, fit le père, s'il faut se mettre à courir, au milieu de la nuit, chaque fois que les sirènes fonctionnent, ce n'est plus une vie.

— Et où aller ? demanda la mère, notre cave n'est pas voûtée, elle ne résisterait pas plus que le reste de la maison.

— Justement, dit l'un des hommes.

Mais il ne dit rien de plus, et les autres le regardèrent un moment. Enfin, ce fut le père Dubois qui finit par lancer :

— Crever dans son lit ou à côté, vaut encore mieux crever dans son lit.

— Mais vous n'êtes pas tout seul, fit observer M. Durelet.

— Vaut tout de même mieux ne pas crever du tout, lança un homme.

— Moi, dit la mère, si ça bombardait, je ferais comme m'a dit un jour M. Piolat : je me coucherais à plat ventre au beau milieu du jardin.

Tous se tournèrent vers M. Piolat qui eut un geste embarrassé pour bredouiller :

— Il est certain, que... enfin, à défaut d'abri... à condition d'être loin de toute habitation...

M. Durelet l'interrompit.

— Vous dites bien, à défaut d'abri. Seulement, moi je pense que ces messieurs ont raison quand ils disent qu'une bonne tranchée...

Les autres approuvèrent.

— Une tranchée également loin de tout ce qui pourrait s'écrouler dessus ou être soufflé par une bombe.

En parlant, M. Durelet regardait alternativement le père Dubois et le milieu du jardin. La mère observait son homme. Elle avait compris où les voisins voulaient en venir, et l'inquiétude la gagnait. Le père restait muet, mais son visage se fermait peu à peu; son regard se durcissait.

Il y avait, parmi les voisins, un petit homme blond d'une trentaine d'années, qui était le dernier venu dans cette maison. Il s'appelait Robin, et il était comptable. Sans le connaître vraiment, le père ne l'aimait pas. Plusieurs fois, il avait dit à la mère : « Celui-là doit être embusqué. Il est en âge de partir. » Mais Mme Robin était une bonne cliente pour les légumes, et la mère Dubois avait appris par elle que son mari était réformé. Malgré tout, la mère sentait bien que le père continuait de détester cet homme trop frêle, extrêmement courtois, aux mains fines et très pâles. Lorsqu'elle vit que M. Robin allait parler, elle eut peur.

— Ça n'est pas la peine de tergiverser deux heures, dit M. Robin, M. Dubois comprendra très bien que nous sommes obligés de penser à nos femmes et à nos enfants. Et il sait bien qu'on ne peut pas creuser une tranchée au milieu de la rue des Ecoles.

Les hommes se mirent à rire, sauf le père dont le visage était de plus en plus tendu. Quand les rires s'arrêtèrent, M. Robin leva la main en direction du milieu du jardin et dit, très calme :

— C'est là, au milieu, qu'il faudrait faire une tranchée.

Il y eut un temps très court, la mère chercha en vain un mot à dire, mais déjà le père lançait :

— Quoi, une tranchée où j'ai semé des petits pois gourmands la semaine dernière ? Non mais des fois, vous vous payez ma tête !

La mère essaya d'intervenir, mais le père était vraiment furieux.

— Si c'est ça que vous êtes venus me demander, vous pouvez retourner chez vous ! lança-t-il.

M. Robin avait reculé d'un pas, toujours très calme, il regardait le père avec un demi-sourire.

— Il ne faut pas vous fâcher, dit M. Durelet, nous avons bien réfléchi, avant de venir, mais nous n'avons vu aucune autre solution.

— Qu'est-ce que vous chantez là, dit le père, je ne suis pas le seul à avoir du terrain ?

En disant cela, il désignait M. Piolat, qui eut un geste du menton vers son propre jardin en expliquant :

— Moi, je voulais bien qu'on la fasse chez moi, seulement, ce n'est pas assez loin des maisons, et il y a le mur tout le long.

— Nous ferons la tranchée, et vous pourrez y venir aussi, dit M. Durelet. C'est... c'est d'utilité publique.

— D'utilité publique, d'utilité publique ! cria le père, vous me faites rigoler, avec vos sornettes; venir me bouleverser mon jardin pour des foutaises, alors que je n'ai même pas fait mettre l'eau chez moi à cause de la canalisation qui m'aurait tout foutu en l'air !

— Mais nous ne ferons qu'une tranchée de quelques mètres.

— Je dis non, c'est non ! trancha le père.

La mère sentait la sueur couler le long de son échine. D'une voix tremblante, elle essaya d'intervenir.

— Enfin Gaston, on pourrait peut-être...

Mais le père ne l'écoutait même pas. S'adressant aux hommes il lança, serrant dans sa main le manche de son outil.

— Vous venez là en force, vous croyez peut-être m'impressionner, mais je suis encore le maître chez moi, vous savez !

Les hommes se regardèrent et M. Durelet intervint.

— Mais monsieur Dubois, fit-il, vous avez mal interprété notre démarche. On vient vous demander un service. On sait fort bien que vous pouvez refuser. C'est votre droit le plus absolu.

Le père qui s'était redressé, se tassa de nouveau, toujours appuyé au manche de son outil.

— Vous comprenez, reprit M. Durelet, nous autres, si ce n'était que pour nous, nous parlerions exactement comme vous. Seulement, il y a des femmes et des gosses, dans cette maison. Et si un malheur arrivait, on ne voudrait pas avoir à se le reprocher.

— Un malheur... Un malheur, grommela le père... Comme si les Boches pouvaient venir bombarder ici...

La mère se sentit soulagée. Le visage de son homme s'était déjà détendu un peu.

— Il faut comprendre..., reprit M. Durelet.

— Je comprends, dit le père. Je comprends très bien que mon jardin va être saccagé...

— N'exagère pas, Gaston, dit la mère. Juste quelques mètres.

— Vous savez, s'il venait un bombardement, avança M. Robin, ce serait bien autre chose !

La voix du père redevint tranchante.

— Il n'est pas question de bombardement pour le moment. Et puis, je n'aime pas qu'on vienne essayer de m'en imposer...

— Mais, nous n'avons pas... tenta de dire M. Durelet.

— Si, et je n'aime pas ça...

M. Durelet eut un geste d'impuissance et murmura :

— Enfin si vous ne voulez pas... tant pis. Mais j'espère que vous ne nous en voudrez pas de notre démarche.

Le père parut hésiter un instant puis, après un grand

geste qui semblait vouloir dire qu'il envoyait tout au diable, il s'éloigna en lançant :

— Et puis après tout, faites donc ce que vous voudrez. Pour ce que j'ai de force, il me restera toujours assez de jardin à faire !

Tous le regardèrent s'éloigner rapidement et disparaître dans le hangar. La mère se tourna alors vers les hommes et demanda :

— Quand comptez-vous venir ?

— Nous avions l'intention de nous y mettre demain, dit M. Durelet.

— C'est une façon comme une autre de fêter la Pentecôte, observa M. Robin.

— C'est vrai, soupira la mère, c'est la Pentecôte. Mon Dieu, quelle existence nous avons !

— Il faudra encore que nous trouvions des outils, dit l'un des hommes, moi j'ai seulement une pelle dans ma cave.

— Moi aussi, fit M. Robin.

— Il y en a certainement assez avec ce que nous avons ici, remarqua la mère. Ne vous faites pas de souci.

Les hommes remercièrent en répétant que la tranchée serait aussi bien pour les Dubois que pour ceux qui la creuseraient.

— D'ailleurs, promit la mère, Julien vous donnera la main.

Julien fit oui de la tête, sans conviction.

M. Robin commanda à la mère des fleurs pour le lendemain, et un lapin pour le jeudi suivant. Ensuite, les cinq hommes s'en allèrent.

Dès qu'ils eurent quitté le jardin, le père revint et reprit sa pioche. La mère le laissa travailler un moment avant de lui dire :

— Que veux-tu, on ne pouvait pas refuser.

Le père attendit quelques instants et finit par grogner :

— Je sais... Seulement, on n'est plus maître chez soi.

Et puis, ce petit M. Rolin ou Robin, je ne sais trop quoi, il m'énerve. Il me donne envie de le gifler.

La mère soupira en murmurant :

— Mon pauvre Gaston, à ton âge !

— Quoi, à mon âge ?

Julien s'était avancé.

— Tu sais, p'pa, dit-il. A un certain moment, j'ai cru que tu allais leur rentrer dedans. J'ai l'impression qu'à nous deux, on pouvait se les payer facilement.

La mère se retourna pour les observer. Le père s'était redressé en face de Julien. Son visage était toujours dur, mais la mère crut y voir comme un sourire retenu. Il y avait la même chose, exactement, dans le regard du père et dans celui du fils. Une chose indéfinissable qu'elle était persuadée de n'avoir jamais observée dans les yeux de son homme.

— Je crois, dit le père. Je crois qu'on aurait pu les foutre dehors facilement.

— Je ne sais pas si tu te rappelles, expliqua Julien, mais un jour, il y a six ou sept ans, tu avais surpris un type qui volait des outils dans le hangar.

— Je m'en souviens.

— Eh bien, moi, je me souviens de la raclée qu'il a reçue. Et pourtant, il était bien plus grand que toi, et deux fois plus lourd. Ça m'avait frappé. Je revois bien tout ça.

Julien et le père riaient. La mère se souvenait aussi de cette matinée, de la colère du père, de ce grand gaillard d'une trentaine d'années, fort comme un bœuf et que le père avait à moitié assommé à coups de poing avant de le livrer aux gendarmes...

— Que veux-tu, disait le père, quand on a fait de la boxe française et de la lutte pendant vingt ans, il vous en reste toujours quelque chose.

La mère les écouta encore un instant, puis, comme le père se mettait à raconter des souvenirs de Joinville, elle s'éloigna en disant simplement :

— Je vais préparer à souper...

Elle fit quelques pas, et, profitant d'un instant où le père s'arrêtait pour souffler, elle ajouta :

— Bien sûr, tu aurais pu les mettre à la porte. Mais à cause des gosses et des femmes, tu ne pouvais pas. C'est la guerre, que veux-tu. C'est la guerre...

22

Le dimanche matin, la mère se leva très tôt pour être prête quand les voisins arriveraient. Le père et Julien descendirent peu de temps après elle.

— Ce sont bien des bureaucrates, observa le père, ils n'ont pas l'habitude de se lever avec le jour.

— Mais laisse donc faire, ne t'inquiète pas.

— Je ne m'inquiète pas, mais s'il fait un tant soit peu chaud, tu vas les voir tirer la langue, d'ici midi.

Il essayait d'être bougon, mais la mère sentit bien qu'il n'était pas de mauvaise humeur. Il alla même aider Julien à sortir les outils et à les apporter à pied d'œuvre.

— Est-ce que je commence sans eux ? demanda Julien.

— Faut tout de même pas exagérer, dit le père.

D'ailleurs, les voisins arrivèrent bientôt. Ils n'étaient que quatre et M. Durelet expliqua :

— M. Robin ne viendra que d'ici une heure. Son état de santé ne lui permet pas de se lever si tôt. Et puis, de toute façon, il ne peut manier ni la pelle ni la pioche.

— Si je comprends bien, ricana le père, il viendra pour vous cracher dans les mains.

Les hommes riaient. M. Durelet répondit :

— Pas exactement, mais comme il ne peut pas travailler, il fournira le casse-croûte et la boisson. Que voulez-vous, c'est la guerre, il faut bien s'arranger en famille. Sans compter qu'il va écouter le poste, pour pouvoir nous apporter aussi des nouvelles.

Quand les hommes eurent tracé l'emplacement qu'ils choisirent de façon à ménager le plus possible les carrés déjà ensemencés, le père et la mère regagnèrent la maison. La mère sentait bien que le père ne tenait pas en place. Il avait envie d'aller vers les hommes dont il écoutait les coups de pioche, les rires et les éclats de voix, cependant il feignait de les ignorer. Il fit sa toilette et, comme chaque dimanche, il se rasa. Il avait terminé depuis un moment, lorsque l'on frappa à la porte. Ce fut la mère qui ouvrit. M. Robin les salua en souriant.

— Je viens encore vous demander deux petits services, dit-il.

— Mais bien sûr, fit la mère.

— Premièrement, que vous nous prêtiez un tire-bouchon, et deuxièmement, que vous veniez tous les deux cinq minutes.

— Tous les deux ? demanda la mère en cherchant dans le tiroir du buffet.

— Oui, oui, tous les deux, c'est indispensable.

Il prit le tire-bouchon et descendit l'escalier en ajoutant :

— Venez vite, on vous attend.

Quand il fut sorti, la mère regarda son homme qui haussa les épaules en grognant :

— Qu'est-ce qu'il veut encore, celui-là ?

— Allons, dit-elle, viens toujours, nous verrons bien.

Ils rejoignirent les autres qu'ils trouvèrent assis sur les dalles de bordure, juste sous le gros poirier. Au milieu de l'allée était posé un grand panier d'où débordaient des coins ouverts de serviettes bien blanches. Dans le panier il y avait six bouteilles de vin bouché à cachets blancs et rouges, des boîtes de conserve, deux gros saucissons, un pâté en croûte et du fromage.

— Mon Dieu, dit la mère, mais c'est un vrai repas de première Communion, que vous avez apporté là !

M. Robin riait en tapotant sur la cire d'une bouteille avec le manche d'un couteau.

— Non, non, dit-il, c'est un casse-croûte de terrassier.

— Mais nous autres, dit la mère, nous n'avons pas creusé, nous n'avons pas faim.

— Il faut tout de même bien une femme pour couper le pâté. Et puis, plus nous mangerons, mieux ça vaudra, c'est toujours autant que les Boches n'auront pas.

— C'est déjà ce que nous disions en quatorze, remarqua la mère. Mais aujourd'hui, nous n'en sommes pas encore là.

— Les choses n'ont pas l'air d'aller très fort en Belgique. Les nouvelles sont assez confuses, mais je crois cependant qu'ils continuent d'avancer.

M. Robin essaya de répondre aux questions que les autres lui posaient, mais la radio n'avait rien dit de très précis.

Sur une assiette que M. Robin tira de son panier, la mère Dubois coupa le pâté. Le père se fit bien prier un peu pour accepter, mais, dès qu'il eut commencé de manger en racontant une histoire d'avant quatorze, la mère sentit qu'il ne remettrait pas les pieds à la maison avant midi. Elle mangea un peu également, aida M. Robin dans son service, puis, comme le travail reprenait, elle regagna sa cuisine.

Plus de dix fois au cours de la matinée, elle alla sur place, pour se rendre compte. Comme la tranchée n'était pas assez longue, il y avait toujours, à tour de rôle, un des hommes qui se reposait sous le poirier, en compagnie de M. Robin et du père. M. Robin et le père étaient assis face à face, chacun d'un côté de l'allée, avec le panier entre eux, et le père ne cessait guère de raconter. M. Robin avait apporté des cigarettes, il en offrait et versait à boire.

Bien avant midi, la tranchée fut terminée. Les hommes se reposèrent encore un moment en bavardant puis, avant de s'en aller, M. Robin apporta son panier à la cuisine.

— Tenez dit-il, débarrassez-moi tout ça, madame Dubois, je ne vais pas remporter un panier à moitié plein.

— Mais vous plaisantez, dit la mère. Il y a trois bouteilles qui ne sont même pas entamées, et ce fromage, et ces conserves...

M. Robin posa le tout sur la table, puis, s'approchant de la mère, il dit en souriant, et en mettant un doigt sur ses lèvres :

— Je vais vous expliquer : ils se figurent qu'ils ont bien travaillé, mais ce sont tous des gratte-papier comme moi, et si votre fils n'avait pas été là, leur tranchée, elle ne serait pas plus profonde que cette boîte de sardines. Seulement, comme ils ont bien joué au terrassier, faut leur laisser leurs illusions.

La mère remercia. M. Robin alla jusqu'à la porte et, serrant la main de la mère, il ajouta :

— Il est très sympathique, votre garçon, madame Dubois. Et intelligent. Il faut qu'il vienne nous voir de temps à autre. Quand il voudra, le soir, pour écouter le poste. Et vous pouvez bien venir avec lui, quand vous avez un moment.

La mère promit. Les hommes s'en allèrent. Le père et Julien remisèrent les outils et revinrent à la cuisine.

— C'est ce M. Robin, qui t'a laissé tout ça ? demanda le père.

— Oui, c'est pour remercier Julien de son coup de main.

— Il est certain que s'ils ne l'avaient pas eu...

Le père fronça les sourcils en examinant les étiquettes des bouteilles et reprit :

— Ils n'ont pas l'air de se priver, ces gens-là

— Non, bien sûr, dit la mère.

Le père descendit les bouteilles à la cave. Lorsqu'il remonta, il conclut en se mettant à table :

— Ma foi, il ne doit pas être mauvais garçon, lui. En tout cas, il n'est pas fier, et il cause bien... C'est tout de même malheureux qu'il n'ait pas davantage de santé.

23

A PARTIR de ce dimanche, la guerre prit de plus en plus de place dans la vie de chaque jour. La mère attendait le passage du facteur pour avoir des nouvelles. Elle guettait les voisins, et demandait si la radio avait annoncé un changement dans la situation. Quelques bruits couraient concernant l'appel des jeunes classes et la mère s'inquiétait. Julien venait d'avoir ses dix-sept ans.

— Qu'est-ce que tu te fais du souci, disait le père, on n'a même pas encore mobilisé les hommes de la classe 40, ça n'est pas pour appeler des gamins de la 43.

Pourtant, elle tremblait.

Dans la rue des Salines, dès le samedi 18, quelques réfugiés commencèrent à passer. Certains venaient de très loin et tentaient de gagner une ville où ils avaient des amis. Ils parlaient peu, mais la peur se lisait dans leurs yeux. Et, après leur départ surtout, les nouvelles se mettaient à circuler. On racontait que les Allemands coupaient la main droite des enfants et des gens en âge de porter les armes, qu'ils faisaient des piqûres aux hommes pour les rendre stériles. On parlait aussi des bombardements terribles qui ne laissaient pas deux pierres l'une sur l'autre.

— Même les villages, même les fermes isolées, tout ! Ils détruisent tout.

La mère et Julien passèrent l'après-midi du dimanche chez M. Robin. La radio diffusait quelques informations et surtout de la musique militaire.

M. Robin essayait de plaisanter, mais personne ne riait. Sa femme, une petite brune potelée et très jolie, pleurait à cause de son frère, soldat dans le Nord, et dont elle était sans nouvelles depuis plus de dix jours.

Le lundi, on annonça que le général Weygand remplaçait le général Gamelin, tandis que M. Georges Mandel était nommé ministre de l'Intérieur.

— Mandel a travaillé avec Clemenceau, dit M. Piolat, vous vous en souvenez bien, monsieur Dubois. Et Weygand était un adjoint de Foch. Avec une équipe comme celle-là, nous sommes sauvés. Vous allez voir qu'ils vont retourner la situation en moins de deux !

Le père hochait la tête.

— Vous croyez ? demandait la mère.

Elle cherchait à se raccrocher au moindre espoir. Et, ce soir-là, quand le père se mit à parler de la bataille de la Marne, elle le laissa dire. Non seulement elle n'avait pas envie de l'interrompre, mais, quand il s'arrêtait, elle avait toujours une question à poser.

Mais le père racontait surtout pour le plaisir de revivre cette époque. En réalité, il n'était guère optimiste.

— Que veux-tu, conclut-il, les temps ont changé, je crois que plus personne n'a envie de se battre. Sans compter qu'il y a une telle pagaille partout !

Et chaque jour, d'un jardin à l'autre, on s'interrogeait. Souvent, en rentrant de leur travail, au lieu de passer boulevard Jules-Ferry, les voisins traversaient le jardin et s'arrêtaient pour parler un moment. Comme les soirées étaient tièdes, après le repas, le père et la mère s'asseyaient sur le banc. Julien allait en ville retrouver des camarades. Après les informations, M. Robin descendait presque chaque soir pour apporter des nouvelles. Il prenait place sur une chaise de fer et bavardait avec le père. La mère parlait peu, elle se contentait de les écouter.

Autour d'eux, la nuit envahissait peu à peu le jardin. Depuis le 10 mai, les ordres étaient strictement appliqués et la défense passive veillait. Aucune lumière ne trahissait plus l'emplacement des fenêtres. Les coups de sifflet étaient rares. Simplement, de temps à autre, une porte rapidement ouverte et refermée sur un balcon laissait voir un rectangle de lumière où se glissait en hâte une silhouette. Quand un moteur d'avion ronronnait dans le lointain, la mère serrait son châle autour de ses épaules. Dans la conversation des hommes, revenaient sans cesse ces mots que le père, surtout, plaçait souvent entre deux répliques :

— Que voulez-vous, c'est la guerre !

Le 1er juin, il y eut plusieurs alertes au cours de la journée, et le bruit courut que la ville de Givors avait été complètement rasée par les bombardiers allemands.

La nuit suivante, comme les sirènes hurlaient, la mère se leva :

— Où vas-tu ? demanda le père.

— Lève-toi, il vaut mieux descendre, c'est plus prudent.

— Descends si tu veux, moi je ne bouge pas.

La mère insista, mais, comme le père s'obstinait, elle alla réveiller Julien qui n'entendait jamais les sirènes. Ils s'habillèrent tous deux en hâte, et descendirent dans le jardin. La rue se peuplait d'appels et de bruits de pas. Quelqu'un marchait dans l'allée.

— Qui est-ce ? demanda la mère.

— C'est nous, n'ayez pas peur, madame Dubois.

La mère reconnut M. Robin. Il précédait sa femme qui portait dans ses bras leur petit garçon de trois ans.

— Il ne s'est même pas réveillé.

— Pauvre gosse.

Ils allèrent jusqu'à la tranchée.

— Il est inutile de descendre se salir tant que nous n'entendons pas d'avions, dit M. Robin.

La mère apporta des chaises de jardin et dit à Julien :

— Va chercher le banc et une chaise longue, nous y coucherons le petit.

Julien apporta les sièges et les installa. La nuit était noire, mais, peu à peu, les yeux s'habituaient à l'obscurité. D'autres voisins arrivèrent. Mlle Marthe avait demandé aussi la permission de prendre place dans la tranchée. Comme toujours, M. Robin plaisantait. Des femmes riaient, mais c'était un rire nerveux. Ils restèrent là plus d'une heure. La mère elle-même avait fini par rire aux histoires que racontaient les hommes.

Quand l'alerte s'acheva et qu'elle remonta dans la chambre, le père se retourna dans son lit et lança :

— Quelle vie avez-vous mené ? C'est une vraie partie de rigolade, ces alertes. Seulement, moi je ne veux pas de ça. Si c'est pour me faire passer des nuits blanches, je vais avoir vite fait de la reboucher, cette tranchée ! Je ne sais pas ce que font tous ces gens-là, mais moi, la journée, je travaille.

La mère se recoucha en silence. Mais, au bout d'un moment, elle soupira.

— On peut bien rire un peu, qui sait où nous serons demain ?

24

Le lendemain et les jours qui suivirent, le défilé des réfugiés et des soldats en retraite fut presque ininterrompu. Beaucoup s'arrêtaient pour boire et prendre de l'eau à la fontaine qui se trouve en bas de la rue des Ecoles. Le père et Julien allaient parfois leur poser quelques questions. Il y avait des fraises dans le jardin et la mère en cueillit plusieurs paniers qu'elle porta pour les distribuer aux gens qui avaient des enfants. Des voisins portaient d'autres provisions, mais, après quelques jours, il y eut bien moins de monde pour voir passer les fuyards. Personne ne portait plus de provisions.

— Il faut penser un peu à nous, disaient les gens. Est-ce que notre tour ne va pas venir aussi ?

Pourtant, personne ne croyait vraiment que les Allemands arriveraient jusqu'à Lons. Et puis, le 10 juin, à huit heures du soir, alors que les Dubois achevaient de manger, M. Robin vint les voir. Ils l'entendirent monter l'escalier en courant. Son visage mince était rouge, et ses cheveux blonds ébouriffés. Il eut du mal à reprendre son souffle.

— Asseyez-vous, dit la mère... Qu'est-ce qu'il y a donc ?

Il but une gorgée d'eau, respira profondément et dit lentement :

— Cette fois, nous sommes foutus.

Il s'arrêta un instant. Sans savoir exactement quelle nouvelle apportait M. Robin, le père lança, en frappant la table du plat de sa large main dure :

— Je l'ai toujours dit... Personne ne voulait me croire !

— Tais-toi, fit la mère. Laisse parler M. Robin.

M. Robin reprit :

— La radio vient d'annoncer que l'Italie nous a déclaré la guerre. Les hostilités commenceront à minuit. Paul Raynaud a fait un discours, mais je n'ai même pas écouté jusqu'au bout.

Il y eut un silence après lequel la mère demanda :

— Alors ?

Ils se regardèrent tous. La mère se tourna vers Julien, puis vers M. Robin et répéta :

— Alors, que nous conseillez-vous ?

M. Robin eut un geste de résignation en disant :

— Que voulez-vous faire, partir vers le sud pour échapper aux uns et tomber dans les pattes des autres ?

— Ils sont peut-être moins mauvais ?

— Bah ! vous savez, S.S. ou Chemises Noires, ça se vaut certainement bien.

— Et vous, demanda le père, que faites-vous ?

— Moi, je vais emmener ma femme et le petit chez mes parents, ils seront mieux à la campagne, éloignés de la route, et je reviendrai ici. Je ne veux pas laisser mon appartement tout seul.

Ils demeurèrent encore sans parler. Les yeux de la mère revenaient sans cesse à Julien qui ne bougeait pas, accoudé à la table, le visage grave. La main du père s'agitait constamment sur la toile cirée, repoussant une miette de pain, faisant tourner son couteau dont la lame venait heurter la fourchette avec un petit bruit régulier.

— Arrête-toi, dit la mère, tu m'agaces.

Le père croisa les bras et baissa la tête.

— Est-ce que la Radio a dit où sont les Boches ? demanda la mère.

— Il paraît qu'ils ne sont pas loin de Paris qu'il est question de déclarer ville ouverte.

— Nous sommes foutus, répéta le père, irrémédiablement foutus. C'est le Front Populaire qui nous a mis dans la mélasse. Et, à présent, nous y sommes bien.

— Ce n'est pas le moment de faire de la politique, trancha la mère. Mieux vaudrait savoir ce qu'on fera demain.

Le père eut un haut-le-corps et la regarda d'un œil dur en disant :

— Quoi, tu ne penses tout de même pas à partir comme tous ces malheureux qui encombrent les routes ? Et comment partirais-tu d'abord, avec une brouette, comme j'en ai vu ce matin ?

— Ton garçon a bien une voiture, et des camions, s'il part, il pourrait tout de même nous emmener.

— Il ne partira pas.

— Qu'en sais-tu ?

— Il ne va pas abandonner ses entrepôts au pillage.

— Si les Boches ont envie de piller, ce n'est pas ton garçon ni personne qui les en empêchera.

La mère parlait très fort. La colère la gagnait rapidement et le père aussi s'excitait vite.

— Ça n'est pas la peine de vous chamailler, fit M. Robin; mais je pense que vous devriez tout de même demander à votre fils s'il a l'intention de partir.

— Moi, dit le père, je reste ici. Je ne veux pas aller crever sur les routes. Demain, j'enterrerai dans le jardin le revolver qui est dans la cave et ce que nous avons d'argent liquide et, ma foi, on verra bien.

— Tu parles pour toi, dit la mère. Bien sûr, nous autres, que risquons-nous, mais Julien ?...

Le garçon l'interrompit :

— Je reste avec vous.

— Moi, observa M. Robin, tout cela ne me regarde pas.

Mais, à votre place, j'essaierais de faire partir Julien. A son âge, ça vaut tout de même mieux. Je sais bien qu'il ne faut pas prêter attention à tous les bruits qui courent; mais, pourtant, ces gens-là ne sont pas des saints... Sûrement pas.

La mère hésita. Elle les observa encore tous trois longuement et finit par dire à Julien :

— Va jusque chez ton frère. Tu verras ce qu'ils font. S'ils partent avec leur voiture ou avec un camion, ils auront peut-être une place pour toi.

— Non, dit Julien.

— Je ne veux pas que tu restes ici, supplia la mère. Si les Boches doivent venir, je veux que tu partes.

Sa voix tremblait, ses poings étaient serrés.

— Votre maman a raison, Julien, dit M. Robin, il vaut mieux que vous partiez.

— Mais enfin, dit le père, ils ne sont pas encore à Paris, vous allez tout de même un peu fort.

— Je ne crois pas qu'il faille partir à présent, remarqua M. Robin, mais il faut toujours envisager le pire et se tenir prêt.

— Vous avez raison, dit la mère.

Elle se leva, alla au placard de l'évier d'où elle retira une paire de sandales.

— Où vas-tu ? demanda le père.

— Je vais demander à Paul et à Micheline s'ils ont l'intention de partir.

— Mais, bon Dieu, ce sera bien assez tôt demain matin, tu ne vas pas courir là-bas à cette heure-ci.

— Demain matin, j'aurai autre chose à faire.

Le père hocha la tête et haussa les épaules tandis que Julien disait :

— Si c'est pour qu'ils m'emmènent, maman, c'est pas la peine, je ne veux pas partir.

La mère était chaussée, elle sortit sans se retourner. Elle était au pied de l'escalier quand Julien la rattrapa.

— N'y vas pas, maman, dit-il; je ne veux pas partir avec eux.

Elle s'arrêta et le regarda au fond des yeux.

— Non, répéta-t-il, si je dois m'en aller, j'aime mieux prendre mon vélo et partir seul ou avec des copains.

La mère continuait de marcher et Julien avançait à côté d'elle.

— Ce n'est pas une partie de plaisir, dit-elle. Tu as peut-être projeté de partir avec des camarades; mais moi, je serais tout de même plus tranquille de te sentir en voiture que livré à toi-même dans cette cohue.

Julien marcha à côté d'elle sans rien dire. Comme ils allaient atteindre la grille, il prit sa mère par le bras et l'obligea de s'arrêter. La mère était énervée. Elle se domina pourtant et demanda :

— Qu'est-ce que tu as, enfin ?

— Tu te souviens, quand j'étais à Dole, les conneries que Micheline est venue te raconter à mon sujet. Te dire que j'étais communiste et un tas de foutaises...

Très dure, la mère l'interrompit ·

— Tais-toi. Tu dis bien : un tas de foutaises. Hé bien, justement, ces foutaises-là, ce n'est plus le moment d'y penser. C'est la guerre, mon petit. Il faut songer à te sauver et à le faire sans trop de risques.

Julien avait lâché son bras. Elle fit deux pas vers la grille puis, comme il la suivait, elle se retourna pour demander :

— Veux-tu venir avec moi ?

— Non, et je t'assure que tu y vas pour rien : je ne partirai pas avec eux.

Le visage de la mère se tendit. Ses sourcils rapprochés se plissaient sous son front strié de rides, elle sentait la colère monter en elle.

— Ecoute-moi bien, dit-elle. Je ne leur ai jamais rien demandé, ni pour toi ni pour moi. Jamais, tu m'entends ? Alors, tu devrais comprendre que ça me coûte déjà assez. Et... et me foutre la paix.

Elle avait presque crié ces derniers mots. Elle se retourna, ouvrit la grille et partit très vite. Elle monta la rue des Ecoles. Lorsqu'elle eut atteint le tournant, elle regarda vers le jardin. Julien était sorti aussi et descendait lentement en direction de la rue des Salines, où les réfugiés continuaient de passer.

25

ARRIVÉE devant le Lycée de Garçons, la mère hésita. Elle pouvait soit continuer par la rue des Ecoles et obliquer sur sa droite en empruntant la petite rue des Tanneurs, soit descendre tout de suite l'avenue Colonel-Mahon. Habituellement, elle prenait toujours la rue des Tanneurs. Cependant, depuis l'endroit où elle se trouvait, elle voyait passer les voitures des gens qui fuyaient. Cela débouchait de la rue Lecourbe pour s'écouler vers la route de Lyon. Une femme, que la mère connaissait de vue, remonta l'avenue et s'arrêta à sa hauteur. Avec un hochement de tête, elle dit :

— Ça n'est pas beau à voir, vous savez. Pas beau du tout.

— C'est terrible, dit la mère, terrible.

— Et que peut-on y faire ? Rien. Même pas leur offrir de les recevoir, ils veulent continuer. Il y en a qui ont tellement peur qu'ils sont persuadés que les Boches seront ici dans quelques jours.

— Vous le croyez vraiment ? demanda la mère.

— Ah ! moi, je ne crois rien, je vous répète ce qu'ils disent.

La femme s'éloigna. En bas de l'avenue, les voitures continuaient de passer. Presque toutes avaient un ou deux matelas sur leur toit et, souvent, des bagages étaient encore empilés par-dessus. Aux fenêtres, des curieux regardaient, accoudés comme pour le passage d'un défilé ou d'une course. Sur les trottoirs, il y avait également quelques personnes, la plupart assises devant leur porte.

La mère ne se décida pas à descendre. Elle eût aimé voir cela de plus près, parler à ces gens, mais elle n'osait pas s'approcher davantage.

Après un moment, elle reprit sa marche dans les rues où il n'y avait presque personne. Arrivée rue de Vallière, devant la maison où se trouvait l'appartement de Paul Dubois, elle s'arrêta encore quelques instants. Elle venait rarement ici. Lorsqu'elle avait affaire avec Paul ou avec sa femme, elle se rendait plus volontiers à leur entrepôt, pendant la journée. Comme un groupe de passants approchait, la mère entra dans le couloir et sonna. Ce fut la bonne qui vint ouvrir.

— Je voudrais voir Mme Dubois, ou M...

Elle n'eut pas le temps d'achever. De la cuisine, Paul cria :

— C'est vous, la mère, entrez !

Paul et sa femme étaient à table. La bonne avança une chaise pour la mère, et Paul demanda :

— Qu'est-ce qui vous amène à pareille heure ?

Il était petit et maigre, le visage en lame de couteau avec, cependant, quelque chose dans le front et les yeux qui rappelait son père.

— Vous avez mangé, au moins ? demanda Micheline.

La mère fit oui de la tête. A présent, elle regardait Micheline, blonde et grasse, vêtue d'un corsage qui laissait voir ses bras ronds jusqu'aux épaules.

— Qu'est-ce que vous voulez boire ?

La mère ne répondit pas. Elle se sentait paralysée. Il

lui semblait que jamais elle n'oserait rien leur demander. Et puis, demander quoi ? Est-ce qu'elle n'avait pas fait un mauvais rêve ? Est-ce que vraiment il y avait une guerre et des gens qui fuyaient sur les routes ? Ici, tout était calme. Assis l'un en face de l'autre, Paul et Micheline mangeaient. La bonne aussi mangeait, assise entre eux, au bout de la table, se levant de temps à autre pour servir. Par la fenêtre ouverte sur la cour, aucun bruit n'entrait dans la pièce.

— Je sais que vous ne buvez pas de vin entre les repas, dit Micheline, voulez-vous de la bière avec de la limonade ?

— Ne vous dérangez pas, dit la mère.

Micheline fit un signe à la bonne qui se leva pour prendre les bouteilles et un verre qu'elle posa devant la mère.

— Le père n'est pas malade, au moins ? demanda Paul.

— Non, dit-elle. Ça va. Toujours pareil.

Elle but un peu et remercia. La bière était fraîche et pas amère du tout à cause de la limonade. Le mélange était bon et piquait un peu l'intérieur du nez. La mère pensa qu'il est agréable de pouvoir disposer chez soi de quelques boissons toujours prêtes. A la maison, elle n'avait jamais que du vin et de l'eau. Après quelques instants, comme les autres achevaient de manger leur jardinière de légumes, la mère se décida. Elle toussa deux fois et commença :

— Eh bien ma foi, voilà. J'ai pensé à venir vous voir, parce que, vous comprenez, on ne sait pas où nous allons. Est-ce que vous n'allez pas vous préparer à partir, vous autres ?

— Nous ? fit Paul. Vous n'y pensez pas.

Ils échangèrent un regard et ce fut Micheline qui demanda :

— Pourquoi, vous voudriez vous en aller, vous ?

— Pas moi, ni votre père, nous sommes trop vieux. Nous ne risquons pas grand-chose; mais c'est pour Julien.

— Vous êtes trop vieux, dit Paul, et lui, il est trop jeune, ça revient au même.

Il s'était mis à rire. Un rire qui parut à la mère comme un mauvais grincement.

— D'ailleurs, vous savez, reprit-il, on n'est pas des Autrichiens, les Allemands ne vont pas nous mobiliser.

— En fin de compte, remarqua sa femme, on ne sait pas du tout ce qu'ils feraient de nous; seulement, ils ne sont tout de même pas encore là.

— Ça, c'est bien vrai, fit-il. Est-ce que vous avez lu le journal de ce matin ?

— Oh ! les journaux...

Paul l'interrompit pour crier :

— Comment, les journaux, les journaux, mais tout de même, quand on vous dit que l'Allemagne a lancé la totalité de ses forces dans l'offensive, cent divisions, et que l'assaut est bloqué, ça veut pourtant dire qu'ils ne pourront pas faire beaucoup plus !

Il gesticulait en parlant, et la mère ne tentait même plus de suivre son raisonnement. Elle savait simplement qu'il ne partirait pas. Elle le laissa parler et, dès qu'il s'arrêta, elle demanda seulement :

— Donc, vous, vous pensez vraiment qu'il n'y a aucun risque, qu'il ne faut pas que je fasse partir Julien ?

Paul se mit à crier en disant :

— Mais ma foi non, qu'il n'y a aucun risque. Absolument aucun !

— Et l'Italie ? demanda timidement la mère.

— L'Italie, l'Italie, cria-t-il, qu'est-ce que vous voulez qu'elle nous fasse, l'Italie ! Vous ne pensez tout de même pas que ce sont les ritals qui vont faire bouger les chasseurs alpins qu'on a sur la frontière, non ! On ne dirait pas que vous avez vécu 14-18. Vous ne vous souvenez pas comment ils se mettent à détaler, ces gens-là, quand on les secoue un peu fort !

Sa femme l'interrompit :

— Ce n'est pas la peine de t'énerver pour autant, dit-elle. Nous ne sommes pas sourdes, tu sais !

La mère remarqua qu'il baissait la tête vers son assiette. Micheline l'observa un instant, le visage dur. Puis, se tournant vers la mère, elle sourit en disant :

— Ne vous faites pas de souci, maman. S'il y avait vraiment du danger, alors, là, nous envisagerions sans doute de partir et, bien sûr, on vous le dirait.

La mère se leva et Micheline l'accompagna jusque sur le trottoir. Avant de la laisser sortir, elle dit encore :

— Ne vous en faites pas pour Julien, on s'en occupera.

Puis, baissant la voix, elle ajouta :

— Pour Paul, ne faites pas attention, il est un peu énervé. C'est le temps et toutes ces choses qui le tracassent. Allons, bonne nuit, et ne vous frappez pas trop.

La mère remercia et s'en alla. Elle remonta la petite rue des Tanneurs absolument déserte, où la nuit se coulait lentement au pied des façades. Sous les platanes, devant le lycée, il faisait sombre. La mère devina un couple contre un arbre. Elle marcha plus vite jusqu'en haut de l'avenue. Là, elle s'arrêta un moment et tendit l'oreille. En bas, quelques voitures roulaient encore, mais moins serrées que dans la journée. Elle les voyait à peine, car la nuit était presque complète.

Elle se remit en marche. Elle entendait encore la voix aigre de Paul et celle plus douce de sa femme. Il lui semblait qu'elle ne devait attendre d'eux aucun secours. Mais de qui pouvait-elle espérer une aide ? Elle pensait à Julien. Uniquement à lui. Elle le voyait seul sur la route... Seul parmi ces gens inconnus, avec le risque des bombes et des accidents. Elle le voyait, et ses poings se crispaient, ses ongles pénétraient la chair de ses mains, ses dents étaient serrées. Quand elle arriva devant le jardin, la sueur coulait sur tout son visage et collait à son dos le tissu trempé de son corsage.

26

CETTE NUIT-LA, il n'y eut aucune alerte, mais la mère ne dormit pas. Comme elle ne pouvait se retenir de remuer, elle alla s'étendre sur l'autre lit afin de ne pas réveiller le père. Elle l'écoutait ronfler. Elle écoutait également les bruits de la nuit. Mais il n'y avait que de loin en loin un grognement de moteur, des voix très faibles venues de l'autre côté des maisons. C'était une nuit comme les autres, on ne sentait même pas de fraîcheur malgré le ciel légèrement couvert.

Dix fois peut-être, la mère se leva et marcha sur la pointe des pieds jusqu'à la fenêtre. Accoudée à la barre d'appui dont le métal rafraîchissait ses bras, elle demeurait immobile un long moment. Avec ce calme, si la guerre s'était approchée... Et puis, d'un coup, haussant les épaules et furieuse, elle retournait se coucher en murmurant :

— Que tu es bête, ils ne sont même pas à Paris.

Le lendemain, le journal n'arriva pas, mais la radio annonça que Paris était déclarée ville ouverte. Julien qui était allé écouter les informations chez M. Robin, revint avec la nouvelle.

— Je l'avais prévu, fit simplement le père. Cette fois, on ne les arrêtera même pas sur la Seine.

Dans bien des maisons le travail avait cessé.

Peut-être à cause de la tranchée, le jardin des Dubois était devenu le rendez-vous des voisins. Pendant les premiers jours de la semaine, du matin au soir il y eut du monde. Les gens demeuraient assis sous les arbres, et ne cessaient de commenter les nouvelles assez confuses et dont on ne connaissait pas toujours l'origine.

— Il faudrait partir. Les Allemands vont fusiller tous les hommes.

— C'est idiot. Ils ne fusilleront personne si les gens se tiennent tranquilles.

— D'ailleurs, ils ne viendront pas, notre artillerie leur a détruit deux mille blindés en trois jours. Ils sont à bout de souffle.

— Ils viendront parce que tout le monde se sauve devant eux.

— Il paraît que Weygand veut faire sur la Loire ce qu'on a fait sur la Marne en 14.

— Avec quoi ? Ce sont les officiers qui se sauvent les premiers avec les putains des bordels.

— S'ils viennent ici, moi j'en tuerai au moins un avant d'y passer. De ma fenêtre, je peux tirer en prenant la rue en enfilade...

— Taisez-vous donc, vous ne le ferez pas.

— Si, je le ferai.

— Avec quoi ?

— J'ai gardé un fusil.

— Vous n'avez pas le droit.

— Qui m'en empêcherait ?

— Vous n'avez pas le droit de faire fusiller des otages.

— Vous avez peur pour vous ?

Il y avait des moments orageux. Le temps menaçant, l'attente, les bruits qui ne cessaient de courir, tout agaçait, pesait sur les nerfs à vif. Lorsque des gens se disputaient, la mère regagnait sa cuisine. Elle se moquait de tout cela. Elle pensait à Julien; uniquement.

Le soir du 13 juin, le père parla de l'argent. Il en avait déjà parlé quelques jours auparavant, et la mère avait retiré ce qu'elle avait pu de la Caisse d'Epargne.

— Si Julien s'en va, dit-elle, il pourrait l'emporter.

— Pour se le faire voler en route, dit le père, non, vaut mieux l'enterrer.

— Et si on te voit l'enterrer, ce n'est peut-être pas les Boches qui te le prendront, mais n'importe qui d'autre.

— Qui veux-tu qui me voie ?

— N'importe qui. Dans le jardin, on peut nous voir de loin, même du haut de la colline.

Le père soupira, demeura un moment à réfléchir, puis frappant la table du poing, il cria :

— Bon Dieu de bon Dieu, s'être crevé la peau comme on a fait toute notre vie, arriver à soixante-six ans et se dire qu'on crèvera peut-être dans la misère à cause de cette guerre !

— Ne crie pas, dit la mère, à quoi ça sert. Voilà quelques jours, tout le monde crie pour des riens.

— Pour des riens ? Alors tu appelles ça des riens ! Merde alors, on dirait que les peines ne te pèsent pas à toi !

En parlant, il frappait de la main le petit coffre de fer où la mère avait enfermé titres et billets et qu'elle venait d'apporter sur la table.

— Il faudrait l'enterrer de nuit, dit Julien.

— De nuit, avec cette foutue tranchée, tu risques d'avoir des voisins sur le dos à tout moment. Non, faut trouver un coin où personne ne puisse nous voir.

Le père se tut soudain. Son visage s'éclaira et sa main se posa doucement sur le couvercle du coffre.

— J'ai trouvé, j'ai trouvé, fit-il. Je n'y avais pas pensé, on peut très bien l'enterrer dans le fond du hangar. Ça va être un peu dur à creuser parce que c'est sec, mais on doit pouvoir y arriver.

— Il ne faudrait pas qu'on nous voie emporter le coffre là-bas.

— Nous allons le mettre dans un sac.

Ils portèrent le coffre, et les deux hommes s'enfermèrent dans le hangar tandis que la mère demeurait au jardin, à quelques pas d'eux, pour les prévenir au cas où quelqu'un arriverait. La culture la plus proche de la remise était un carré de framboisiers. Elle se mit à sarcler entre les rangs, coupant l'herbe et gardant dans un panier les liserons qu'elle réservait à ses lapins.

Dès que les hommes eurent achevé, ils vinrent la chercher.

— Viens voir si tu peux découvrir où on l'a mis ? demanda Julien.

Elle le suivit. Le sol du hangar était fait de poussière grise. Un peu de foin traînait çà et là. Quelques brins de paille, de la sciure de bois tassée à l'endroit où le père installait son chevalet, des bûches empilées et d'autres jetées pêle-mêle contre la cloison, à côté du plot à refendre. La mère fit le tour en examinant tout. Debout côte à côte au milieu de l'espace vide, le père et le fils la suivaient des yeux, pivotant lentement sur place à mesure qu'elle se déplaçait.

Plusieurs fois elle se tourna dans leur direction. Ils souriaient. Ils échangeaient des regards entendus. C'était comme un jeu.

— Je ne vois pas, dit-elle quand elle eut achevé le tour.

— En tout cas, fit Julien, ici, tu gèles.

Le père se mit à rire. La mère sourit également un instant, puis, redevenant soudain grave, elle demanda :

— Est-ce que vous croyez vraiment que c'est le moment de jouer ?

— Bien sûr que non, fit le père, mais à présent, ils peuvent venir, on est tranquille de ce côté-là, ils ne trouveront rien.

— Alors, demanda-t-elle, dites-moi où vous l'avez mis ?

— Tu es passée à dix centimètres, expliqua Julien.

Il s'avança et montra le tas de bois.

— On a fait le trou là-dessous. Comme ça, même s'ils déplaçaient le bois, ça ne paraîtrait pas anormal que le sol, en dessous, ne soit pas exactement comme ailleurs.

Le père se frotta les mains en disant :

— Allons, venez, à présent ça n'est pas la peine de rester ici.

Ils firent quelques pas dans le jardin. Julien allait devant, puis venait le père que la mère suivait en regardant son dos voûté et sa nuque toute ridée sous ses cheveux blancs débordant de sa casquette. Elle ne voyait pas son visage, mais elle le devinait détendu, presque heureux. Et, plus elle pensait à cela, plus la colère montait en elle. Elle voyait le coffre et ce qu'il contenait. Elle se répétait sans cesse que c'était une bonne chose que de l'avoir caché, mais la joie du père l'énervait.

Quand ils arrivèrent devant la maison et qu'elle le vit s'asseoir sur le banc, elle fit un effort pour ne pas le rejoindre et se dirigea tout de suite vers le premier clapier. Elle n'avait pas encore tiré la porte de grillage, qu'elle entendit le père qui disait à Julien :

— Eh bien ma foi, à présent il n'y a plus qu'à attendre. Et à espérer qu'ils ne foutront pas le feu aux maisons.

La mère posa son panier d'herbe et revint rapidement vers lui. Très dure, elle lança :

— Vraiment, pour toi il n'y a que ton magot qui compte. Du moment qu'il est à l'abri, tu te moques du reste.

Le père parut d'abord interloqué. Il regarda la mère avec, encore sur les lèvres, son sourire qui se défit lentement tandis que son visage s'assombrissait.

— Qu'est-ce que tu vas encore me chanter, toi !

— Tu te soucies davantage de ton argent que de ton garçon. Est-ce que tu sais seulement ce qu'ils feront des jeunes ?

Le père hésita un instant. Il semblait chercher quelque

chose à dire, mais, ne trouvant sans doute aucune réponse, il s'emporta et se mit à crier :

— Et tu m'emmerdes, après tout. Je te dis que tu m'emmerdes. Qu'est-ce que tu veux donc que je fasse ? Allons, dis. Dis-le et je ferai !

Cette fois, ce fut la mère qui chercha une réponse. Julien, qui s'était éloigné en direction de la maison, revint près d'eux et dit :

— Vous n'allez pas recommencer à vous attraper à cause de moi.

La mère ne l'écouta pas. Tournée vers le père, elle lança :

— L'autre soir, il a fallu que ce soit moi qui aille voir Paul pour savoir s'ils partiront...

— Et tu es fixée, ils ne partiront pas.

— Il n'y avait rien de certain. Depuis, ils ont pu changer d'avis. Est-ce que tu t'es soucié de quelque chose ?

La grille du jardin venait de claquer et Julien marcha jusqu'à la grande allée.

— C'est M. Durelet et sa femme et M. Robin, lança-t-il.

Très vite, parce qu'elle voulait avoir tout dit avant l'arrivée des voisins, la mère reprit :

— Tu aurais tout de même pu y faire un saut. C'est ton fils après tout. Ce n'est pas le mien.

— Je le sais, ragea le père. Mais si Julien veut partir avec eux, il pouvait y aller aussi bien que moi. Ils n'ont jamais mangé personne, non !

La mère haussa les épaules. Sa colère lui faisait mal dans la poitrine, dans le ventre, jusque dans ses hernies que son bandage soutenait mal. Elle eut un geste des deux mains comme pour contenir cette douleur. Son visage grimaçait. Elle baissa la voix à cause des voisins qui approchaient.

— Tu sais bien qu'il n'ira pas, lança-t-elle. Il ne leur demandera rien, tu m'entends. Jamais rien !

Le père s'était levé. Les voisins avançaient toujours. Comme ils arrivaient près de Julien, le père partit soudain vers la maison en disant, les lèvres serrées :

— C'est bon. Je pose mon tablier et j'y vais.

Il monta trois marches, s'arrêta, se retourna en hochant la tête, puis reprit sa montée en grognant :

— J'y vais. Mais tu es complètement maboule, ma pauvre femme. Complètement maboule.

27

Le père resta absent plus de deux heures. La mère avait d'abord parlé avec les voisins, ensuite, les laissant en compagnie de Julien, elle avait achevé de soigner ses lapins. Elle avait fini par revenir près d'eux. Mais, elle ne tenait pas en place. L'absence si longue de son homme l'inquiétait. A chaque instant elle allait jusqu'à la grande allée, regardait en direction de la rue, revenait, demandait l'heure à M. Robin puis repartait.

— Vous ne devriez pas vous mettre dans cet état, lui dit Mme Durelet, on ne sait rien. Plus personne ne sait rien de précis. Même la radio en est à se contredire à longueur de journée et, en fin de compte, tout ce que les gens racontent, ce sont des bruits qui courent. Un point c'est tout.

— Et la plupart de ces bruits, ils viennent de la cinquième colonne, dit M. Durelet. Ce sont des gens à la solde des Allemands qui lancent des bobards pour semer la pagaille.

M. Robin se mit à rire.

— Qu'est-ce qui vous fait rire ? demanda Mme Durelet.

— Tout cet argent que les Boches jettent par les fenêtres.

— Je ne comprends pas.

— Ma foi, s'ils payent des gens pour foutre la pagaille, c'est qu'ils ont de l'argent à gaspiller. Parce que je crois que pour la pagaille, il serait difficile de faire mieux que chez nous.

Il fit un geste en direction de la rue des Salines. Par-dessus les maisons, le bruit des moteurs arrivait jusqu'à eux, ininterrompu, avec des coups de klaxon et des cris.

Ils parlèrent encore un moment. Ils n'étaient pas d'accord au sujet des espions et des agents ennemis de toute sorte, mais la mère eut l'impression qu'ils étaient trop fatigués pour se disputer vraiment.

Le père revint enfin. Plantée au milieu de l'allée, la mère l'attendait. Il marchait du même pas tranquille et mesuré qu'il avait le soir, quand il faisait le tour du jardin pour fermer la grille et la porte du hangar. Simplement, parce qu'il n'avait pas son tablier à grande poche, il semblait ne savoir que faire de ses mains. Il avait la tête baissée, mais, sans voir son regard, la mère comprit qu'il ne la quittait pas des yeux.

A hauteur de la couche, il s'arrêta comme pour examiner les plants. La mère retenait son souffle.

— C'est votre mari qui revient ? demanda Mme Durelet.

— Oui, et il n'est guère pressé.

Les voisins s'étaient levés. Quelque chose semblait peser sur tout le groupe.

Silence.

Le père a repris sa marche, aussi lentement. Plus lentement peut-être. A présent, la mère peut voir son visage dans l'ombre du chapeau de toile.

Les voisins se sont avancés et, quand le père les aperçoit, il accélère un peu le pas.

— Nous allons nous en aller, dit M. Durelet au moment précis où le père arrive.

— Oui, moi aussi, fait M. Robin.

Le père s'arrête. Il les salue, puis, comme ils font mine de s'éloigner, il dit très vite :

— Cette fois-ci, c'est la folie... C'est la folie, tout le monde se sauve. Tout le monde.

— Eh bien, moi, dit M. Robin, je reste.

— Ma foi, soupire Mme Durelet, on ne sait vraiment plus ce qu'il faut faire.

— C'est la folie, répète le père, c'est la folie...

La mère ne dit rien. Elle cherche ses yeux, mais il tourne la tête. Elle n'écoute plus ce que disent les autres. Elle répète simplement, presque à voix haute :

— Il ne parlera pas. Il ne dira pas s'ils vont partir aussi... S'ils vont prendre Julien...

Soudain une autre pensée lui vient, brutale comme un coup de fouet.

— Ils sont partis... Ils sont déjà partis.

Pendant qu'elle se répétait cela en fixant le profil de son homme, les voisins ont dit des mots qu'elle n'a même pas entendus. A présent, ils s'éloignent.

Le bruit de leurs pas et de leurs voix s'éteint.

— Alors ?

La mère a presque crié.

Le père ne la regarde toujours pas. Il semble hésiter, son corps se penche lentement en avant, sa main ébauche un mouvement très lent et le voilà qui part vers la maison. Il monte. La mère le suit. Elle sent que Julien est derrière elle.

Dans sa cuisine, il fait frais et sombre à cause du store tendu devant la porte et des volets de la fenêtre qui sont presque fermés.

Le silence est épais. La mère entend son sang qui bat dans toute sa tête. Ses mains remontent le bandage de cette hernie qui tire son ventre comme avec une tenaille.

— Alors ! répète-t-elle.

Le père soulève ses bras qui retombent le long de son corps.

— Je te l'ai dit, c'est la folie... La folie générale.

La mère s'approche.

— Si je comprends bien, ils sont partis. C'est ce que tu veux dire ?

— Ils ne sont pas les seuls.

Cette fois, la mère crie très fort :

— Mais les autres, je m'en moque. Ce n'est pas les autres qui devaient emmener Julien. C'est Paul. A moi, il ne m'est peut-être rien, mais tout de même, ils sont tes garçons tous les deux. Seulement l'autre, il ne s'en est jamais rendu compte.

Le père semble accablé... La mère hésite un instant avant d'ajouter :

— Au contraire... Peut-être bien qu'il voit plus loin.

Le père se redresse soudain. Tout son visage se plisse autour de ses yeux qui menacent. Il fait un pas vers la mère, les poings serrés.

— Qu'est-ce que tu as l'air de dire, hein ? Allons parle. Parle franchement.

— Je n'ai qu'une chose à faire : je constate que ta belle-fille m'avait promis d'emmener Julien, et qu'ils sont partis sans rien dire.

La mère a parlé moins fort. Cependant, sa colère ne fait que grandir. Julien intervient.

— Vous n'allez pas vous disputer pour ça. Ils sont partis : bon voyage ! Je t'ai dit que de toute façon je ne serais pas parti avec eux. Ça vaut mieux ainsi, ça m'a évité la peine de refuser.

Le père se tourne vers Julien.

— Tu vois bien ! lance-t-il à la mère. Tu vois où il est le venin.

Il regarde alternativement la mère et Julien. Il y a un instant pendant lequel le silence revient. Puis le père demande :

— Mais qu'est-ce qu'ils vous ont donc fait ? Qu'est-ce qu'ils vous ont fait pour que vous soyez à ce point montés contre eux ? Il me semble qu'ils vous foutent bien la paix, oui. Ils ne viennent pas trop vous embêter !

La mère ricane.

— Non. Ça, on ne peut pas dire qu'ils viennent trop souvent te voir... On pourrait bien crever dans notre coin...

— N'exagère pas. Tu ne leur as jamais demandé...

Le père se tait. La mère n'attend pas qu'il se reprenne.

— Jusqu'à présent, dit-elle, je n'avais rien demandé, en effet. Et je t'assure que ça m'a assez coûté, l'autre soir, d'y aller... Mais cette fois, je suis renseignée. Je sais ce qu'on peut attendre d'eux.

Le père s'est tourné vers la porte. Il fait un pas; deux pas... au moment où sa main va soulever le store, il se retourne pour dire :

— Et puis, rien ne prouve qu'ils soient partis comme les autres. Ils sont peut-être, je ne sais pas moi, pas très loin.

La mère éclate de rire. Son rire lui secoue le ventre et lui fait mal, mais elle rit pourtant. Elle rit encore en disant :

— C'est ça, ils sont à la pêche, ou aux escargots. Ils vont nous apporter une friture en venant chercher Julien. Compte dessus. Tu peux y compter, va !

D'un geste brusque, le père écarte le store et sort en criant :

— Oh puis, après tout, vous me cassez les oreilles, avec vos conneries... Je voudrais bien qu'on me foute un peu la paix.

Après ce mot qui sonne drôlement dans la petite cuisine, il laisse retomber le tissu à larges mailles, qui flotte un moment, brouillant dans ses plis les lumières et les ombres du jardin. Les pas du père claquent sur l'escalier. Son alliance crisse sur la rampe de fonte, puis c'est à nouveau le silence. Julien se tourne vers la mère qui n'a pas cessé de l'observer depuis le départ du père. Elle soupire longuement et, s'approchant de lui, elle pose ses mains sur ses épaules et se soulève pour l'embrasser. Julien se penche.

— Tu te fais du mouron, m'man, ça sert à rien.

La mère baisse la tête. Elle fait un effort pour se retenir, mais son chagrin éclate soudain. La tête contre la poitrine de Julien, elle pleure, toute secouée par de gros sanglots.

— Faut que tu partes, dit-elle. Il faut... Tu devrais voir tes copains, savoir s'ils partent, et alors, je te ferais un sac et tu partirais avec eux. Ce serait mieux que d'être tout seul... Je serais moins en souci... Il y en a peut-être qui s'en vont avec leurs parents... Ils n'ont pas tous des parents aussi vieux que nous... Mon pauvre grand... Mon pauvre grand...

Elle n'a plus de nerfs. Elle se tait et se laisse tomber sur la deuxième marche de l'escalier qui monte vers les chambres. Julien est debout devant elle, les bras ballants. A travers ses larmes, elle voit les mains de son garçon, elle sent qu'il ne sait pas quoi faire.

Alors, rassemblant son courage, elle va chercher au fond d'elle-même la force de retenir ses sanglots et de refouler ses larmes. Essuyant son visage avec un coin de son tablier, elle se lève.

— Va, dit-elle. Va, mon petit. Commence par aller chez Relandit. C'est le plus près... Et puis, son père fait beaucoup de bicyclette aussi, si Daniel s'en va, il partira sans doute avec lui.

Julien paraît hésiter encore. La mère s'avance et l'embrasse de nouveau.

— Va, souffle-t-elle. Je t'en supplie, mon petit... Va vite.

Elle marque un temps, puis, comme Julien sort, elle ajoute presque sans desserrer les lèvres :

— Va... J'ai peur.

28

La chute de Paris avait précipité les départs. Le père qui demeurait sombre et tendu, ne cessait d'aller et venir entre la maison et le bas de la rue des Ecoles en répétant :

— C'est la folie... C'est la folie générale.

La mère l'observait mais évitait de lui parler. Depuis que Julien était rentré en annonçant que tous ses camarades étaient déjà partis, elle se sentait épuisée. Chaque fois qu'un voisin venait, elle implorait des nouvelles. Mais à présent, plus personne ne savait rien. Tout le monde parlait beaucoup, et ce n'était que contradictions, nouvelles absurdes aussitôt démenties. On n'était certain que d'une chose : les Allemands avaient pris la capitale et continuaient de marcher vers le Sud. Il y avait des combats, et la mère essayait de se raccrocher à tout ce qui lui semblait possible. La Loire... le massif Central... la Saône... le Doubs... Elle avait demandé à Julien de descendre son atlas et elle regardait la carte de France, celle où sont indiqués les montagnes et les cours d'eau.

— Dans le Nord, c'est tout plat, disait-elle, mais plus bas, c'est autre chose... On devrait les arrêter. On devrait pouvoir les arrêter.

Sa voix tremblait. Elle n'avait plus ni larme ni sanglot, seulement une espèce de rage qui lui faisait un visage fermé et un regard dur.

Le samedi matin, elle alla un moment avec Julien et M. Robin jusqu'en bas de la rue. A présent, ce n'était plus une succession d'automobiles et de camions qui passait, c'était une longue colonne où tout était mêlé. Piétons chargés de sacs et de valises, cyclistes, voitures, camions, animaux. Tout cela marchait, roulait, se bousculait, titubait, s'arrêtait pour boire aux fontaines et emplir des bidons ou des bouteilles.

Comme une camionnette était tombée en panne, des soldats la poussèrent sur le trottoir. Son conducteur, un vieil homme à tignasse grise, souleva le capot du moteur, se pencha puis, se redressant, jeta sur le sol une pièce de métal qui roula dans le caniveau.

— Foutu, dit-il.

En voyant son regard de bête, la mère eut presque peur.

— Foutu, répéta l'homme en ouvrant l'arrière de la camionnette.

Une vieille femme était assise sur un matelas. Elle descendit et l'homme la prit par la main en répétant :

— Foutu... C'est foutu.

La vieille n'eut pas un mot. Sans même un regard à la voiture, elle suivit l'homme qui se mit à marcher dans la cohue.

— Ils n'ont même rien pris, observa M. Robin.

— Rien, dit la mère... Pauvres gens.

Le père qui était un peu plus loin s'avança.

— Ils sont fous, dit-il, complètement fous.

La mère n'écouta pas davantage. Elle sentait ses jambes molles. Ses reins et son ventre lui faisaient mal. Sans un mot elle tourna le dos à ce qu'elle ne pouvait plus regarder, et remonta vers la maison.

29

Au début de l'après-midi, tandis que le père faisait sa sieste, la mère qui préparait du linge pour Julien, entendit parler dans le jardin. Elle sursauta. Depuis deux jours, elle sursautait comme ça, pour des riens. Elle sortit sur le palier. Au tournant de l'allée qui mène à la maison, Julien s'entretenait avec M. Vintrenier, le conseiller municipal qui habitait boulevard Jules-Ferry. La mère descendit l'escalier. Les deux hommes se tournèrent vers elle et M. Vintrenier la salua.

— C'est votre garçon que je suis venu voir, expliqua-t-il. J'ai besoin de lui.

Il souriait. La mère le connaissait depuis très longtemps. C'était un brave homme qui plaisantait volontiers. La mère sentit tout de suite que son sourire était un peu forcé. Elle fit simplement :

— Ah, dites voir ?

— Vous voyez où nous en sommes, tous les gens valides vont partir, alors, les vieux et les malades qui resteront sont condamnés à mourir de faim. Il faut absolument qu'on puisse avoir du pain. Je viens de faire la tournée des boulangeries : sur toute la ville, il ne reste déjà plus que trois boulangers.

Il hésita, puis, plus bas et plus lentement il ajouta :

— Et encore, ils ne m'ont pas promis de ne pas partir.

Il y eut un temps de silence. Il faisait chaud. L'air était immobile. De la rue des Salines venait le bruit ininterrompu de la débâcle. A présent, il passait également beaucoup de voitures sur le boulevard.

— Il faut que quelqu'un fasse du pain. Demain la ville sera sans pain.

Il se tut de nouveau. La mère le regardait sans mot dire. Les bras croisés, adossé au poteau de l'étendage, Julien écoutait. M. Vintrenier ne souriait plus. Son visage un peu rouge sous ses cheveux gris se plissait en grimaces.

— Il faut que Julien fasse du pain, dit-il enfin.

— Hein ? fit la mère.

— Votre locataire de la rue des Salines, le boulanger qui a pris votre succession est parti lui aussi. Mais il a laissé les clefs à une voisine. Je viens d'aller voir, la réserve est pleine de farine, il faut faire du pain cette nuit.

La mère regarda Julien et, de nouveau, le conseiller dont le front était couvert de sueur. Elle réfléchit quelques instants et, sans crier mais d'une voix ferme, elle dit simplement :

— Non... D'ailleurs, Julien n'a jamais fait de pain.

Le sourire revint sur les lèvres de M. Vintrenier.

— Ça, dit-il, je ne suis pas en souci. Le pain qu'il fera ne vaudra peut-être pas celui que faisait son père, mais il sera bien aussi bon que celui de vos remplaçants. Allons, voyons, il est pâtissier, quoi ! Quand on sait faire de la brioche, ça ne doit pas être bien sorcier de faire du pain. N'est-ce pas, Julien ?

— Moi, dit Julien, je veux bien essayer. Mon père n'aura qu'à venir me montrer...

— A son âge et fatigué comme il est, tu es fou ! lança la mère.

— Mais, maman...

La mère l'interrompit. S'adressant à M. Vintrenier, elle lança :

— Et pourquoi lui ? Il n'y a peut-être que lui, ici, qui puisse faire du pain ? Son sac est prêt. Si les Boches continuent d'avancer, il partira comme les autres. Vous ne pensez tout de même pas que mon gosse va se faire fusiller pour vous faire plaisir, non !

Elle avait crié très fort. Elle se tut d'un coup, le souffle court; tout le corps secoué de tremblements.

— Madame Dubois, dit l'homme, madame Dubois...

La voix cassée, la mère dit encore :

— Il n'y a rien à faire...

Elle s'arrêta. Le volet de la chambre venait de s'ouvrir. De sa fenêtre le père demanda :

— Qu'est-ce qu'il y a donc ?

— Rien, dit Julien. T'inquiète pas.

— Comment rien ? dit le père.

Il se retira de la fenêtre.

— Je suis désolé, dit M. Vintrenier, mais il me faut insister. C'est un devoir. J'ai déjà vu les deux mitrons de chez Dunand, ils sont à peu près de l'âge de Julien, ils resteront. Ils m'ont promis. C'est malheureux, mais ce sont les jeunes qui sont le plus raisonnables.

— Vous voulez dire qu'ils sont fous. Ce sont les jeunes qui doivent partir. Nous autres, qu'est-ce qu'on risque ?

Le père descendit l'escalier. Ils se turent pendant qu'il venait jusqu'à eux. Puis, en quelques mots, le conseiller municipal expliqua ce qu'il voulait.

Encore mal habitué à la lumière vive du dehors, le père avait les yeux mi-clos, tout le visage tendu et strié de rides.

— Bien sûr, dit-il, toi, tu as cinquante ans, tu es comme nous, tu ne risques pas grand-chose. Mais sais-tu que tu prends une rude responsabilité en demandant aux jeunes de rester ?

— Je sais, fit Vintrenier. Je sais parfaitement. Mais je

le fais parce que je pense que c'est mon devoir de le faire.

Il y eut un silence, et le père demanda :

— Qu'en dit le maire ?

Vintrenier parut embarrassé et soupira en bredouillant :

— Il est parti ce matin.

— Et vous voudriez que d'autres s'embarrassent de scrupules, cria la mère. C'est tout de même un peu fort. Ça alors, avouez que c'est un peu fort !

— Evidemment, reconnut le conseiller, ça ne me facilite pas la tâche.

Il eut un geste de lassitude, ses épaules larges semblaient venir en avant, sa poitrine se creusait. Il demeura ainsi quelques instants puis, se redressant soudain il se tourna vers Julien. Il était un peu plus petit que le garçon. Il s'approcha de lui et le prit par le bras. Presque suppliant, il demanda :

— Allons Julien, mon petit gars, faut qu'il y ait des petits gars comme toi qui soient plus courageux que les autres. Sinon, les vieux, les malades, les gosses, tous ceux qui ne peuvent pas foutre le camp vont crever... C'est sûr, ils vont crever.

— On ne meurt pas parce qu'on est privé de pain pendant quelques jours, dit la mère.

Sans lâcher Julien, l'homme tourna la tête vers elle pour demander :

— Parce que vous pensez que dans quelques jours tout sera arrangé ?

— On ne voit pas comment ça peut finir, fit le père.

— Alors, Julien ? demanda l'homme.

Le garçon sourit, leva la main en direction de la mère et dit :

— Moi, je veux bien essayer.

La mère intervint.

— Ecoutez-moi, dit-elle, on ne va pas discuter comme ça des heures et des heures, j'ai mon ouvrage, moi. Disons que personne ne peut rien promettre. On fera... on fera ce que les événements nous feront faire. Un point c'est tout.

Elle n'avait pas crié; mais sa voix ne tremblait plus. Son regard était droit sur les yeux de l'homme qui n'insista plus. Il dit seulement :

— De toute façon, je vais essayer de chercher pour les autres boulangeries. Mais pour celle-ci, je ne vois que vous. La clef est chez la voisine, celle du premier étage. C'est une vieille femme, elle ne partira pas.

Il les salua, fit deux pas avant de se retourner pour ajouter :

— Je vous laisse juges. C'est tout ce que je peux faire... C'est tout... Mais je sais bien que vous serez moins fous que les autres.

30

APRÈS le départ du conseiller, ils gardèrent tous trois eut entendu claquer la grille du jardin, la mère le silence pendant un moment puis, quand elle dit à Julien :

— Viens, tu verras ce que j'ai préparé.

Tandis que le père s'en allait lentement vers la rue, ils montèrent tous deux à la cuisine. La mère prit le sac tyrolien de Julien et le posa sur la table.

— Voilà ce que je t'ai mis comme linge, fit-elle. Est-ce que tu crois que ça suffira ?

Comme Julien ne répondait pas, elle ajouta :

— C'est pas que je ne veuille pas t'en donner plus, mais il ne faudrait pas non plus te charger trop. Il faut aussi que tu emportes des provisions.

— Est-ce que tu crois vraiment que je dois partir ? demanda Julien.

— On ne sait rien. On ne sait plus quoi faire, dit-elle. Et il faut que ce soit moi qui décide tout. Il faut que je prenne des décisions pour tout le monde.

— Moi, je crois qu'il faut attendre encore.

— Attendre, toujours attendre. Mais attendre quoi ? Qu'ils soient ici ?

— On ne sait pas ce qui se passe.

— De toute façon, je préfère que tout soit prêt.

Julien partit chez M. Robin pour écouter la radio. La mère prépara le sac. Elle plaça à l'endroit qui porterait sur le dos du garçon, un gros pull-over qui éviterait les talures et absorberait la transpiration. Elle disposa les vêtements et le linge, puis, quand tout fut en place, elle prépara des conserves, du pain, des tablettes de chocolat, du sucre, deux paquets de biscuits qu'elle enfouit dans les espaces vides et dans les grandes poches du sac.

Le soir, le passage des troupes en retraite et des réfugiés s'accéléra encore. Certains affirmaient que l'ennemi était à présent en vue de Dijon. La radio suisse donna des extraits d'une réponse du président Roosevelt à Paul Reynaud. M. Robin apporta cette nouvelle à la tombée de nuit.

— Les Etats-Unis s'engagent à nous fournir autant de matériel que nous en demanderons, dit-il. Mais ils ne veulent pas envoyer des hommes.

— Ils en enverront, dit le père, seulement on ne sait pas quand ils se décideront. Ça va faire comme en 14. La France va encore être coupée en deux. Seulement, cette fois, ce sera beaucoup plus bas. Le tout est de savoir de quel côté du front nous allons nous trouver.

— Au train où ça va...

M. Robin n'en dit pas davantage. La mère observait son garçon. Elle demanda :

— Si c'est ainsi, ceux qui partent ne pourront peut-être pas rentrer chez eux avant des années.

— Peut-être.

— Mon Dieu, monsieur Robin, dites-moi ce qu'il faut faire pour Julien. Dites-moi ?

M. Robin réfléchit quelques instants.

— C'est peut-être dur, dit-il, mais voyez-vous, si ce que

prévoit M. Dubois se réalise, si nous avons les Boches sur le dos comme ceux du Nord les ont eus en 14-18, il vaut mieux que les gens en état de se battre ne soient pas là. Il vaut mieux, c'est certain.

La nuit envahissait le jardin. Il faisait chaud, mais la mère sentait des frissons dans son dos. Les buis, les pêchers, le pied de pivoines qui fait l'angle des deux allées, tout devenait d'un vert presque noir. Les formes s'alourdissaient. La mère fouillait l'ombre des yeux. Tout était inquiétant, presque menaçant.

De la rue des Salines et du boulevard, le bruit des moteurs arrivait, plus proche depuis que le soleil avait plongé derrière Montciel. Rue des Ecoles et sur le coteau de Montaigu, plusieurs fenêtres étaient éclairées.

— Les gens sont fous, observa M. Robin.

— Ils s'en vont, alors ils se foutent de tout, dit le père. Et ceux de la défense passive sont peut-être partis les premiers.

Ils demeurèrent un long moment sans parler. Chaque fois que l'un d'eux bougeait, la lame de bois du banc grinçait un peu.

— Il ne peut tout de même pas partir de nuit ? demanda la mère.

— Il faut attendre demain. Tout de suite à l'aube, vous verrez bien où en seront les choses. Julien devrait se coucher à présent, pour se reposer un peu. On ne sait jamais.

Julien se leva et leur dit bonsoir. Quand il arriva à la mère qui s'était levée aussi, elle le serra fort contre elle; très fort, en l'embrassant comme jamais peut-être elle ne l'avait embrassé.

31

La nuit fut interminable.

Une fois seule, la mère avait vérifié le sac de Julien avant de monter s'étendre toute habillée sur le lit. La fenêtre était grande ouverte sur le jardin et le roulement de la retraite continuait, presque aussi régulier que le bruit d'une rivière.

Après un long moment, l'obscurité commença de se meubler. Ce fut tout d'abord le montant de la fenêtre qui fit comme une étroite colonne pâle, puis l'angle de l'armoire se dessina, pas très loin, parallèle à la colonne, mais plus proche de la nuit.

Longtemps après, la mère distingua les portes de l'armoire. Elle les devinait à peine, mais à force de les avoir regardées, elle imaginait le dessin du bois. Quand Julien était tout petit, c'était dans ce lit qu'il couchait, à côté de ses parents. Il avait souvent expliqué à la mère que lorsqu'il ne dormait plus, le jeudi ou le dimanche matin, il demeurait des heures à contempler ces portes de noyer. Il lui avait raconté qu'il voyageait en suivant les veines du vieux bois.

— Est-ce qu'on peut voyager dans le bois ?

— Qu'est-ce que tu dis ?

C'est le père qui demande cela. Est-ce que la mère a parlé tout haut ?

— Je n'ai rien dit.

— Mais si, tu as parlé. Tu devais rêver.

— Je ne peux pas avoir rêvé, je ne dormais pas.

Silence.

La rivière des voitures gronde.

— Tu ne dors pas, toi non plus ? demande la mère.

— Non... Tu entends, comme ça passe ?

— Oui.

Ils se taisent. La mère écoute encore, puis, sans bruit, elle se lève.

— Où vas-tu ? demande-t-il.

— Nulle part.

Elle s'accoude un instant à la fenêtre. Elle sent que le père doit regarder de son côté. Très loin, il y a soudain comme un roulement de tonnerre. La mère tend l'oreille et se penche pour voir le ciel vers le nord. Le ciel est clair, tout plein d'étoiles. Elle se retourne vers la nuit de la chambre et demande :

— Tu as entendu ?

— Quoi ?

— Cette fois, ce n'était pas un bruit de voiture. C'est le canon, sûrement.

— Tu crois ?

— Je suis persuadée que ce n'était pas des voitures.

— Ah !

Elle écoute encore, mais le bruit ne se reproduit pas. Elle n'a pas chaussé ses pantoufles, et le froid du plancher gagne lentement ses pieds. Elle revient s'étendre. Le père tousse et soupire deux fois.

— Je me demande, dit la mère, s'il n'aurait pas mieux valu que Julien parte aujourd'hui ?

— Est-ce que quelqu'un peut dire quoi que ce soit, dans un fourbi pareil ?

— Quand je pense que les autres sont partis comme des sauvages, sans rien dire, en emmenant peut-être un plein camion d'étrangers.

— Tu ne vas pas recommencer, dit le père.

Elle soupire :

— Oh ! non, je suis trop éreintée.

— Tu devrais essayer de dormir.

La mère ferme les yeux. Depuis qu'elle est immobile sur le dos, les mains à plat sur la couverture, elle sent sa fatigue s'atténuer peu à peu, se répartir dans tout son corps comme une eau qui trouve sa place.

Elle a dû s'assoupir un peu. Elle vient de se réveiller en sursaut. Le père ronfle.

Si seulement elle pouvait savoir l'heure.

Très lentement, en prenant bien soin de ne pas faire grincer le sommier, la mère se lève. Son pied tâtonne sur le parquet à la recherche de ses pantoufles. Elle glisse plus qu'elle ne marche jusqu'à la fenêtre.

Il semble que le bruit soit moins fort; et moins régulier surtout.

Et si c'était la fin ? Comment se passe une retraite ? Il doit bien y avoir un espace entre ceux qui fuient et les autres ?

Elle a peur soudain que le bruit ne s'arrête.

Et si c'était déjà eux ? Si l'espace entre les deux était *passé* pendant qu'elle dormait.

Une cloche tinte. C'est la chapelle du lycée. C'est un quart qui vient de sonner.

Les étoiles sont plus pâles et la mère fixe le ciel, à l'est, au sommet de la colline. Il est déjà clair.

Ce sont peut-être des Allemands qui arrivent... Des Allemands qui attendent le jour pour visiter les maisons et prendre les hommes en âge de se battre... Et les garçons aussi...

La mère revient près du lit dans lequel est couché le père qui ronfle toujours. Elle hésite un peu et finit par poser la main sur son épaule qu'elle serre et secoue un peu. Le ronflement s'arrête. Le père grogne, puis se soulève sur un coude pour demander :

— Qu'est-ce qu'il y a ?

— Viens, il faut se lever.

— Qu'est-ce qu'il y a ?

— Je crois bien que ce sont les Boches qui passent, à présent.

— Qu'est-ce que tu me chantes là !

— Viens, Gaston, faut qu'on se rende compte.

Le père s'est assis sur le lit. Il se râcle la gorge avant de dire :

— Mais comment veux-tu t'en rendre compte ?

— Il faut aller voir.

— Si ce sont eux, mieux vaudrait rester ici. La nuit, on ne sait jamais ce qui peut se passer.

— Je ne suis pas tranquille. Si des fois il était encore temps, je voudrais faire partir Julien.

Le père ne bouge toujours pas. La mère insiste.

— Allons, viens, viens avec moi.

Le père se lève. Il tâtonne pour trouver ses vêtements. La mère, qui est déjà dans l'escalier, l'entend qui se cogne dans le fauteuil et ronchonne :

— Quelle nuit... Bon Dieu, quelle nuit !

32

A LA CUISINE, la mère alluma sa lampe de poche pour regarder le réveil. Il était une heure vingt. Elle éteignit et ouvrit la porte. Le père la rejoignit sur le palier et demanda :

— Alors, qu'est-ce que tu veux faire ?

— Allons jusqu'au bout de la rue.

Ils traversèrent le jardin. Rue des Ecoles, il n'y avait personne, mais des lumières très faibles. Ils descendirent en longeant les barrières des jardins et s'arrêtèrent à une vingtaine de mètres du carrefour. Après un temps d'immobilité, la mère dit :

— Ça parle français.

— Alors, tu vois bien.

Ils continuèrent plus rapidement. Deux automobiles étaient en stationnement sur le terre-plein. Des hommes réparaient l'un des moteurs en s'éclairant avec une lampe de poche. Une femme, qui portait également une lampe, tirait de l'eau à la fontaine.

— Si seulement on avait du fil de fer, dit l'un des

hommes, on pourrait l'attacher avec, ça tiendrait assez pour qu'on reparte.

Le père s'approcha et demanda :

— Vous êtes en panne ?

L'homme à la lampe se redressa.

— Salement, dit-il. Plutôt salement.

L'autre demanda :

— Vous n'êtes pas mécanicien, des fois ?

— Non, fit le père, pas du tout.

— Et, bien entendu, il n'y en a plus un seul dans le coin ?

— Ça m'étonnerait, dit la mère.

— Vous êtes d'ici ? demanda l'homme à la lampe.

— Oui.

— Vous n'auriez pas seulement un bout de fil de fer à nous vendre ?

— Je ne vends pas du fil de fer, dit le père, mais je peux sûrement vous en trouver. Il vous en faut long ?

— Non, cinquante centimètres.

— C'est bon, venez avec moi.

— Vous êtes chic, dit l'homme à la lampe.

Puis, se tournant vers son compagnon, il ajouta :

— Tu vas avec lui, Tonin ?

Tonin partit avec le père qui se retourna en disant :

— Tu m'attends ici ?

— Oui, dit la mère.

Revenue de la fontaine, la femme s'était assise sur le marchepied de la voiture. Elle dirigea vers la mère le faisceau de sa lampe et demanda :

— C'est loin, pour le fil de fer ?

— Non, dit la mère, quelques minutes... Et vous autres, vous venez de loin ?

— Nancy, dit la femme.

— D'après vous, où sont-ils ?

— Je ne sais pas, mais sûrement pas loin derrière.

— Sûrement, renchérit l'homme, on a perdu trop de

temps avec cette sacrée guimbarde qui nous oblige à nous arrêter une heure tous les dix kilomètres.

La mère allait poser d'autres questions, lorsqu'un homme qui venait de la rue des Salines se mit à crier :

— Vous êtes fous, bande de cons, éteignez-moi ces lampes. Vous avez envie de prendre des pruneaux sur la gueule !

La femme éteignit sa lampe, mais l'homme, au contraire, braqua la sienne en direction de celui qui criait. L'arrivant était un officier. Les galons de son képi brillaient.

— Vous avez compris ? cria-t-il.

La lampe s'éteignit.

— Tu penses, fit le civil, ils ont bien besoin de ça pour savoir où sont les routes !

L'officier repartait déjà. La mère se précipita derrière lui en appelant :

— Monsieur ! Monsieur ! Une minute, s'il vous plaît.

Il s'arrêta. Elle le voyait mal dans cette nuit que seul le ciel éclairait faiblement.

— J'ai un garçon qui a dix-sept ans. Dites-moi ce qu'il faut que je fasse pour lui, demanda la mère. Dites-moi, est-ce qu'il doit partir ?

Très dur, l'autre lança :

— Dix-sept ans ? De quelle classe est-il exactement ?

— Pardon ?

— Il est né en quelle année ?

L'officier s'impatientait.

— En 1923.

— Classe 43, va être mobilisable. Doit partir.

La mère ne savait plus quoi dire. L'officier fit un pas et s'arrêta de nouveau pour demander :

— Est-ce qu'il dispose d'un moyen de locomotion, votre gars ?

— Il a une bicyclette.

— Bravo. C'est ce qui est préférable. Ça se faufile partout. Si tout le monde avait des vélos, il n'y aurait pas une telle pagaille.

Il se tut un instant avant d'ajouter :

— L'armée se reforme au sud de la Loire. Qu'il prenne la route de Louhans, elle est sûrement moins encombrée que celle de Bourg. Il n'aura qu'à filer sur Tournus. De là, on le dirigera certainement sur Moulins ou Clermont-Ferrand, il y aura des Centres de rassemblement dans toute cette région.

Il s'éloigna.

— Merci, dit la mère. Merci, Monsieur.

Comme elle revenait sur ses pas, l'homme de la voiture en panne se mit à ricaner en grommelant :

— J'ai déjà vu des maboules, mais comme celui-là; faut reconnaître qu'il n'y en a pas des masses, même dans l'armée.

La mère s'était arrêtée près de l'automobile. Elle voyait la chemise claire de l'homme. La femme était toujours assise sur le marchepied. Quand l'homme se tut, ce fut elle qui s'adressa à la mère.

— Ecoutez, dit-elle, je ne sais pas ce que ce type a raconté, je ne connais pas les pays dont il a parlé, mais faut pas que votre garçon se soucie de ces foutaises, ma brave dame. Qu'il aille vers le midi. Qu'il prenne plus au court. Le reste, c'est tout de la blague.

— Faut surtout pas écouter les militaires, reprit l'homme. Ils se montent la tête. Ils ne veulent pas reconnaître qu'on est foutu. La Loire, la Loire, c'est bien joli.

Il alla s'asseoir sur le marchepied à côté de la femme et reprit :

— Moi, je vois très bien où nous sommes. Que votre fils ne prenne pas la direction qu'il vous a indiquée. Ça file vers l'ouest. Je me demande même jusqu'à quel point ça ne le ferait pas remonter un peu vers le nord. Pas de blague. C'est pas la peine de foutre le camp pour risquer de se trouver nez à nez avec les Boches, au coin d'un bois.

Le père et l'autre homme revenaient avec le fil de fer. Les réfugiés remercièrent.

— On vous proposerait bien de vous prendre, dit la femme, mais on est déjà tellement chargés.

— Non, dit la mère, nous, on ne veut pas partir.

— Savoir si c'est pas vous qui avez raison, fit l'un des hommes.

— Raison ou pas, dit le père, on ne veut pas s'en aller à nos âges, et surtout à pied.

— Merci, dit encore la femme.

— C'est la moindre des choses, fit la mère. Bonne chance.

— Pareil pour votre garçon. Mais il ira plus vite avec son vélo que dans n'importe quelle voiture.

Les deux hommes se penchèrent vers le moteur. La femme les éclairait en s'efforçant de cacher la lueur de sa lampe. Le père et la mère Dubois les regardèrent travailler un moment, avant de remonter à la maison.

33

LA MÈRE alluma le feu, fit chauffer le café et le lait avant de monter réveiller Julien. Le jour approchait. Le garçon descendit torse nu. Il avait pris un gant et une serviette de toilette pour aller se laver à la pompe. Sur le point de sortir, il demanda :

— Vous croyez vraiment qu'il vaut mieux que je parte ?

— Ce n'est pas de gaieté de cœur que je te le conseille, dit la mère; mais je crois tout de même que s'ils doivent venir jusqu'ici, mieux vaudra que tu sois parti. Rien qu'à regarder la figure des gens qui descendent du nord, on sent que ça doit être terrible.

Julien sortit. Le père déjeunait. Il avait coupé dans son bol de café de petits cubes de pain qu'il faisait tremper avec sa cuillère, avant de les mâcher longuement.

— Qu'en penses-tu, toi, Gaston ? demanda la mère après un moment de silence.

— Que veux-tu que je te dise. Voilà des jours et des jours qu'on s'interroge. Il y a des risques à rester, il y en a d'autres pour ceux qui partent...

Il n'acheva pas. Son mouvement d'épaule voulait dire qu'il se refusait à trancher. La mère le savait.

— C'est tout de même ton gosse, fit-elle, mais il faut que ce soit moi qui décide.

Le père ne répondit pas. Il vida son bol puis, comme Julien revenait, il sortit en disant :

— Je vais retourner en bas de la rue. Je peux des fois récolter quelques nouvelles.

Julien se mit à déjeuner. La mère le forçait à manger, rajoutant du beurre sur ses tartines, en coupant d'autres, tirant du placard un paquet de biscuits. Elle vérifia encore le sac tyrolien et demanda :

— Pour ta bicyclette, est-ce que tu as tout ce qu'il faut au cas où une roue crèverait ?

Julien sourit.

— Mais oui, maman, dit-il. D'ailleurs, ce ne sont pas les roues qui crèvent, ce sont les pneus, ou plus exactement les chambres à air.

— Je ne sais pas, mais ce que je sais très bien, c'est qu'il y a des tas de pauvres gens qui sont obligés de s'arrêter pour des ennuis de voiture ou de vélo et qui n'ont rien pour réparer.

Elle se tut soudain. On parlait dans le jardin. Elle se précipita sur le balcon. Le jour naissant noyait tout d'une clarté laiteuse. Sous les arbres, l'ombre était comme de la cendre noire. La mère vit approcher deux formes entre les branches. Elle reconnut la voix du père. Il s'engagea bientôt dans l'allée qui vient à la maison. Il poussait une bicyclette qu'il tenait d'un main au guidon, de l'autre à la selle. Sur le porte-bagages, une énorme valise mal ficelée faisait aller la machine de droite à gauche.

Derrière le père, un garçon de la taille de Julien avançait, titubant presque, l'air épuisé, sa main droite posée à plat sur son épaule gauche.

— Qu'est-ce qu'il y a ? demanda la mère.

— C'est un gamin, dit le père. Il est blessé. Pauvre gars, il est à bout de forces. Il doit venir de loin.

Le garçon se laissa tomber sur le banc. La mère s'approcha.

— Si vous aviez de l'eau, fit-il.

La mère fut effrayée par ses yeux. Ce n'était même pas de la peur qu'elle y sentait, mais le vide. Une espèce de vide curieux... Un vide qui faisait mal à voir.

— Mon Dieu, dit-elle, mon Dieu.

Elle se précipita à la cave et rapporta un pot d'eau fraîche et un verre.

— Fais-le boire, Gaston, dit-elle. Mais pas trop, il a chaud. Je vais lui préparer un peu de vin sucré, c'est ce qui le remontera le mieux.

Le garçon avait vidé son verre d'un trait.

— Encore, s'il vous plaît, demanda-t-il.

— Non, attendez une minute, on va vous donner quelque chose qui vous refera des forces.

Le père avait posé le pot sur le banc. Le garçon l'empoigna et se versa de l'eau sur la tête et sur l'épaule.

— Mais vous êtes fou, dit la mère.

Il secoua la tête, lentement, avec un pauvre sourire.

— Ça fait du bien, souffla-t-il.

La mère toucha son front trempé où collaient des boucles de cheveux très noirs.

— Il a la fièvre.

Elle remarqua qu'il avait du sang séché sur sa chemise, devant son épaule et plus bas.

— On devrait peut-être regarder sa blessure.

— Non, non, dit le garçon; c'est sec.

Julien descendit. Le père expliqua que ce garçon blessé venait de Dombasle.

— C'est loin ? demanda la mère.

Le garçon hocha la tête.

— Très loin, dans le nord, murmura-t-il.

— Faudrait le faire monter à la cuisine.

Julien aida le garçon à monter et le fit asseoir. Tandis que le père préparait le vin sucré, la mère s'approcha en disant :

— Montrez-moi un peu votre blessure.

— Non, ça va me faire mal.

— Vous n'avez pas de pansement ?

— Je l'ai enlevé, il tombait. La chemise est collée dessus, ça remplace.

— Soyez raisonnable; vous ne pouvez pas continuer votre route comme ça.

Le garçon but le vin sucré aussi vite qu'il avait avalé son verre d'eau. Il parut bientôt un peu moins abattu. La mère crut voir revenir une lueur de vie dans ses yeux noirs. Mais son visage était maigre et l'eau, en ruisselant, avait tracé des traînées dans la crasse. Il regarda Julien et, d'un coup, il fronça les sourcils en demandant :

— Tu es d'ici, toi ?

— Oui.

— Et tu restes ici ?

— J'allais partir.

— Pars, dit le garçon. Fous le camp ! Vite. Fous le camp, ils vont être là d'un moment à l'autre.

Cette fois, son regard n'était plus vide. La peur le durcissait, elle tirait encore ses traits.

— T'as un vélo ? demanda-t-il.

— Oui.

Ses yeux changèrent encore et la mère crut y voir cette fois une lueur d'espoir.

— Bon Dieu, dit-il, si tu voulais qu'on parte tous les deux.

— Si tu veux, dit Julien.

— Mais vous êtes blessé, dit la mère, vous ne pouvez pas rouler.

— Non, fit-il. Je vous jure, je le retarderai pas. Si je suis crevé, il n'aura qu'à me laisser tomber. Bon Dieu, tout seul, vous pouvez pas savoir ce que c'est !

Il y avait, sur tout son visage et dans le tremblement de sa voix, comme un appel de détresse. Ils demeurèrent ainsi un instant sans mot dire, et le garçon se leva.

— Faut pas attendre, dit-il, plus on attend plus on court le risque d'être pris ou canardés.

— On peut pas le laisser partir tout seul, dit Julien.

— Vous ne voulez pas rester ? Il y a des médecins ici, dit la mère.

— Non, non, cria le garçon, vous ne pouvez pas savoir.

— Mais enfin, demanda le père, tu les as vus, ils t'ont fait quelque chose ?

— Les avions... Des avions en piqué, à ras du sol. Ça crachait partout... On savait plus où se mettre. Mes deux copains ont été tués à côté de moi.

— C'est là que tu as été blessé ?

— Oui, mais c'est rien. Un caillou projeté par une bombe. J'ai eu de la veine... Faut partir, faut plus attendre.

— Ecoutez, dit la mère, soyez raisonnable. Vous allez partir tous les deux, mais laissez-moi vous mettre un pansement.

— Vous allez me faire mal.

— Non, je vous assure.

— Laisse-toi faire, dit Julien. Elle sait faire, maman, elle sait faire.

La mère apporta la bouteille de teinture d'iode, la gaze, les ciseaux et une grande bande. Comme elle ne parvenait pas à décoller la chemise, elle la découpa tout autour de la plaie en disant :

— Je vous en donnerai une autre, tant pis.

— J'en ai dans ma valise, dit le garçon. D'ailleurs, cette saloperie de valise, si ça ne vous fait rien, je vais la laisser chez vous. Elle a failli vingt fois me foutre par terre. Cette nuit, j'avais envie de l'abandonner dans un fossé. J'ai assez de choses dans les sacoches de mon vélo.

Julien était descendu chercher la valise.

— Laisse-la donc comme elle est, dit la mère, ne défais pas la courroie, je vais lui donner une de tes chemises.

Le garçon fit la grimace au moment où elle décolla le

morceau de tissu que la croûte de sang retenait, mais il ne cria pas.

— Il faudrait peut-être qu'il mange un peu, dit Julien.

— Ça va nous perdre du temps, faut se dépêcher. Si on pouvait rouler avant qu'il fasse trop chaud.

Le garçon avait toujours, au fond des yeux, cette peur qui effrayait la mère.

— C'est tellement épouvantable ? demanda-t-elle.

— Vous ne pouvez pas savoir, répéta-t-il. Vous pouvez pas, c'est pas possible.

Elle sentait qu'il ne saurait pas en dire davantage. Elle lava la plaie qui suppurait un peu, passa de la teinture d'iode et fit tant bien que mal un pansement.

— C'est pas facile à l'épaule, dit-elle, c'est pas comme à un bras ou à une jambe.

Le garçon essaya de rire.

— Faut m'excuser, dit-il. J'ai pas choisi. Mais j'aime encore mieux ça qu'une jambe. Ça gêne moins pour pédaler.

— Pauvre garçon, fit-elle.

— Est-ce que tu as encore un peu de place dans tes sacoches ? demanda Julien.

— Oui, pourquoi ?

— Tu devrais lui donner des sandwiches, maman, il mangera en route.

— C'est une bonne idée, dit le garçon.

Pendant que la mère achevait le pansement, il se mit d'ailleurs à manger des prunes que le père venait de monter de la cave.

— C'est bon, dit-il. C'est frais.

Il mangea encore, puis, se tournant vers le père, il lui dit :

— Quand je pense que je ne voulais pas venir avec vous. Je ne suis pas prêt de vous oublier.

Son regard, qui s'était éclairé, s'assombrit soudain quand il ajouta :

— Il y a plus de salauds que de gens comme vous. Hier, j'ai payé dix sous un verre d'eau.

— Quelle honte, dit le père.

La mère regardait Julien.

— Est-ce que tu crois que tu auras assez d'argent, mon pauvre grand ? demanda-t-elle.

— Bien sûr, te fais pas de mouron, maman.

Le garçon s'efforça de sourire.

— Vous en faites pas, Madame, je commence à savoir me débrouiller.

Ils étaient prêts. Julien sortit sa bicyclette de la cave et ils partirent tous les quatre dans la grande allée.

Arrivés dans la rue, les deux garçons enjambèrent leur bicyclette. Julien embrassa le père. Puis la mère s'approcha. Elle le serra très fort. Elle avait envie de mordre ses joues, d'enfoncer ses ongles dans les muscles de ses bras qu'elle sentait rouler sous ses doigts. Quand elle s'écarta de lui, elle dit :

— Fais attention. Fais bien attention... mon petit.

— Vous en faites pas, Madame, dit le garçon de Dombasle, vous en faites pas.

Il tendit la main. La mère prit cette main brûlante, mais elle s'approcha et embrassa également le garçon.

— Au revoir, dit-elle. Bonne chance.

— Merde, lança le père. Mille fois merde ! Et soyez prudents.

Ils s'éloignèrent. La mère les suivit des yeux jusqu'au bas de la rue. Là, ils s'arrêtèrent un instant puis, avançant soudain, ils disparurent entre deux camions.

— Mon Dieu, fit-elle. Dans cette cohue !...

Elle n'acheva pas. Un sanglot était monté à sa gorge, des larmes brûlaient ses paupières. Elle essaya un moment de les contenir, mais, comme tout se brouillait, elle revint vers le jardin et se mit à pleurer en regagnant lentement la maison.

ROISIÈME PARTIE

34

QUAND la mère revint à la maison, le soleil n'était pas encore sorti de derrière les monts, mais le ciel était déjà plein de lumière. Dans les jardins, toutes les couleurs avaient absorbé la grisaille du crépuscule.

La mère se laissa tomber sur une chaise. Elle ne pleurait plus; elle était sans forces. Tout était en désordre dans sa cuisine, mais elle ne savait comment aborder son ouvrage. Les bols étaient encore à un bout de la table avec le pain, le beurre et des miettes un peu partout. A l'autre bout, il y avait la cuvette et le matériel qu'elle avait utilisé pour soigner le blessé. A présent, elle revoyait sa plaie avec le sang noir tout caillé autour de ce pus qu'elle n'avait pu faire sortir complètement. Elle avait accompli cela sans vraiment y penser. A présent, à présent seulement elle avait envie de vomir.

La mère demeura ainsi jusqu'au retour du père. Lorsqu'il entra, elle se leva et demanda :

— Alors ?

— Ça passe toujours.

— Quelle misère !

Elle commença de débarrasser. Le père se tenait debout sur le pas de la porte. Habituellement, il ne restait jamais ainsi. Comme elle se tournait vers lui, il dit, à voix basse :

— A présent, qu'est-ce qu'on va faire ?

— Ma foi !

Elle essuyait sa table lorsqu'elle entendit un bruit de moteur plus proche que les autres. Elle s'arrêta.

— Qu'est-ce qu'il y a ? demanda le père.

— Ça doit être un camion qui fait des manœuvres là devant.

— Ah ! tu crois ? Je vais voir.

Le père sortit. Elle acheva de nettoyer, jeta ses miettes dans la marmite où elle faisait cuire la pâtée destinée aux lapins, et sortit sur le balcon.

Des hommes qui criaient devaient manier des outils juste devant le jardin. Comme elle ne pouvait rien voir, elle gagna la grande allée. Le père était près de la grille grande ouverte et gesticulait en parlant à des soldats.

La mère se mit à courir. Ils parlaient tous à la fois et très fort. Quand elle arriva près d'eux, les soldats se turent et le père se retourna.

— Tu te rends compte, cria-t-il. Ils voudraient faire un trou dans le jardin et abattre le lilas pour mettre une mitrailleuse ici !

— On a des ordres, fit un militaire qui portait le même petit galon que la mère avait vu sur les manches et le calot de Butillon.

— Je m'en fous ! hurla le père. Faites votre tranchée ailleurs, mais ne venez pas nous emmerder ici !

— On m'a dit là, à cause du carrefour; moi je m'installe ici; on m'aurait dit ailleurs...

Le père l'interrompit :

— Eh bien moi, je vous dis ailleurs. Parce que vous serez aussi bien dans la rue ou un peu plus bas.

— On ne peut pas creuser dans la rue, c'est plus vite fait ici, dans cette terre meuble.

Le sergent se tourna vers ses trois camarades en disant :

— Allons, vous autres, qu'est-ce que vous attendez ?

Les hommes avaient posé leurs outils contre les dalles de bordure. Avant qu'ils aient pu les reprendre, le père se précipita, empoigna une pioche qu'il leva au-dessus de sa tête en criant :

— Nom de Dieu ! Essayez voir un peu !... Merde alors, c'est contre des soldats français qu'il va falloir défendre son bien, à présent !

La mère s'approcha.

— Gaston, lança-t-elle, tu es fou !

Comme le père ne bronchait pas, elle se tourna vers les soldats qui avaient reculé d'un pas.

— Allons, dit-elle, ça sert à quoi, à présent ?

Le chef semblait embarrassé, c'était un grand gars maigre, au visage étroit, et qui pouvait avoir une vingtaine d'années. Il regarda ses hommes. L'un d'eux, maigre lui aussi, mais plus petit, eut un geste las en disant :

— Qu'est-ce que tu veux, on va pas les massacrer, non ? C'est partout pareil, quoi, partout !

Le père avait abaissé son outil mais ses mains, qui tremblaient un peu, étaient toujours crispées sur le manche. La mère remarqua qu'il était pâle. Sa poitrine se soulevait très vite. Elle entendait siffler sa respiration. Elle allait parler lorsque M. Piolat arriva en courant. Il atteignait la grille quand Mlle Marthe sortit de chez elle à son tour et traversa la rue.

— Qu'est-ce qu'il y a ? demanda M. Piolat.

Tout le monde se mit à expliquer. Avant même que ce soit terminé, M. Piolat dit au sergent :

— Une mitrailleuse ici, mais vous êtes fou. Vous pensez arrêter quoi, avec votre pétoire ? Les avions et les tanks ? Mais c'est un coup à faire fusiller tout le quartier.

— C'est vrai, dit la mère.

— C'est vrai, dit Mlle Marthe.

— Ils nous feraient massacrer pour quoi ? fit le père.

— C'est pas à la sortie d'une ville qu'on arrête l'ennemi,

dit M. Piolat, c'est à l'entrée. Faut aller la mettre route de Besançon, votre mitrailleuse.

— Mais il y en a d'autres, expliqua le sergent. Ici, on peut les prendre à revers.

M. Piolat eut un rire un peu forcé qui gagna bientôt le père et les deux femmes. Mme Piolat, qui ne sortait presque jamais de chez elle à cause de ses jambes malades, ouvrit sa fenêtre et cria :

— Qu'est-ce qu'il y a ? Qu'est-ce qu'il y a ?

— Rien, dit son mari, rentre vite.

— Reviens, dit-elle encore.

— Oui, j'y vais.

Elle referma sa fenêtre. Il y eut un bref silence et M. Piolat reprit :

— D'ailleurs, c'était à Strasbourg ou sur la frontière belge qu'il fallait la mettre, votre mitrailleuse. Ici, c'est trop tard.

— Moins vous les exciterez, moins ils seront méchants, dit le père Dubois.

Le sergent parut hésiter, puis, se tournant vers ses hommes, il lança :

— Ah ! merde après tout, on les arrêtera à Marseille. J'en ai plein les bottes, moi. On se fait traiter de lâches partout, et quand on veut se battre, on se fait engueuler.

— Fallait vous battre sur la Marne ! lança M. Piolat.

Les soldats étaient déjà retournés vers leur camion avec leurs outils. Le sergent, qui se trouvait le dernier, fit volte-face. Ses souliers cloutés grincèrent sur le macadam.

— Quoi, dit-il furieux. Vous avez fait 14-18 ! Je parie.

— Parfaitement.

— Eh bien, sur la Marne, le Génie avait miné un pont, ce sont les Anciens Combattants de 14-18 qui ont désamorcé les charges. Vous y comprenez quelque chose, vous ?

M. Piolat paraissait embarrassé et ce fut Mlle Marthe qui lança :

— On se moque de ce qui s'est passé sur la Marne, ce

qu'on ne veut pas, c'est que vous fassiez massacrer le quartier pour rien.

Le moteur du camion tournait déjà. Le sergent était resté contre la barrière du jardin pour diriger la manœuvre de demi-tour. Se penchant à la portière, le chauffeur lança :

— Vous en faites pas, les Fritz sauront bien trouver vos caves, même si elles n'ont pas été bombardées. Au contraire, il y aura davantage à boire.

M. Piolat partit en courant. Le camion fit plusieurs marches arrière dans la rue étroite. Il allait démarrer, avec le sergent assis à côté du conducteur, quand M. Piolat revint portant deux litres de vin rouge.

— Tenez, cria-t-il. Celui-là, ils ne le boiront pas !

Il donna un litre au chauffeur et l'autre aux soldats qui étaient assis à l'arrière du camion, les jambes pendantes et qui remercièrent en riant.

Le camion démarra lentement. Comme il s'éloignait, l'un des soldats lança :

— Au fond, peut-être que vous nous avez sauvé la vie. En tout cas, vous nous faites gagner du temps.

L'autre soldat brandit le litre qu'il fit tourner comme un clairon en criant :

— Y a de la goutte à boire ! Y a de la goutte à boire !

Le bruit du moteur couvrit leurs rires. La mère vit qu'ils débouchaient le litre et buvaient à la régalade.

Le camion resta un moment en bas de la rue, attendant de pouvoir s'insinuer dans la colonne. Il y parvint enfin et les soldats agitèrent leur calot en signe d'adieu.

35

La mère ne pleurait plus. Elle n'avait même plus envie de pleurer. Dès que les voisins furent partis, elle regagna sa cuisine. Le père la suivit. Sans un mot, ils montèrent l'escalier et vinrent s'asseoir à la table, comme pour un repas. Ils restèrent longtemps ainsi, levant les yeux de temps à autre, s'interrogeant du regard, répondant à un soupir par un autre soupir.

Ce fut le père qui parla le premier. De nouveau, il dit :

— Je me demande ce qu'on va faire.

— Que veux-tu !...

Il y eut un silence. Le bruit de la rue, à présent, faisait partie de ce silence; comme le tic tac du réveil, comme le martèlement de la gouttière les jours de longue pluie régulière.

— On n'a plus qu'à attendre, soupira la mère.

Elle leva les yeux sur son homme dont le visage lui parut extrêmement las. Après un long moment, elle ajouta, d'une voix à peine audible :

— Attendre qu'il revienne.

— Je me demande, fit le père, je me demande si on a bien fait.

Le dernier mot s'était presque coincé dans sa gorge. Il avait les paupières baissées, ses lèvres tremblaient, son menton se plissait curieusement autour de sa fossette. Lorsqu'il se remit à parler, elle comprit qu'il faisait un effort considérable pour ne pas pleurer. Sa main à plat frappait la table, il devait chercher à se réfugier dans la colère pour mieux se dominer.

— Bon Dieu de bon Bieu, fit-il. On ne sait jamais ce qu'il faut faire. On se croit malin. A nos âges, on se figure qu'on a de l'expérience, et puis rien du tout. Il suffit que quelque chose vienne... quelque chose qu'on n'attendait pas.

Il s'arrêta. Sa main gauche se porta sur sa poitrine dans le même geste qu'il avait lorsqu'il mangeait, pour maintenir la bavette de son tablier. Mais sa main ne resta pas immobile. Elle fit comme une main qui veut déceler le point exact d'une douleur.

La mère avait peur de mal comprendre.

— Qu'est-ce que tu as ? demanda-t-elle. Tu ne te sens pas bien ?

Le père leva les paupières. Son visage s'était durci, mais ses yeux restaient très brillants. Il eut un ricanement, puis lança en se levant soudain :

— Pourquoi ? Tu te sens bien, toi ? Tu te sens vraiment bien ? Alors, tu as de la chance.

Elle entendit à peine les derniers mots qu'il avait dits très bas en laissant retomber le store derrière lui. Elle cria :

— Gaston !

Elle l'écouta descendre l'escalier. Ses espadrilles claquaient, son alliance crissait sur la rampe de métal.

— Mon Dieu, soupira-t-elle. Mon Dieu, ce qu'il faut endurer de misère !

Elle se leva péniblement. Jusqu'à présent, elle n'avait ressenti aucune fatigue. Mais, après ce temps d'immobilité, voilà qu'il lui fallait faire un effort considérable pour se lever de sa chaise. Ce n'était plus seulement sa hernie, ses membres atteints de rhumatismes qui lui faisaient mal, c'était tout son corps. Quelque chose avait dû se mêler à son sang, qui lui envahissait les os et les chairs, rendant chaque geste douloureux. Elle fit une grimace, s'appuya à la table et marcha jusqu'au palier. Par-dessus la balustrade, elle se pencha un peu et vit la silhouette du père qui s'éloignait lentement derrière les arbres. Elle descendit, gagna la grande allée où elle s'arrêta.

Le père se trouvait déjà tout près de la grille. Il était tout petit; plus voûté que jamais, et sa casquette grise semblait posée presque directement sur ses épaules étroites.

Quand il eut disparu dans la rue, la mère demeura encore un moment à fixer la grille. Quelque chose l'attirait, et pourtant, ce fut vers le fond du jardin qu'elle s'en alla. Près du hangar, elle tourna à gauche pour prendre le petit chemin de traverse qui longe le mur de l'école et mène directement au boulevard.

Là, elle resta quelques minutes sur le trottoir. Le flot de voitures était moins dense que rue des Salines, mais guère plus rapide en raison du bouchon qui se formait à tout moment près de l'octroi de Montmorot, à l'endroit où les routes se rejoignent. Entre les véhicules à moteur, quelques cyclistes se faufilaient. La mère n'éprouvait plus de pitié à regarder tout cela. Il y avait en elle comme un durcissement. Elle se sentait détachée de ces gens et de leurs souffrances; isolée, en quelque sorte, dans un autre monde.

Elle monta l'escalier de bois bien ciré et sonna au premier étage. M. Robin vint ouvrir et la salua.

— Je vous dérange, dit-elle. Je voudrais tellement savoir ce que dit votre T.S.F.

— Vous ne me dérangez pas, mais malheureusement, le poste ne dit pas grand-chose. Et, quand il parle, ça n'est pas pour donner des nouvelles bien rassurantes.

— On prétendait tout à l'heure que les Boches sont à Poligny.

— Non, fit M. Robin, je ne crois pas qu'ils soient si près.

Ils se turent. La mère examinait la cuisine moderne très

propre. M. Robin s'était approché du poste de T.S.F. et tournait les boutons. Il y eut bientôt de la musique, puis une voix lointaine qui ne parlait pas français, de la musique encore, suivie de grésillements. M. Robin éteignit en expliquant :

— Non, vous voyez, ni à la Suisse ni sur les postes français, il n'y a d'informations pour l'instant. Asseyez-vous, nous verrons dans quelques minutes.

La mère s'assit et raconta le départ de Julien.

— Je crois que vous avez bien fait, dit M. Robin. N'ayez pas de regret, c'était la solution la plus raisonnable.

Ils restèrent un moment silencieux, puis M. Robin se mit à parler. La mère ne l'écoutait pas. Elle savait seulement qu'il parlait de sa femme et de son fils. Il était heureux d'avoir pu les éloigner de la ville. De loin en loin, elle murmurait un mot d'approbation en hochant la tête.

Le roulement des camions faisait parfois trembler la maison et vibrer les carreaux de la fenêtre. La voix de M. Robin se mêlait à ces bruits. La mère sentait que tout devenait vague.

M. Robin se tut. La mère prêta l'oreille davantage et ce fut pour l'entendre dire :

— Vous devez être très fatiguée.

— Oui, avoua-t-elle, je vais rentrer.

— Vous devriez aller vous reposer, s'ils annoncent quelque chose d'important, j'irai vous le dire tout de suite.

— C'est ça, vous êtes très gentil... Merci. Merci bien.

Elle sortit, mais, une fois sur le palier, elle se retourna pour demander :

— Est-ce que vous voulez manger avec nous, à midi, comme vous êtes tout seul.

— Non, je ne veux pas vous déranger.

— Mais si, venez donc... Ça... ça ne nous dérangera pas.

M. Robin allait parler de nouveau. La mère ne lui en laissa pas le temps.

— Venez, reprit-elle, on est tellement seuls, tous les deux, ça nous fera du bien.

Il sourit en disant :

— Alors, si c'est ça, d'accord, à tout à l'heure.

La mère descendit l'escalier et, cette fois, elle ne s'arrêta pas devant les voitures qui continuaient d'encombrer le boulevard. Elle tourna l'angle de la maison et regagna très vite le jardin.

Elle éprouvait toujours cette même lassitude, mais elle marchait pourtant avec plus de facilité.

En arrivant, elle trouva le père occupé à donner de l'herbe aux lapins.

— Qu'est-ce qu'il y a ? demanda-t-il. D'où viens-tu ?

— Je viens de chez M. Robin. Mais il n'y a rien. Le poste ne dit rien.

— Ah ! Je te voyais te dépêcher.

Elle eut un mouvement de surprise.

— Oh ! me dépêcher, dit-elle, non. Mais je vais préparer le repas. Comme M. Robin est tout seul...

Elle observa le père qui puisait au fond de son sac et tirait des poignées d'herbe qu'il jetait dans les cages. Les lapins passaient la tête pour regarder au dehors, le nez au vent. Quand le père refermait la grille, ils se reculaient en baissant les oreilles et en fermant à demi les yeux.

— Qu'est-ce qu'il y a ? demanda le père, tu parles de M. Robin...

— Oui, comme il est tout seul, je lui ai dit de venir manger avec nous à midi.

— Ah !

Le père parut surpris. Son sac à la main, il se redressa et tourna la tête vers la mère. Il sembla hésiter. Son visage d'abord grave se détendit peu à peu, et il dit :

— Eh bien, ma foi, tu as bien fait, ça passera peut-être plus vite.

Il se pencha, ouvrit un autre clapier et la mère l'entendit murmurer :

— Bon Dieu de bon Dieu, si seulement on savait quelque chose !

36

M. Robin arriva bien avant midi. Comme le repas était prêt, ils se mirent à table sans attendre, pour aller, aussitôt après, écouter les informations.

— J'ai mis une bouteille au frais, dit M. Robin; nous la boirons, ça nous remontera le moral et c'est toujours une que les Boches n'auront pas.

Le père se mit à rire.

— C'est exactement ce que j'ai pensé, dit-il, et moi aussi j'en ai monté une.

— Alors, fit M. Robin, nous allons être saouls.

— C'est la première fois que nous mangeons au vin vieux, remarqua la mère.

— Bonsoir, dit le père, si je savais qu'ils risquent de me les boire, j'aimerais mieux les vider sur le fumier.

— Vous devez vous en souvenir mieux que moi, dit M. Robin, mais il paraît qu'en 14, dans le nord et dans l'est, il y en a qui l'ont fait.

— Je sais, et quand les Boches l'ont su, ils les ont fusillés.

— Ah ! ça, avoua M. Robin, je ne savais pas. Mais mon père se trouvait chez des gens qui ont vidé leurs fûts par terre et cassé leurs bouteilles jusqu'à la dernière et, en fin de compte, les Allemands ne sont jamais venus jusque chez eux.

La mère et les deux hommes se mirent à rire.

— Alors, dit le père, il faut risquer le coup. Boire ce qu'on peut et garder le reste, c'est le plus sage.

Durant tout le repas, les deux hommes parlèrent beaucoup. Il y avait sans cesse des éclats de rire nerveux, vifs, mais qui tombaient d'un coup.

Il y avait ensuite des silences longs et épais.

Le réveil allait; les mouches bourdonnaient autour de la suspension; une guêpe grésillait contre la vitre, fonçait vers le store baissé puis revenait à la fenêtre.

Ce jour-là, les Dubois apprirent beaucoup de choses sur M. Robin, et M. Robin entendit longuement parler de la guerre de 14-18.

Le père racontait, une histoire entraînant l'autre, et jamais la mère ne manifesta ni fatigue ni énervement.

Cette guerre, morte depuis plus de vingt ans, revenait aujourd'hui pour chasser celle qui était là, dans la rue, avec sa misère et ses deuils. Les millions de morts d'autrefois avaient comme un petit air bon enfant. Ils n'étaient ni tristes ni gais, ni terribles non plus; ils étaient de braves morts pas tout à fait oubliés, mais qui ne donnaient plus à personne envie de verser la moindre larme. Ils étaient surtout des soldats qui, avant de mourir, avaient bien bu et bien ri, bien lutiné les Madelon de cabarets et les fermières dans les cantonnements de repos.

Le vin que le père versait dans les verres avait presque l'âge de ces morts-là. Il était peut-être un peu passé, mais, parce qu'elle n'avait pas l'habitude d'en boire, la mère sentait monter en elle une bonne chaleur qui apaisait sa douleur.

Elle parlait peu. Elle n'avait plus envie de quitter cette table. Elle retrouvait ce brouillard qui s'était formé un instant autour d'elle, le matin même, alors qu'elle était montée chez M. Robin; cependant, à présent, il y avait à travers cette brume, comme une lumière tamisée et douce à la vue.

Quand M. Robin indiqua que l'heure était venue d'aller écouter la radio, la mère se leva en disant :

— Je ne peux pas laisser ma table comme ça.

— Même s'ils viennent, ils ne vous la débarrasseront pas, dit M. Robin.

Ils sortirent et la mère ferma la porte à clef.

Chez M. Robin, les Dubois s'assirent dans des fauteuils, devant une petite table de bois verni. Tout était extrêmement propre. Il y avait des fruits dans une coupe sur le meuble, et la pièce était claire. La mère lui trouvait des couleurs plaisantes. M. Robin alla dans la cuisine brancher son poste et ouvrir une bouteille de champagne qu'il venait de sortir de la glacière.

— C'est très bien, une glacière, dit la mère.

— C'est très bien, en effet.

— Oh ! nous autres, remarqua le père, nous avons notre pompe et l'eau y est très fraîche.

M. Robin se mit à rire.

— Demain, si j'ai à mettre au frais, j'irai chez vous.

— Ah ! pourquoi ?

— Parce que c'est très bien, une glacière, mais il faut avoir de la glace. Or, on ne m'en a pas apporté ce matin et, demain, j'ai bien peur que ce soit la même chose; alors, finie la glacière.

La mère n'avait pas bu de champagne depuis un an ou deux. Elle trouva celui-ci fort bon. Elle en but deux grandes coupes.

Ils avaient cessé de parler pendant que le speaker lisait le bulletin d'informations; mais, comme il n'y avait aucune nouvelle intéressante, M. Robin débrancha le poste.

— Ce n'est pas la peine, dit-il. Ça n'a jamais été plus pagaille, personne ne sait rien.

Enfoncée dans son fauteuil, les jambes étendues vers la petite table où se reflétait la fenêtre, la mère n'écoutait plus. La brume autour d'elle s'était épaissie. Il y avait partout une grande lumière douce et le visage de Julien était là, souriant et heureux.

37

COMME la mère redoutait de s'endormir dans le fauteuil de M. Robin et que le père tenait à sa sieste, ils revinrent tous deux à la maison.

Le temps était lourd. Le bruit des convois continuait. Par moment, des odeurs de poussière et d'essence venaient jusque sur le jardin. A deux reprises, des avions avaient passé très bas, sans que l'on pût savoir s'ils étaient allemands ou français.

Le père monta dans la chambre, tandis que la mère dépliait une chaise longue qu'elle installa sous le poirier. Mlle Marthe avait dû venir pendant leur absence, car un numéro de *L'Illustration* était posé sur le banc, sous un sabot. La mère l'ouvrit. Elle essaya de lire, mais les lettres dansaient devant ses yeux et la revue tomba bientôt sur ses genoux. Elle lutta un moment, puis sa tête trop lourde partit en arrière, contre la toile de son siège.

Quand elle ouvre les yeux, il lui semble que deux mains énormes serrent son crâne de chaque côté. Elle se soulève.

— Eh bien, je crois que vous étiez fatiguée !

La mère se retourne en se soulevant davantage : Mlle Marthe est assise sur le banc, son tricot à la main.

— J'ai dû m'assoupir un instant, bredouille la mère.

Mlle Marthe se met à rire.

— Un instant ? dit-elle, voilà plus d'une heure que je suis ici, et vous n'avez guère bronché. Vous avez seulement parlé deux fois en dormant.

— Une heure ! Qu'est-ce que vous me dites là ?

— Je suppose que vous n'avez pas dû dormir beaucoup, la nuit dernière.

— C'est vrai... c'est vrai, mais enfin... Vous auriez dû me réveiller.

— Vous réveiller ? Mais pour quoi faire ?

Mlle Marthe soupire. La mère se lève péniblement de cette chaise trop basse. Elle porte sa main à ses reins en gémissant.

— Tant qu'on est là-dedans, ça va, mais pour en sortir, c'est autre chose.

Mlle Marthe sourit en la regardant et il semble à la mère que ce sourire cache quelque chose. Elle demande :

— Qu'est-ce que j'ai dit, en dormant ?

— Je ne sais pas, on ne pouvait pas comprendre.

— Quelle heure est-il ?

Mlle Marthe regarde la petite montre en or qui pend à la chaîne qu'elle porte autour du cou.

— Il est près de quatre heures.

— Mon Dieu, mon mari n'est pas encore descendu ?

— Non, je ne l'ai pas entendu.

La mère a l'impression que le sol se dérobe sous ses pieds. Un instant, la maison bouge, le ciel tourne, puis tout reprend place. Prudemment, elle marche jusqu'à l'escalier et empoigne la rampe. Elle ne se retourne pas, mais elle sait que Mlle Marthe ne la quitte pas des yeux. En montant à la cuisine, elle répète :

— Mon Dieu... Mon Dieu...

Tout est encore brumeux en elle. Elle se frotte les yeux.

Sa salive épaisse colle sa langue à son palais. C'est un peu comme si elle avait mâché de la poussière.

Il y a cette brume qui l'empêche de voir très clair et qu'elle ne parvient pas à chasser et puis, soudain, tout se déchire.

— Mon Dieu ! murmure-t-elle. Mon Dieu, nous avons bu tout ce vin !

La table est toujours embarrassée. La bouteille vide est à sa place, à côté du pot à eau presque plein.

La mère revoit aussi la bouteille de champagne de M. Robin.

Elle revoit tout cela, et son mal de tête se fait plus intense. Ce n'est plus la même douleur. Plus du tout. C'est un pincement qui ne lui tient pas seulement la tête, mais aussi le cœur.

Elle va sur l'évier et verse de l'eau fraîche dans la cuvette. Longuement, avec un gant mouillé, elle tamponne sa nuque et ses tempes, fait couler de l'eau sur son front moite et sur tout son visage.

Quand elle se redresse, des gouttes ruissellent sur sa poitrine et son dos. Elle s'essuie, pose sa serviette, puis boit deux grands verres d'eau.

A présent, elle voit plus clair. Elle respire profondément. Ce qu'elle voit l'effraie.

— Nous avons bu du vin. Et nous avons ri. Et j'ai dormi comme une souche.

Elle se tait. Elle essaie un moment de se raisonner, mais un nom sort de ses lèvres qu'elle ne peut retenir :

— Julien !

Elle boit encore de l'eau.

— Il y a eu des avions !... Est-ce qu'il n'y a pas eu des détonations aussi, très loin, comme venues du fond de la Bresse ?

Elle descend rapidement l'escalier. Très droite sur le banc, Mlle Marthe tricote.

— Dites-moi, demande la mère, est-ce qu'il n'y a pas eu des bruits de bombes, du côté de la plaine ?

Mlle Marthe lève vers la mère son visage étroit.

— Il y a eu des avions, dit-elle. Ils ont dû bombarder du côté de Bourg.

Mlle Marthe pousse un long soupir et se remet à tricoter en ajoutant :

— Quand verrons-nous la fin de cette misère ?

La mère ne l'écoute même pas. Sans un mot, elle remonte dans la cuisine. Ses jambes se dérobent. Elle s'assied sur une chaise à côté de la table. Ses mains tremblent.

— Mon Dieu, répète-t-elle... J'ai bu et j'ai ri... et j'ai dormi, et mon petit est sur la route... Il y a eu des avions et des bombes... Il y a peut-être des blessés et des morts... Mais qu'est-ce que je vous ai donc fait, mon Dieu ?

Elle ne bouge pas. Ses yeux ne quittent plus la bouteille vide.

— Moi qui ne bois jamais de vin... Moi qui n'ai jamais l'occasion de rire... Mon Dieu, faites qu'il revienne... Faites-le, je vous le demande. Mon Dieu, c'est moi qui ai voulu qu'il parte...

Elle se tait. Il lui semble que le plafond craque. Elle tend l'oreille. Le père se lève. Il marche, il va vers la fenêtre. Le volet grince. Le crochet tinte contre le crépi. Le père va descendre.

La mère se dresse soudain. Ses mains se joignent sur sa poitrine. Sa gorge est serrée et les mots murmurés à la hâte ont du mal à passer.

— Mon Dieu, je ne vais jamais à l'église... je n'ai jamais le temps... ça ne fait rien... je sais bien que ce n'est pas ce qui compte le plus... Mais (elle hésite; l'escalier craque), mais faites que mon petit revienne. Je vous jure de ne plus jamais boire une seule goutte de vin... de... de ne plus (elle cherche ce qu'elle pourrait offrir, ce dont elle pourrait se priver, mais elle ne voit rien). De ne plus rien prendre pour mon seul plaisir... Je vous le jure...

La porte de l'escalier s'ouvre. Le père descend et la regarde.

— Alors ? demande-t-il.

— Ma foi, dit-elle, je m'étais endormie dans la chaise longue.

— Est-ce qu'on sait quelque chose ?

Elle hésite.

— Non, dit-elle, on ne sait rien.

Le père va sur l'évier et, lui aussi, se rafraîchit le visage.

— Le champagne de M. Robin était bon, dit-il; mais moi, les vins travaillés me font toujours mal à la tête.

— Tu veux un comprimé ?

— Oui, je vais en prendre un.

La mère prépare le comprimé. Puis elle se remet à débarrasser la table. Elle prend la bouteille vide et sort sur le palier.

— Laisse, dit le père, je la descendrai.

— Oh ! c'est bon, je la tiens.

Elle se hâte de descendre, pose la bouteille à l'entrée de la cave et se précipite vers Mlle Marthe. A voix basse, se penchant vers la vieille fille, sans quitter des yeux le store de la cuisine, elle demande :

— Dites-moi, si mon mari vous parle de ce qui se passe, ne lui dites rien au sujet de ces bombes que vous avez entendues... Ce n'est pas la peine, il se fait déjà bien assez de souci comme ça.

La vieille fille fait oui de la tête sans lâcher son tricot.

La mère remonte. Le père a fini de faire fondre son comprimé dans son demi-verre d'eau sucrée. Elle le regarde un instant, et achève de débarrasser la table. Le père vide son verre, y verse encore une goutte d'eau qu'il avale d'un coup en jetant la tête en arrière; ensuite, se levant pour aller laver son verre, il soupire :

— Et dire que c'est dimanche, aujourd'hui !

38

LE MATIN, quand la mère s'éveilla, elle sentit tout de suite qu'il manquait quelque chose à ce jour à peine sorti de terre. Elle alla jusqu'à la fenêtre. Tout était calme. Le ciel clair s'élevait, quittant la ligne des monts qui bleuissaient déjà. Elle prêta l'oreille.

Rien.

Il n'y avait plus rien. Alors, elle retourna près du lit et réveilla le père.

— Ça ne passe plus, dit-elle.

— Quoi ?

— Je te dis que plus rien ne passe. Faudrait peut-être voir.

— C'est bon, je me lève.

Elle descendit et s'habilla en hâte.

Quand ils furent prêts tous les deux, ils se regardèrent sans mot dire. Le père ouvrit la porte et sortit sur le palier. La mère le suivit et demanda :

— Tu crois que c'est bien prudent ?

— Faut tout de même qu'on se rende compte !

Ils descendirent l'escalier extérieur et s'arrêtèrent encore à l'endroit où les deux allées se rejoignent.

Rien.

Le silence.

Toute la ville était morte. Personne, aucun signe de vie dans les jardins voisins. Pas même un bruit de porte ou de fenêtre. Le silence de l'usine aussi.

— Je vais aller seul jusqu'à la rue, dit le père, ce n'est pas la peine d'y aller tous les deux.

— Et pourquoi ?

— On ne sait jamais.

— Alors, il vaut mieux que ce soit moi, une femme risque moins.

— Non, il n'y a pas de raison.

— Eh bien, dit-elle, attendons.

Il faisait tiède. Ils demeurèrent assis côte à côte sur le banc, scrutant la rue entre les arbres, écoutant chaque cri d'oiseau, chaque trissement d'insecte, chaque friselis de feuillage.

La mère pensait qu'ils n'étaient jamais restés ainsi à pareille heure.

— Il y a moins de bruit le matin que le soir, dit-elle.

— Tu crois ? Ce matin, ce n'est pas comme les autres jours.

Un temps encore. Le vide est lourd.

— Je me demande ce qui va se passer, dit-il.

— Je voudrais bien savoir si c'est partout pareil.

— Certainement, mais pas à la même heure. Il y a toujours un espace entre ceux qui se sauvent et ceux qui les poursuivent.

— Est-ce que tu crois qu'il y a encore des soldats ici et qu'ils chercheront à défendre la ville ?

— C'est ce que j'aurais aimé savoir.

Ils restèrent ainsi peut-être une demi-heure, peut-être davantage. Le soleil avait atteint le faîte des monts et entra bientôt dans le ciel, mais le temps demeurait en suspens.

Il y eut enfin des bruits venus de la rue. Une porte claqua, un volet grinça, puis un autre, puis des pas et des voix. Très loin, vers le nord peut-être, des moteurs ronronnaient. Un chat traversa le jardin en courant, bondit sur le mur de l'école et marcha lentement, noir sur le ciel de lumière.

— Je vais voir, dit le père.

Il se leva. Comme la mère se levait aussi il reprit :

— Non, reste là.

— C'est ridicule. Je vais jusqu'à la grille.

Ils marchèrent jusqu'à la rue, s'arrêtant seulement le temps de suivre des yeux le passage d'un homme qu'ils ne purent identifier.

Devant la grille, le père tira la clef de la poche de son tablier et ouvrit. Aussitôt le volet de Mlle Marthe s'entrebâilla lentement. Sans passer la tête, elle demanda :

— Vous savez quelque chose ?

— Non, dit la mère, et vous ?

— Rien. Sinon qu'il y a un homme couché dans votre couloir.

— Dans notre couloir ?

— Enfin, je veux dire dans le couloir de la boulangerie. Comme la maison est à vous, je dis toujours votre couloir.

La mère et le père Dubois demeurèrent sans un mot, le temps de réfléchir.

— Est-ce que vous savez qui c'est ? demanda enfin le père.

— Non, fit la vieille fille, mais ce n'est pas un de vos locataires puisqu'ils sont tous partis. D'ailleurs, un locataire ne dormirait pas comme ça, dans le couloir.

Il y eut encore un moment pendant lequel ils écoutèrent en fixant la porte du couloir qui conduit au fournil de la boulangerie. La mère pensa que la boutique ouvrant sur la rue des Salines devait être close également.

— Est-ce que vous êtes sûre, qu'il y a un homme ?

— Absolument, depuis ma fenêtre de cuisine, je l'ai entendu ronfler.

Le père parut s'interroger un instant, puis il dit :
— Faut tout de même en avoir le cœur net, j'ai une clef du couloir, je vais aller la chercher.
— Mais, observa la mère, il n'est peut-être pas fermé.
— En tout cas, il était fermé hier, j'ai regardé après le départ des Lagrange.
Le père traversa la rue.
— Faites attention, dit Mlle Marthe.
— Attention à quoi ?
— On ne sait jamais.
La mère le rejoignit en disant :
— Mlle Marthe a raison, tu ne sais pas qui ça peut être.
La vieille fille qui avait disparu, revint à sa fenêtre et tendit son pique-feu.
— Tenez, dit-elle, prenez au moins ça.
Le père haussa les épaules et prit cependant le pique-feu que la mère lui passait.
— C'est bien pour vous rassurer, fit-il.
Il essaya d'ouvrir la porte, mais il ne put y parvenir.
— Elle n'est pas fermée à clef, expliqua-t-il, mais elle doit être calée avec quelque chose.
Il secoua le battant de bois et s'arrêta en disant :
— Je ne vais tout de même pas la casser, quoi !
— Tais-toi voir, dit la mère en lui posant la main sur le bras.
— Quoi ?
— Ça bouge derrière.
Le père écouta un instant avant de taper contre la planche en lançant :
— Ouvrez donc, qu'est-ce que c'est que ces manières !
Une voix d'homme demanda :
— Qu'est-ce que vous voulez ?
— Je veux entrer, je suis chez moi.
— Ouvrez, dit la mère, on ne vous veut pas de mal.
Il y eut un crissement de pierre et de bois, puis la porte s'ouvrit. Les Dubois restèrent en retrait. Dans l'ombre du

porche, un homme en corps de chemise se tenait immobile, ébloui par le jour.

Il dit simplement :

— Je dormais.

Le père avança. La mère le suivit. L'homme portait une chemise et un pantalon bleu foncé, il était pieds nus. Il regarda le pique-feu que le père tenait encore, et sourit en disant :

— N'ayez pas peur, je ne suis pas dangereux.

— Mais comment êtes-vous entré ? demanda le père.

— Je cherchais un endroit tranquille pour dormir. J'étais crevé, alors je me suis installé ici et j'ai calé la porte avec cette pierre et ce piquet.

— Mais c'était fermé.

— Dans le civil, dit l'homme, je suis serrurier.

Le père examina la porte.

— Oh ! vous pouvez regarder, dit l'homme, elle n'a pas de mal. D'ailleurs, elle n'a pas été difficile à ouvrir, elle est bien graissée.

Pendant qu'il parlait, la mère inspecta le couloir. L'homme avait étendu par terre une capote de soldat. Il avait dû dormir là, sur les dalles, avec cette veste roulée pour traversin.

Malgré elle, la mère pensa à la chanson du régiment de Sambre-et-Meuse que le père chantait à Julien lorsqu'il était petit : « *Le soir ils couchaient sur la dure, avec leur sac pour oreiller...* »

Où Julien avait-il couché cette nuit ?

— Vous êtes soldat ? dit-elle.

— Oui, bien sûr, Madame.

— Est-ce que vous savez où sont les Boches ?

— Ils ne doivent pas être loin... Vous êtes sûre qu'ils ne sont pas déjà là ?

— Nous n'avons rien vu.

— Pourquoi êtes-vous ici, tout seul ? demanda le père.

Le soldat expliqua qu'en traversant un village, il avait quitté le camion dans lequel il se trouvait, pour aller chercher de l'eau. Pendant son absence, le camion était parti. Une fois seul il avait marché jusque-là, mais ses pieds en sang ne lui avaient pas permis d'aller plus loin.

En parlant, il montrait ses pieds.

— Mon Dieu, dit la mère. Pauvre homme !

Il s'était approché de la porte. Elle vit qu'il était jeune. Son visage maigre était envahi par une barbe bien noire qu'il n'avait pas dû raser depuis deux ou trois jours.

— Si je pouvais seulement me passer les pieds sous l'eau fraîche.

Ses pieds étaient gris de crasse et du sang desséché marquait la jointure des gros orteils.

— Les godillots de l'armée, dit-il, c'est bien beau, mais faudrait avoir l'habitude de marcher avec. On a passé l'hiver dans des trous, sans bouger et à présent, du jour au lendemain...

Il s'arrêta soudain, fixant le portail ouvert sur la rue. La mère aussi avait entendu.

— Ce sont eux, dit l'homme. Pas de doute, ce sont eux.

Il se précipita et repoussa la porte.

— Vous êtes certain ? demanda la mère.

— Absolument, je connais le bruit de leurs motos.

Il se tut de nouveau et resta attentif un moment avant de reprendre :

— Ils sont arrêtés pas loin d'ici. Il y a un moteur qui tourne.

— Pourvu qu'ils n'entrent pas chez nous, dit le père.

L'homme se mit à rire.

— Chez vous ? Qu'est-ce qu'ils iraient y foutre ? Ne vous inquiétez pas, ils ont d'autres chats à fouetter que de visiter les maisons.

Il faisait sombre, sous le porche. Seule une lumière un peu glauque venait de la cour intérieure. La mère alla jusqu'à cette cour et regarda sur la gauche. Mlle Marthe était à la fenêtre de sa cuisine.

— C'est un soldat, dit-elle, j'ai entendu. Les Allemands sont en bas de la rue, près de la fontaine. Dites-lui qu'il ne tire pas dessus. Ils n'ont pas l'air de vouloir nous faire du mal.

Le soldat qui s'était avancé, eut un ricanement.

— N'ayez pas peur, dit-il, je ne risque pas de leur tirer dessus, je n'ai pas d'arme. Et puis, à quoi ça servirait ?

Il se tut un instant, dévisagea les Dubois et ajouta :

— J'aimerais mieux savoir comment je vais pouvoir me tirer de ce merdier.

— Vous allez être prisonnier, dit le père, c'est forcé.

— Merde alors, fit l'homme, je n'y tiens pas. Je suis de Villefranche-sur-Saône, j'étais tout de même pas loin d'arriver chez moi. Je m'en voudrais d'avoir fait tout ce chemin pour me laisser piquer ici.

Le père souleva sa casquette et gratta son crâne blanc du bout de ses doigts en demandant :

— Et comment voulez-vous faire ? Si vous sortez, ils vous prendront. Si vous restez là...

Il s'arrêta. Le soldat laissa passer un moment avant de dire :

— Bien sûr, je ne peux pas rester là cent sept ans.

— Qu'est-ce que vous pensez qu'ils vont faire ? demanda la mère.

Le soldat haussa les épaules pour répondre :

— Ils vont passer. Et ils laisseront peut-être une ou deux compagnies. Si personne ne résiste, qu'est-ce que vous voulez qu'ils fassent ?

Le père s'était approché du portail.

— Si vous voulez sortir, dit le soldat, allez-y carrément, mais ne passez pas le bout du nez, c'est le meilleur moyen pour ramasser un pruneau.

Le père revint sur ses pas.

— Au bruit, dit-il, on dirait que la moto est toujours en bas de la rue.

Ils parlèrent encore un instant et se turent quand il y eut des passages de voitures et de camions. Ils écoutèrent en fixant la porte des yeux, mais, comme rien ne venait plus, le soldat finit par dire :

— Et j'ai une de ces fringales !

La mère expliqua que cette maison leur appartenait, mais qu'elle était louée et qu'ils habitaient eux-mêmes de l'autre côté de la rue. Mlle Marthe avait quitté sa fenêtre de cuisine.

— Si vous pouviez seulement venir jusque chez nous, dit la mère au soldat, je vous donnerais à manger et vous pourriez vous laver les pieds.

— Je ne peux pas me risquer à traverser habillé comme ça, dit le soldat.

Les deux vieux s'observaient depuis quelques minutes. La mère pensait à Julien. Il avait peut-être faim, soif, mal aux pieds. Elle s'inclina vers l'homme qui s'était adossé au mur et tenait son pied droit dans sa main gauche, soulevant de l'ongle une croûte à demi décollée.

— Vous allez vous infecter, dit-elle.

— Bah, fit-il, au point où j'en suis, s'ils me font prisonnier, vaut mieux que je sois esquinté, ils me relâcheront peut-être pour ne pas avoir à me soigner.

La mère eut encore un regard vers son homme. Le père répondit par un geste qui semblait vouloir dire :

— Ma foi, tu vois bien, si tu penses qu'il faut le faire, fais-le.

Elle se passa la main sur le menton en demandant à l'homme :

— Et si j'allais vous chercher une chemise et un pantalon civils ?

Le visage du soldat s'éclaira. Il eut un sourire qui fit briller ses dents blanches au milieu de cette barbe noire et de cette peau bronzée. Il regarda le père de la tête aux pieds.

— Oh oui, dit-il, même si c'est juste, ça ira très bien pour sortir d'ici.

La mère sourit en expliquant :

— Ce ne sera pas trop juste, j'ai un garçon qui est largement aussi grand que vous.

Elle alla jusqu'au portail et s'arrêta.

— Allez-y d'un coup, dit le soldat, vous ne risquez rien.

Retenant sa respiration, elle sortit.

En bas de la rue, près de la fontaine, un groupe de soldats allemands étaient immobilisés autour d'une moto, les uns accroupis, les autres debout. La mere en compta cinq. Il y avait trois motos sur le terre-plein. Elle s'arrêta. Les soldats ne regardaient pas dans sa direction. A quelques pas de leur groupe, deux femmes et un homme se tenaient côte à côte, les observant sans mot dire.

La mère traversa et marcha très vite jusqu'à la maison en répétant à mi-voix :

— Je vais lui donner un pantalon et une chemise... Ça portera bonheur à Julien... Sûr que ça lui portera bonheur.

39

Dès que la mère fut revenue avec les vêtements de son garçon, le soldat les enfila et entassa dans sa capote la totalité de ses effets militaires. Il fit un gros baluchon, noua les deux manches et serra le tout à l'aide du ceinturon. Quand il se redressa, ce fut pour demander :

— Qu'est-ce qu'on va faire de ça ?

— Vous ne voulez pas l'emporter ? demanda la mère.

— Moi, fit-il, pour me faire coincer avec, faudrait être fou.

— Ce sont des vêtements de l'armée, observa le père.

Le soldat se mit à rire en expliquant :

— Au point où elle en est, l'armée, un paquetage de plus ou de moins, je ne vois pas ce que ça peut bien faire.

Il se tut, soupesa le paquet, le reposa par terre, et dit à la mère Dubois :

— Vous savez, c'est du bon tissu, si vous avez un peu l'habitude de bricoler du ciseau, vous pouvez en tirer profit...

Le père bondit.

— Ah non, hein, cria-t-il. Pas de ça à la maison. Je ne veux pas de ça. Les Allemands le trouveraient, je serais fusillé...

— Mais ils n'iront pas voir...

Le père interrompit le soldat pour ajouter :

— Et si ce sont les Français, je serai inquiété pour vol de vêtements militaires. Non, non, faut me faire disparaître ça.

— Comme vous voulez, dit le soldat, cette nuit, je balancerai ça dans la rue.

— J'aime mieux l'enterrer dans le jardin, fit le père, c'est encore plus sûr.

Ils étaient tous trois autour du paquet, l'examinant puis se regardant mutuellement. Ce fut la mère qui finit par dire :

— On ne va pas rester ici toute la matinée. A présent, vous pouvez traverser la rue. Seulement, comment allons-nous porter ça ?

— Faudrait avoir un sac, fit le père.

— Je vais aller en chercher un, proposa la mère.

— Attendez, dit le soldat.

Il ouvrit la porte, marcha jusqu'au milieu de la rue et demanda :

— C'est le jardin, là en face, où vous êtes ?

La mère fit oui de la tête. Il regarda encore vers l'esplanade où les Allemands, à présent, avaient arrêté deux camions. La mère s'avança également. Il y avait une dizaine de personnes autour des soldats; la rue avait repris vie.

— Bah, fit le soldat, ils se foutent pas mal de nous. Allez, filez, je vous suis.

— Il faut que je ferme la porte, dit le père.

— Alors c'est bon, laissez-moi traverser, vous sortirez ensuite.

La mère gagna le jardin et laissa la grille ouverte. Elle fit quelques pas dans l'allée puis se retourna. Le soldat sortit du porche, son baluchon à la main, très calme il traversa la rue et entra lui aussi dans le jardin. Elle le laissa passer et se remit à marcher derrière lui.

Lorsqu'ils arrivèrent à la maison, elle s'aperçut qu'elle avait le visage couvert de sueur.

Le père les rejoignit rapidement. Il était rouge et essoufflé.

— Ce ne sont pas des choses à faire, grogna-t-il.

— Quoi, demanda le soldat, traverser la rue avec ça ? Il eut un geste qui voulait dire que c'était sans importance.

— Enfin, quoi, dit le père, ce sont des Allemands, tout de même.

L'homme eut un ricanement.

— Vous savez, expliqua-t-il, je ne les ai pas vus de très près, mais j'ai l'impression qu'ils ont surtout dans la tête d'arriver le plus vite possible à Menton et à Bordeaux. Le reste, ils s'en foutent pas mal !

— Ils ont tout de même tué beaucoup de monde. Et les bombardements et tout le reste, ça compte...

L'homme eut un haussement d'épaules.

— Bien sûr, dit-il, la guerre, c'est comme ça. Faut bien tuer des gens. C'est bien pour cette raison que je considère qu'il vaut mieux en finir au plus vite, à présent...

Il se frotta les mains comme pour en faire tomber de la poussière. Il regarda ensuite le père et la mère puis, éclatant soudain de rire, il reprit :

— Au fait, c'est vous qui m'avez démobilisé. Je suis certain que si on vous avait dit hier que vous démobiliseriez le chasseur Guillemin, vous ne l'auriez jamais cru.

Le père hocha la tête. La mère sentit qu'il était contrarié. Il hésita longtemps avant de répéter plusieurs fois :

— Tout de même...

— Tout de même quoi ? demanda Guillemin.

Le père se redressa, regarda le soldat bien en face et lança :

— Tout de même, si tous les soldats ne pensent qu'à

faire comme vous, ça ne m'étonne pas qu'on en soit là !

Sa voix tremblait. Ses poings secs étaient serrés et, sur ses avant-bras, les veines saillaient comme des liens. La mère eut peur. Le soldat observa le père un instant, puis s'assit en souriant. Il paraissait extrêmement calme. Il avait posé sur la table son portefeuille, un carnet, des cigarettes, un briquet, son couteau et quelques petits objets qu'il avait retirés de sa veste avant de la mettre dans le baluchon. Il prit le temps de glisser tout cela dans les poches du pantalon que la mère lui avait donné, avant de dire :

— Je comprends parfaitement. Et je suis bien certain que mon père qui doit avoir à peu près votre âge, pense exactement comme vous à l'heure qu'il est... Seulement, pour juger, faut avoir vu.

Il se tut. Le ton de sa voix, le calme de son visage, quelque chose de doux qu'il avait dans les yeux, tout était fait pour apaiser la colère. Le père le considéra encore un instant puis, plus détendu, il s'assit également.

— Nous allons déjeuner, dit la mère.

— Ce n'est pas de refus, dit l'homme en souriant.

Elle se mit à préparer son feu et à remuer ses casseroles en expliquant :

— Depuis hier, la laitière n'est pas passée. Nous mangerons avec du café noir.

— N'importe quoi, dit l'homme.

Tandis qu'elle préparait, il avait posé ses bras sur la table et ouvert ses mains qu'il regarda un moment avant de reprendre :

— C'est vrai, vous savez, faut avoir vu. Et même, faut avoir enduré.

Il s'arrêta encore. Il semblait chercher quelque chose. Se redressant soudain, il demanda :

— Une roue de voiture qui passe sur du blé, vous voyez ce que ça peut donner ?

Le père parut surpris. Il fit un signe de tête en murmurant :

— Ma foi...

— Eh bien, imaginez un épi de blé qui voudrait résister, empêcher la roue d'avancer. Vous ne pouvez pas vous faire une idée de ce que c'est. Ah, merde alors ! Ils étaient nourris avec de la houille et habillés avec du papier cul, à ce qu'on disait, vous parlez ! Non, non, je vous dis, rien ne pouvait résister, absolument rien ! Ah, quand je pense à tout ce qu'on a pu nous raconter comme sornettes !

— Pourtant, dit le père, en 14...

— Oui, oui, je sais, lança l'homme. La Marne... Mais soyez tranquille, il n'y aura pas de Marne cette fois-ci, ni de Loire, ni de rien du tout. La Méditerranée peut-être, et encore, qui sait, Hitler a tellement réclamé des colonies...

— Mais enfin, cria le père, on ne va tout de même pas faire comme l'Autriche, on ne va pas se joindre à eux ! On ne va pas les supporter là jusqu'à je ne sais quand !

Le chasseur eut un geste de lassitude. Il fit la grimace en disant :

— Ça alors, ce qu'on va faire à présent, c'est une autre paire de manches. Tout ce que je sais, c'est qu'on ne peut pas leur tenir tête. C'est matériellement impossible. Quant à avoir des idées, vous comprenez, ne me demandez pas ça aujourd'hui. Je suis trop crevé. Ça ne se voit peut-être pas, mais je n'ai pas la tête en meilleur état que les pieds.

Le père n'insista pas. La mère comprit qu'il était très fatigué. Son visage était encore plus ridé que d'habitude; il avait de larges cernes sous les yeux.

— Bon Dieu, soupira-t-il, celui qui nous aurait dit ça il y a seulement quinze ans !

Le soldat ne dit plus rien. La mère venait de lui servir un grand bol de café. Il remercia, coupa du pain et se mit à manger très vite.

Le père remuait son café avec sa cuillère.

— Tu remues et tu ne t'es même pas sucré, lui fit remarquer la mère.

Le père mit deux morceaux de sucre dans son bol, et recommença de faire tourner lentement sa cuillère. La mère ne le quittait plus des yeux. Elle se contint un moment, mais finit par dire :

— Voyons Gaston, mange, ton café sera froid.

Le père fit non de la tête et but une gorgée de café.

— Voyons, demanda-t-elle, qu'est-ce que tu as, tu ne manges pas ?

— Non, dit-il, je n'ai pas faim.

Elle soupira. Le soldat s'était arrêté un instant de manger. La mère poussa le pain et le beurre devant lui en disant :

— Allons, Monsieur, mangez, après tout le chemin que vous avez fait, vous devez avoir faim, vous.

40

LE PÈRE tourna dans la cuisine et le jardin pendant une partie de la matinée; puis, n'y tenant plus, il prit un arrosoir et partit en direction de la rue.

— Où vas-tu ? demanda la mère.

— Je vais jusqu'à la fontaine. Je prends l'arrosoir, comme ça, je verrai ce qui se passe, et ça me donne une excuse.

Elle revint près du soldat Guillemin qui était toujours assis à la cuisine. Ils s'observèrent un moment, puis elle dit :

— Et voilà. Ils sont là et on dirait que rien n'est changé

— Ça n'a pas été aussi simple partout.

— Je m'en doute, mais enfin, si j'avais pu savoir, je n'aurais jamais laissé mon garçon s'en aller sur les routes. Mon Dieu, où est-il à l'heure que voilà ?

Elle raconta le départ de Julien et finit par dire, comme pour elle seule :

— Non seulement je l'ai laissé partir, mais c'est même moi qui l'ai poussé à s'en aller.

— On n'y peut rien, dit Guillemin. Il y a des gens qui ont quitté leur maison pour aller se faire mitrailler sur la route, à quelques kilomètres de leur pays. Bien souvent ils sont morts, et leur maison est intacte. Tenez, peu avant Vesoul, nous avons été attaqués sur la route par des avions. Tout le monde se couche dans les fossés. Une première vague passe... Pan, boum, des bombes sur la route, mais personne de touché. Devant moi, il y avait un vieux et une vieille, je les vois se lever, je leur crie : « Bougez pas, c'est pas fini ! » Ils prennent peur, au lieu de rester dans le fossé, ils courent se mettre dans une cabane de jardin, à vingt mètres de la route. On attend quelques secondes, deuxième passage d'avions. Repan et reboum, une bombe en plein sur la cabane. Vous me croirez si vous voulez, il n'y a pas eu un seul égratigné dans tout le coin. Mais des deux vieux, on n'a rien retrouvé, ni vieux ni cabane...

La mère ne parlait pas. Elle buvait les paroles du soldat qui s'arrêta soudain et parut réfléchir un instant avant d'ajouter, bredouillant un peu :

— Que voulez-vous, c'est... c'est le destin. Mais vous savez, à présent, ils ne doivent plus bombarder les routes. Au point où en sont les choses, ce n'est plus nécessaire.

— Bien sûr, dit-elle, bien sûr.

Le soldat, cherchant sans doute à réparer sa maladresse, essaya de raconter quelques histoires plus drôles, mais il y parvenait difficilement. De toute façon, la mère ne l'écoutait plus. De nouveau, la peur s'était installée en elle. Sans cesse elle pensait à Julien en se répétant : « Ce sera ma faute. Il ne voulait pas partir... Je n'aurais pas dû... C'est ridicule... Ils sont là et ils ne font rien à personne... »

Le soldat s'était arrêté de parler. Au bout d'un moment, il demanda :

— Est-ce que je pourrais faire quelque chose pour vous être utile ? Ça me gêne un peu, d'être chez vous, comme ça, sans rien faire.

La mère dut le prier de répéter. Elle n'était pas dans sa cuisine, mais sur une route. Elle ne voyait que le goudron noir et les arbres dont l'ombre était aussi épaisse que la nuit. Le soldat répéta et ajouta :

— Je pourrais très bien aller en ville, à présent. Même si je ne peux pas prendre la route aujourd'hui je...

Elle l'interrompit. D'un coup elle venait d'imaginer qu'elle était seule dans la cuisine. Elle ne connaissait pas cet homme, elle le regardait, elle voyait sur lui la chemise de son garçon, et il lui semblait que tant qu'il serait ici, Julien serait protégé. C'était insensé, mais l'idée était en elle et s'y incrustait comme une plante qui pousse partout ses racines.

— Non, non, dit-elle, restez. Vous pouvez rester tant que vous voudrez !

Elle avait presque crié. Il y avait une pointe de supplication dans sa voix. Le soldat parut surpris, mais il se contenta de dire :

— Je vous remercie. Vous êtes très gentille, Madame.

La mère allait répondre lorsqu'elle entendit le bruit de l'arrosoir que le père posait au bas de l'escalier. Elle sortit pour demander :

— Alors ?

Le père leva la main.

— Nous avons eu tort de le faire partir. Personne ne risque rien.

Il monta deux marches et demanda :

— Est-ce que tu n'as pas, dans ton tiroir à remèdes, un médicament pour soigner les angines ?

— Qu'est-ce que tu as, ça ne va pas ?

— Mais si, ce n'est pas pour moi, mais il y a des réfugiés qui sont rue des Salines; ils n'ont pas pu aller plus loin. Ils ont dans leur voiture une pauvre fille qui est malade et ils ne sont pas foutus de lui trouver quoi que ce soit.

— Mon Dieu, quelle misère, dit la mère.

Le père monta son arrosoir qu'il posa sous l'évier tandis qu'elle cherchait dans son tiroir, sortant les tubes et les boîtes, lisant les notices. Elle finit par trouver des pastilles et du collutoire.

— Je vais avec toi, dit-elle, s'il le faut, je peux lui faire des infusions.

Ils partirent tous les deux tandis que le soldat s'installait dans une chaise longue, sous le poirier, les pieds dans une cuvette d'eau où la mère avait versé quelques gouttes d'eau oxygénée.

— Vous garderez la maison, lui dit-elle.

— J'ai bonne tournure, pour monter la garde, dit le soldat.

Ils firent quelques pas et le père grogna :

— Faut espérer qu'il la gardera mieux qu'il n'a gardé la frontière.

— Tais-toi, Gaston. Ce n'est pas la peine de parler quand on ne sait rien. Et nous ne savons rien.

Le père se tut.

Dans la rue des Ecoles, il y avait peu de monde. Un camion allemand était toujours arrêté à l'angle des deux rues, et la mère en aperçut d'autres près de l'octroi de Lyon. Les soldats étaient vêtus de vert et portaient de petits calots sans pointe. Ils bavardaient entre eux. Certains fumaient, d'autres mangeaient. Quelques civils leur parlaient, mais il y avait surtout des gens qui les observaient depuis leurs fenêtres. Les Allemands avaient tous l'air très détendus.

— On dirait qu'ils sont en promenade, remarqua la mère.

— Oui. Au fond, c'est un peu ça.

La voiture en panne était arrêtée rue des Salines, sur le trottoir. C'était une grosse fourgonnette qui s'ouvrait par derrière, à deux battants. Un homme et une femme d'une cinquantaine d'années étaient assis sur des caisses qu'ils avaient dû sortir de leur voiture. Ils se levèrent.

— Vous êtes bien aimable, dit la femme. La petite n'est pas bien. Je ne suis pas tranquille. C'est ma nièce, je ne voudrais pas qu'il lui arrive de prendre mal, elle n'est déjà pas très forte.

Il y avait un matelas sur le toit de la voiture; des

cordes pendaient de chaque côté. Les gens avaient sans doute détaché et descendu un autre matelas pour permettre à la malade de s'allonger dans la voiture.

— Il y a déjà de braves gens qui nous ont apporté de la tisane, dit l'homme, mais la petite a du mal à avaler même le liquide.

La mère s'était approchée. Une jeune fille était couchée, sous une couverture rouge et des vêtements. Quand elle se souleva, la mère eut la certitude qu'elle avait déjà vu ce visage. Pourtant, la fille ne sembla pas la reconnaître. Elle se fit badigeonner la gorge et prit les médicaments sans rien dire. Ensuite, elle laissa retomber sa tête sur l'oreiller.

Son visage maigre était très rouge et luisant, ses cheveux collaient à ses tempes, ses yeux brillaient. La femme s'agenouilla dans la camionnette pour lui essuyer le front avec une serviette puis, sortant sur le trottoir, elle remercia en proposant de payer.

— Non, dit la mère, vous plaisantez. Au contraire, si nous pouvons faire plus, ne vous gênez pas. Nous sommes là derrière, le jardin avec une barrière de bois et une grille en fer, peinte en rouge. La maison est au fond.

En regagnant la maison, la mère pensait au visage de cette fille malade.

— Je la connais, se disait-elle. Je la connais.

Ils étaient de retour depuis un bon moment, lorsqu'elle se décida enfin à demander :

— Dis donc, Gaston, est-ce que tu n'as pas l'impression de l'avoir déjà vue quelque part, cette fille ?

Le père réfléchit un moment avant de répondre :

— Ma foi non. Je ne pense pas.

La mère se tut. Elle monta faire le lit, redescendit, commença le ménage dans les pièces du bas, toujours avec ce visage devant ses yeux. Puis, soudain, elle se précipita vers le jardin. Le père revenait du hangar.

— Est-ce que tu as demandé à ces gens d'où ils viennent ?

— Non, pourquoi ?

La mère ne répondit pas tout de suite.

— Pour rien, fit-elle enfin. Comme ça, pour savoir.

— Ah, tu avais l'air toute drôle.

— Moi ? Non... Dans un moment, je retournerai voir s'ils n'ont besoin de rien d'autre.

— Veux-tu que j'y aille ?

— Non, dit-elle, j'irai, moi.

Elle remonta mais ne s'arrêta pas à la cuisine. Grimpant jusqu'au premier étage, elle entra dans la chambre de Julien, ouvrit le bureau et sortit le carton à dessins. Ses mains tremblaient légèrement lorsqu'elle tourna les feuilles. Elle examina les portraits de jeune fille, en murmurant de temps à autre :

— Mon Dieu, c'est tout de même curieux... C'est tout de même curieux.

Elle remit le carton à sa place et descendit. Elle se hâta vers le bas de la rue, se retournant seulement à deux reprises pour s'assurer que le père ne la suivait pas. Son cœur battait fort. Elle avait un peu le sentiment d'être en faute.

Les soldats allemands étaient toujours là. Des enfants s'étaient approchés des camions. La mère passa rapidement à côté d'eux et tourna l'angle de la dernière maison. Elle fit un pas sur le trottoir et s'arrêta. La voiture des réfugiés avait disparu. Elle hésita.

— Je suis ridicule, dit-elle, ridicule.

Elle attendit encore un instant, puis alla jusqu'à l'endroit où la voiture avait stationné. Sur le bitume il y avait des traces d'huile noire et une grande tache mouillée. La fenêtre la plus proche avait ses persiennes entrouvertes. Elle s'approcha et frappa doucement. Du fond de la pièce une voix répondit :

— Oui !

Un pas s'approcha. Une vieille femme poussa une persienne.

— Ah, c'est vous, madame Dubois.

La mère salua et parla des réfugiés. La vieille expliqua qu'ils étaient partis depuis quelques instants.

— Ils vont essayer de rentrer chez eux, dit-elle. Ils y arriveront peut-être, avec leur petite malade. Ils ne venaient pas de bien loin : de Dole. Pensez donc, ils n'ont pas fait beaucoup de chemin, ceux-là, ils sont partis trop tard... Et puis, ça vaut peut-être mieux pour eux.

La mère n'écoutait plus. La vieille parla un long moment. Elle demanda même des nouvelles de Julien. Mais la mère répondit sans bien savoir ce qu'elle disait... Elle pensait à Julien pourtant, et aux portraits, et aux poèmes du cahier, et puis aussi à ce visage tout mangé de fièvre, ce visage qui se confondait avec celui si souvent répété sur les papiers de Julien; ces papiers qui venaient de la même ville que cette fille malade.

41

LE SOLDAT s'était endormi dans sa chaise longue, et la mère passa sans bruit devant lui pour ne pas le réveiller. Des mouches voltigeaient autour de lui et son visage se plissait lorsque l'une d'elles venait s'y poser. Son sommeil agité de soubresauts trahissait la fatigue. La mère l'observa un instant avant de regagner sa cuisine. Elle y était à peine depuis quelques minutes, quand M. Robin arriva. Il apportait des nouvelles. La radio venait d'annoncer la démission du ministre Paul Reynaud et la constitution d'un nouveau gouvernement.

Le père qui avait vu arriver M. Robin, monta le rejoindre, suivi du soldat Guillemin encore mal réveillé. La mère expliqua qui était ce soldat et, tout de suite, M. Robin s'adressa à lui.

— Eh bien, dit-il, je crois que vous avez bien fait de ne pas vous laisser prendre, la guerre risque de durer un moment, avec les militaires au pouvoir.

Le soldat parut étonné et dit simplement :

— Ah !

Puis se tournant vers la mère, il ajouta :

— Est-ce que je peux vous demander un verre d'eau ?

Tandis qu'elle le servait, M. Robin expliqua :

— C'est Pétain qui a formé le cabinet avec Weygand à la Défense, l'amiral Darlan à la Marine et deux autres généraux.

Il sourit en les regardant tous l'un après l'autre avant de reprendre :

— Tout espoir n'est pas perdu. Reste à savoir où ça va se passer.

— Eh bien, dit Guillemin, je crois que ça n'est pas encore ce soir que je coucherai dans mon lit.

Et il sortit. Ils l'écoutèrent descendre l'escalier. Le père alla jusque sur le seuil et rentra en disant :

— Ce type est le courage personnifié. Nous avons fait une belle affaire. Je me demande jusqu'à quand nous allons l'avoir sur les bretelles !

— On ne sait pas, dit M. Robin, il est peut-être à bout de souffle.

— Il n'a pas l'air tellement crevé.

La mère intervint.

— Tais-toi, dit-elle. Je t'en prie, tais-toi. Il ne nous gêne pas et il n'a pas l'air d'un mauvais bougre...

Le père l'interrompit :

— Si tu veux héberger tous les bons bougres qui traînent sur les routes, nous n'aurons pas assez de place, même en leur laissant toute la baraque.

— Tu ne comprends pas, dit-elle. Tu ne comprends pas.

— Qu'est-ce que je ne comprends pas ?

Elle baissa la tête et soupira longuement, avant de demander :

— Est-ce que tu essaies seulement d'imaginer où se trouve Julien, à l'heure qu'il est ?

Le père haussa la voix.

— Tu crois peut-être que j'ai dormi plus que toi, cette nuit ? Mais pour qui me prends-tu donc ?

Il se tut soudain. M. Robin semblait gêné. La mère

sentit que son homme avait plus de peine que de colère. Elle regretta ce qu'elle avait dit et chercha un mot pour se reprendre, mais ce fut le père qui parla le premier.

— D'ailleurs, dit-il, je ne vois pas ce que ça vient faire dans cette histoire de soldat.

— Justement, dit-elle, si...

Elle ne savait comment s'y prendre. Elle marqua encore un temps avant de lancer très vite :

— Peut-on savoir ce que Julien va faire ? Sait-on s'il n'aura pas besoin de quelque chose...

Le père parut ennuyé. Son visage était de plus en plus fatigué. Sa barbe avait poussé, le vieillissant encore. Il leva ses mains qu'il laissa retomber en disant :

— On ne sait plus comment on vit, ce qu'on doit faire. Quelle vie, bon Dieu, quelle vie nous menons !

Il sortit. M. Robin le suivit. La mère les écouta descendre. A travers le store baissé, elle voyait le jardin. Le ciel s'était couvert. Il faisait très chaud. Une chaleur épaisse.

— C'est ce temps qui me tue, murmura-t-elle.

Cependant, elle savait bien que sa fatigue n'était pas due seulement à la chaleur. C'était en elle que tout s'alourdissait. Elle lutta un moment contre le désir de monter dans la chambre de Julien et de revoir encore les dessins, de relire certains poèmes. A présent, elle ne pensait plus seulement à Julien, mais, en même temps, à cette fille malade qui ressemblait tellement aux portraits du carton.

— C'est tout de même extraordinaire, répétait-elle, extraordinaire.

Et il lui semblait à présent que ce visage devait tenir une place considérable dans la vie de son fils. Il y avait tant de croquis, tant de vers qui ne pouvaient être là que pour lui.

Elle prépara son repas. Ils mangèrent presque en silence. Elle fit la vaisselle et son ménage. Et, toujours sans un instant de répit, ces deux visages la suivirent.

De temps à autre, une phrase lui venait qu'elle murmurait sans même s'en rendre compte :

— Pourquoi ne m'a-t-il rien dit ?

— Ce n'est peut-être pas si important que ça.

— Pourtant, pour qu'il ait fait tant de choses.

— Est-ce que vraiment il peut exister deux femmes qui se ressemblent autant ?

— Tout de même, il ne m'a jamais parlé de rien... S'il la connaissait si bien...

— Mais il est trop jeune... Sûr, qu'il est trop jeune.

A mesure qu'elle avançait dans son dialogue, elle sentait que son cœur se serrait, que ses nerfs tendus se fatiguaient.

Elle revenait sans cesse vers la porte de l'escalier qui mène aux chambres. Là-haut, le père dormait. Dehors, le soldat devait dormir également.

La chaleur s'épaississait.

La mère sortit enfin. L'air était immobile. Le ciel noir et torturé, lourd comme du plomb, touchait les collines. Elle alla jusque derrière la maison et regarda du côté de Nancy. Le ciel y était encore plus chargé qu'ailleurs. Elle attendit, immobile.

Le temps passa. Enfin, il y eut dans les nuages comme un large remous. Toute la colline se mit à frissonner et le vent déferla jusque sur le jardin.

Ce fut d'abord un grand souffle suivi d'un silence épais, presque inquiétant. Et puis le vent reprit de plus belle. Le tonnerre roula très loin. Une fois... une autre fois encore. L'orage s'approcha rapidement et les premières gouttes énormes firent voler un peu de poussière.

La mère leva la tête. Les yeux fermés, elle offrait à la pluie son visage brûlant.

L'odeur qui montait du sol était chaude. Les feuilles tremblaient, soulevées par le vent et giflées par les gouttes.

Un éclair. La mère le vit à travers ses paupières closes. Elle ouvrit les yeux et revint vers la maison. Le tonnerre claqua derrière elle, roulant son écho au flanc des coteaux.

Le soldat rapportait la chaise longue à la cave. Il riait. La mère monta en criant :

— Rentrez vite, vous allez être trempé.

— Bah, ça fait du bien.

— C'est vrai, dit-elle.

Il la rejoignit sur le palier. L'averse crépitait sur les tôles de l'auvent. La gouttière chantait déjà dans le baquet de zinc presque vide.

— Ça va faire du bien pour tout, dit l'homme. Aussi bien aux gens qu'aux jardins. Ce temps lourd finissait par être épuisant.

La mère avait approché deux chaises de la porte. Ils s'assirent côte à côte, légèrement en retrait.

A présent, le vent soufflait moins fort. Serrée, la pluie tombait sur le jardin qui semblait s'être éloigné. Un peu de brume montait par moments entre les arbres. Des gouttes venaient jusqu'au milieu du palier.

La mère respirait mieux. Il lui semblait que la pluie était comme un baume sur son corps moulu de fatigue.

42

L'ORAGE était terminé lorsque le père descendit. Il pleuvait encore un peu et le jardin s'ébrouait, secoué d'arbre en arbre par les derniers soubresauts du vent. Un reste de colère s'éloignait sur la Bresse, poussé par des nuages noirs qu'éclairait de loin en loin une brève lueur. Les roulements du tonnerre semblaient passer très haut dans le ciel.

— C'est un bon arrosage, dit le père.

La mère avait posé sur la dalle du palier une grande cuvette à demi pleine d'eau et un panier de blettes. Avec un petit couteau pointu, elle détachait les feuilles des côtes blanches; elle jetait les feuilles en tas à ses pieds, et coupait les côtes en morceaux très courts dont elle tirait les fils. Ensuite, elle laissait tomber les morceaux de côtes dans l'eau claire de sa cuvette. Le soldat la regardait sans mot dire. Lorsque le père était arrivé, il s'était levé et adossé au chambranle de la porte. Mais le père ne s'était pas assis. Détournant la chaise, il s'était planté sur le seuil et fixait le jardin.

Ils restèrent ainsi quelques minutes et la mère leva soudain la tête, arrêtant le geste de ses mains.

— On a ouvert la grille, dit-elle.

Ils attendirent. Une forme avançait. Un parapluie noir avec un homme également noir dessous. Légèrement penché en avant, le parapluie s'engagea dans l'allée qui vient à la maison. Seuls les jambes et les pieds étaient visibles. Le visiteur atteignit la cour et, d'un coup, rejeta son parapluie en arrière. M. Vintrenier, le conseiller municipal, leur fit un signe de la main et monta l'escalier. Il s'arrêta sur la dernière marche car le palier était entièrement occupé par la mère et son travail. Elle repoussa le panier et la cuvette et se leva en disant :

— Entrez, monsieur Vintrenier.

— Entre, Hubert, fit le père Dubois.

Le conseiller dévisageait le soldat. La mère hésita et lança un coup d'œil au père qui semblait embarrassé. En fin de compte, ce fut le soldat qui parla.

— Je suis de Villefranche-sur-Saône, dit-il simplement; je n'ai pas pu retourner chez moi.

Vintrenier hocha la tête, tira une chaise et s'assit lourdement en disant :

— Madame Dubois, je boirais bien un canon.

La mère se précipita, apporta des verres, du vin et une carafe d'eau fraîche.

— Je suis à bout de forces, dit Vintrenier. Presque tous les conseillers sont partis, je ne sais plus où donner de la tête.

Il vida d'un trait le verre que la mère venait de lui servir, puis il reprit :

— Merci. Ça fait du bien. Je n'ai même plus le temps ni de boire ni de pisser un coup. J'aurais bien mieux fait de foutre le camp comme les autres.

Le père toussa pour dire :

— Tu as bien fait de rester. Tu rends service et les gens s'en souviendront. Un jour ou l'autre tu seras maire, et ensuite député.

— C'est bien le moment.

— Les temps changeront.

— Ne plaisantez pas, père Dubois.

— Je ne plaisante pas. Je dis ce que je pense et je le souhaite. Tu es parmi ceux qui font le plus de travail à la commune, ce serait normal de te récompenser.

Le conseiller demeura un instant sans rien dire, il se gratta la tête, but une gorgée puis, lentement, en fixant alternativement le père et la mère, il expliqua :

— Ecoutez-moi. Nous sommes tous dans le même bain. Je veux bien y mettre du mien, mais il faut que des gens de bonne volonté me soutiennent.

Comme la mère faisait un geste, il leva les yeux vers elle en reprenant plus vite et plus haut :

— Attendez, laissez-moi achever. Je sais que le père Dubois est trop fatigué pour faire du pain, je sais aussi que votre garçon est parti, mais je vous propose une chose : si j'arrivais à trouver un garçon costaud, même qui ne soit pas du métier, avec vos conseils, sous votre surveillance...

Le père se mit à rire.

— Tu crois qu'on fait du pain comme on abat des noix ! lança-t-il.

— Vous ne m'avez pas compris. Les gens n'ont plus rien à se mettre sous la dent; même si vous leur donnez du pain mal levé, à moitié cuit et tout tordu, ils seront contents.

— Est-ce que tu te fous de moi ? demanda le père sans élever la voix.

— Décidément, vous ne voulez pas m'aider.

— Il n'est pas question de vouloir, mais de pouvoir !

Cette fois, le père avait crié. La cuisine résonna longuement, puis ce fut le silence. La mère qui observait le conseiller, eut le sentiment qu'il allait se lever et partir. Elle dit timidement :

— Après tout, Gaston, on pourrait peut-être surveiller deux ou trois fournées, et après, ils se débrouilleront.

Le père fronça les sourcils. Il parut chercher ses mots et, d'un coup, il se mit à crier :

— Tu voudrais qu'on fasse de la merde avec de la bonne farine et qu'on dise : « C'est Gaston Dubois qui a fait ça ! » Tu voudrais qu'on pétrisse et qu'on cuise de la saloperie dans un fournil où je me suis crevé, pendant près de cinquante ans, à faire du pain qu'on venait chercher de vingt kilomètres à la ronde ! Tu voudrais que je fasse ça, dans une maison où mon père faisait déjà du pain comme peut-être personne n'est plus capable...

Une quinte de toux le contraignit à s'interrompre. Les autres attendirent. Quand il eut craché, tandis qu'il reprenait son souffle, la main sur sa poitrine soulevée par sa respiration sifflante, le conseiller dit lentement :

— Je suis désolé... Si j'avais su vous mettre en colère je n'aurais pas...

Le père le fit taire d'un geste de la main. Encore essoufflé il dit :

— Ce n'est pas toi qui me mets en colère, c'est elle. Que tu me proposes ça, c'est normal, tu ne sais pas. Mais ma femme, c'est autre chose !

La mère soupira. Elle se retint de répondre. Le conseiller se levait quand le père lui empoigna le bras, l'obligeant à se rasseoir.

— Ecoute-moi, petit. J'estime que j'ai fait mon devoir une bonne fois. Cette guerre ne me regarde plus, j'ai passé l'âge. Seulement, je ne suis pas un saligaud.

Le père marqua un temps. Il regarda le soldat, puis la mère, puis le conseiller. La mère savait ce qu'il allait dire.

— Tu vas te tuer, fit-elle.

Le père n'eut même pas un mot pour elle. Le front et les sourcils plissés, s'approchant du conseiller qu'il ne quittait pas des yeux, il dit :

— Trouve-moi seulement un homme pour porter les sacs et sortir la pâte du pétrin, ma femme m'aidera pour le reste; elle l'a déjà fait. Demain, il y aura du pain.

Le conseiller ouvrait déjà la bouche pour remercier. Le père leva la main en ajoutant :

— Mais je te préviens : ce sera du pain, pas de la daube.

Il marqua encore un temps avant de dire comme pour lui :

— Du pain, comme il y a peut-être longtemps que les gens d'ici n'en ont pas mangé.

43

COMME il n'était guère possible de circuler sur les routes entre Lons-le-Saunier et Villefranche, Guillemin avait proposé d'aider le père à la boulangerie. Ils commencèrent à minuit. La pluie avait rafraîchi l'air, et de longs souffles de vent humide descendaient des collines de l'est.

Ils traversèrent le jardin où quelques gouttes tombaient encore des arbres. Tout luisait à la lueur de la torche électrique que portait la mère Dubois. Dans la rue, c'était la nuit et le silence. Comme le conseiller le lui avait recommandé, la mère éteignit sa lampe avant de traverser. Le père tâtonna un instant pour trouver la serrure du portail. Dès qu'ils furent entrés, elle éclaira. M. Vintrenier était venu et avait laissé près de la porte du magasin à farine, les clefs du fournil et des autres pièces.

Personne ne parlait.

Le père ouvrit le fournil à la lueur de la torche et tourna le commutateur. Ils furent éblouis et restèrent immobiles.

La mère fixait son homme. Elle voyait son menton se

plisser, tout son visage se tendre en grimaces qui ressemblaient un peu à un sourire inachevé.

Il entra.

Sa main se posa sur le bois gris du tour qui allait de la porte au pétrin mécanique. Il demeura ainsi un long moment. La mère était derrière lui, elle n'osait avancer. Au mouvement lent de sa tête, elle comprit qu'il était en train de tout examiner, de reconnaître chaque objet. Ses épaules se soulevaient au rythme de sa respiration un peu saccadée. Enfin, quittant le tour, il traversa toute la longue pièce basse au plafond noir, pour atteindre le four dont la gueule et le foyer tenaient tout le mur du fond. Il se pencha légèrement en avant. Sa main gauche se leva pour se poser sur la poignée à contrepoids qui fit basculer la porte de fonte; sa main droite entra dans la gueule du four comme pour en palper l'air.

Cent fois, mille fois peut-être, la mère l'avait vu faire ce geste; ce même geste, à la même vitesse, avec le même mouvement de la tête vers la gauche pour éviter de heurter du front le dessus de la voûte. Le père retira sa main, la porte bascula de nouveau et reprit sa place.

— Il a encore un peu de fond, dit-il, mais il va tout de même falloir un moment pour le chauffer. Je le connais, je sais ce qu'il vaut après trois jours de repos. Nous l'avions fait réparer, je m'en souviens très bien, il avait fallu rester quatre jours sans allumer.

Il avait commencé de quitter sa veste et sa chemise. Il garda sur lui sa flanelle sans manches qui laissait voir ses bras bruns jusqu'au coude et blancs comme lait au-dessus. Sur sa poitrine, une touffe de poils gris dépassait l'échancrure sans col. Il quitta également sa casquette et suspendit le tout à l'un des clous plantés dans la porte. Il prit ensuite un tablier blanc, déjà sale qui se trouvait sur un tréteau, le secoua et le passa autour de sa taille. La mère noua elle aussi un tablier par-dessus sa blouse. Guillemin se mit torse nu, et le père lui tendit un sac et une ficelle.

— Tenez, dit-il, ça fait aussi bien qu'un tablier.

Il lui montra comment il fallait placer le sac à cheval sur la ficelle avant de la nouer en guise de ceinture.

— Si tu allumes le four tout de suite, observa la mère, ça va lever trop vite.

— Non, répondit le père, nous avons la chance qu'il fasse frais cette nuit, nous travaillerons la porte ouverte.

Guillemin se mit à rentrer du bois tandis que le père préparait le foyer. La mère lui passait les bûches qu'il empilait sur la grille, laissant assez d'espace pour permettre le tirage. Quand tout fut prêt, il empoigna le ringard à deux branches crochetées, et souleva le gueulard de fonte qu'il mit en place, juste à l'entrée du four. Guillemin suivait attentivement chaque geste qu'il faisait.

— Vous êtes encore bigrement dru pour votre âge, fit-il.

Sans se retourner, tout en orientant le gueulard vers le fond de la voûte, le père répondit :

— C'est une question d'habitude. Quand on a fait ça pendant si longtemps, ça ne se perd pas, même en quelques années.

— Ça ne fait rien, c'est lourd, je pourrais le faire.

— Tu le feras, dit le père, tu le feras. Je voulais seulement te montrer.

La mère remarqua que Guillemin souriait.

— Tu as tutoyé M. Guillemin, dit-elle.

Le père se retourna.

— Ça aussi, fit-il, c'est une question d'habitude. J'ai toujours tutoyé mes mitrons.

— Mais il n'est pas mitron, dit la mère.

Le père sourit à son tour en disant :

— C'est tout comme.

— Faites donc, dit Guillemin, c'est tellement naturel.

Le père avait tiré son briquet de sa poche, il frotta la molette contre la paume de sa main et enflamma un journal qu'il fourra sous les bûches. La flamme se faufila entre les rondins de charmille dont elle léchait l'écorce. Elle eut une hésitation, se coucha pour ramper en suivant la grille, puis, se redressant d'un coup, elle se mit à ronfler.

En haut, par l'ouverture du gueulard qui faisait un énorme coude, les étincelles jaillirent, filant vers le fond de la voûte. Les briques étaient éclairées de grandes lueurs orangées, le ronflement s'amplifiait, le jet de feu s'élargit bientôt et tout l'intérieur du large four bas et profond se trouva illuminé. Le père ferma la porte et le grondement se fit plus sourd.

— A présent, fit-il, on va attaquer.

La mère ne le quittait guère des yeux, ne reconnaissant plus son visage. Quelques gouttes de sueur perlaient sur son crâne, ses yeux luisaient, chacune de ses rides semblait sourire.

Il avait empoigné un paquet de levure que ses mains émiettaient au-dessus du pétrin. Il respira plusieurs fois l'odeur aigre. La mère se pencha pour sentir également. Ils se regardèrent. Le père sourit. Elle sourit à son tour, puis détourna les yeux.

Elle apporta l'eau tandis que le père expliquait à Guillemin comment il devait procéder pour soulever un sac, faire sauter la ficelle et vider la farine dans le pétrin. Puis il y eut le crissement des étincelles bleues sur le tableau de l'interrupteur, un long grognement du moteur accompagna le geste du père et son han ! lorsqu'il aida la courroie à faire son premier tour; enfin le pétrin se mit à tourner seul.

Le ronronnement du moteur, le claquement du bras métallique mêlant la farine et l'eau, les battements réguliers de la courroie et la vibration des vitres, tout cela s'ajoutait au grondement sourd du feu.

La nuit s'était mise à vivre.

Adossée au mur, la mère faisait des yeux le tour du fournil. Les rayons pour faire lever le pain, les pelles de bois à long manche suspendues au plafond, les sacs vides pliés en deux et empilés dans un coin, le grand étouffoir de tôle et le chevalet où le manche de pelle courait lorsqu'on enfournait ou défournait, tout était toujours à la même place.

Elle demeura ainsi un long moment puis, sans réfléchir, elle s'approcha de la pile de vannottes qu'elle se mit à préparer. Sa main aussi retrouvait tout naturellement un vieux geste, pour empoigner la farine jaunâtre et un peu rêche de fleurage et l'éparpiller d'un coup sur la toile recouvrant le tissage d'osier.

Le père surveillait le pétrin. Il se penchait vers la pâte, l'agrippant au passage de sa main droite, l'étirant pour la laisser retomber d'un coup. Son autre main serrait le bord lisse et luisant de la cuve dont il ralentissait ainsi la rotation. Son bras vibrait; ses muscles se bandaient comme des cordes de scie.

— Ah, si tu avais connu le temps où nous faisions a bras, expliquait-il à Guillemin, c'était bien autre chose. Là il fallait des hommes. Huit fournées par jour, que nous faisions. Sans compter la brioche, les samedis. Et quand c'était fini ici, je prenais la voiture et j'allais faire la tournée jusqu'à Messia, Courbouzon, Vernantois et tout. J'étais tellement fatigué que je m'endormais sur le siège. Mais le cheval connaissait la route. Il savait où il fallait s'arrêter, et quand il s'arrêtait, ça me réveillait...

La mère ne l'écoutait plus. Elle le regardait seulement. Elle attendait l'instant où il plongerait ses bras dans la cuve pour en sortir la pâte qu'il lancerait dans le vieux pétrin de bois, au bout du tour. Les balances romaines à larges plateaux étaient prêtes; la mère chercha des yeux le coupe-pâte, elle s'approcha et le prit en main comme pour le soupeser. De la pâte desséchée était encore collée au manche, mais la lame d'acier bleuté luisait. Elle imaginait son geste pour soulever les pâtons de la main gauche et couper de la droite, peser rapidement et lancer la pâte sur le tour où le père mettrait les pains en forme avant de les coucher dans les vannottes.

— Je ne sais pas bien ce qu'on va faire, dit-elle. De nos jours, les gens ne mangent plus guère que du pain fantaisie, des flûtes et des baguettes.

Le père haussa les épaules.

— On ne va pas perdre du temps avec ces foutaises, dit-il. Ça tient trop de place au four et ce serait emmerdant à vendre. Ils mangeront des miches. On fera moitié miches de quatre livres et moitié d'un kilo. S'ils ne sont pas contents, ils iront ailleurs.

Il se pencha encore sur sa pâte, la tâta une fois de plus puis, laissant tourner le pétrin, il alla ouvrir le four pour changer l'orientation du gueulard crachant le feu.

Tout s'éclaira d'une grande lueur tremblante. Le ringard crochu à la main, le père se détachait noir sur cette bouche de lumière. Il ne semblait plus voûté, mais seulement penché en avant, attentif à son travail.

Quand il eut refermé la porte, il se retourna en souriant.

— Enfin, dit-il, si tu veux, on peut faire aussi quelques pains longs de trois livres, mais c'est bien uniquement pour voir si je n'ai pas trop perdu la main, uniquement...

Et, en disant cela, il examinait ses mains qu'il tenait ouvertes devant lui, comme deux outils prêts à servir.

44

Lorsqu'ils eurent achevé de mettre en place la première fournée et que tout fut prêt pour pétrir la deuxième, le père dit à Guillemin :

— Tu devrais profiter que tu as un moment, pour aller enterrer tes effets dans le fond du jardin.

— Je vais aller avec lui pour le guider, proposa la mère.

Ils sortirent tous les deux.

Après la lumière et la chaleur du four, la nuit semblait plus froide et plus sombre. La mère marchait devant, portant la lampe. A deux reprises elle s'arrêta net.

— Qu'est-ce qu'il y a ? demanda Guillemin.

— Rien.

Elle repartit chaque fois après cette réponse, mais elle n'était pas tranquille.

Quand ils eurent pris le paquet de vêtements, elle éteignit sa lampe et avança dans l'obscurité, tâtonnant le sol du pied, tirant derrière elle le soldat qui ne connaissait pas encore bien les allées.

— Pourquoi n'éclairez-vous pas ? demanda-t-il au bout d'un moment.

— Vous êtes drôle, fit-elle, il y a tout de même des Allemands dans la ville, on peut nous voir, nous demander ce qu'on fait...

— Je crois que vous exagérez. Surtout qu'il ne doit pas y en avoir beaucoup ici, vous savez.

Elle ne voulut pas donner de lumière. Cette nuit lui pesait. Le ciel à peine éclairé écrasait tout. Très loin, il y avait encore quelques lueurs rapides. Le vent grognait sous les arbres.

Peu à peu ils s'habituèrent à cette obscurité et la mère lâcha la main du soldat. Ils arrivèrent derrière le gros bouquet de noisetiers.

— Ici, fit-elle, on ne risque pas de nous voir. Et la terre est très meuble, elle doit pouvoir se creuser à la bêche, surtout après cette pluie.

Guillemin commença un trou. La mère s'était penchée sur le paquet posé par terre. Ses mains palpaient le tissu épais.

— Il faut tout de même creuser assez large, dit-il, ça fait déjà gros.

— Dites donc...

Elle se tut.

— Quoi ? demanda-t-il.

— Ma foi, je trouve que c'est tout de même dommage de mettre en terre du tissu pareil. Moi je crois qu'il faut mettre le casque et peut-être le ceinturon, le reste...

Elle se tut encore. Elle devinait mal Guillemin appuyé sur le manche de son outil.

— Le reste, dit-il, il faut le transformer. Un point c'est tout. Faites sauter les boutons et les écussons, et vous verrez que ça vous sera sûrement très utile.

Ils firent ainsi. Une fois le casque, le ceinturon et le bidon enfouis et le trou rebouché, la mère emporta le reste dans la chambre. Elle étendit tous les vêtements dans le bas de l'armoire et empila du linge dessus. Ce n'était rien, elle avait la certitude de bien agir. Perdu pour perdu, comme ça, ce n'était pas tout à fait perdu. Et pourtant, la peur était en elle.

— Il faut que je sois malade, pour avoir peur comme ça, murmurait-elle. Malade, vraiment malade.

Elle rejoignit le soldat qui l'attendait à la cuisine où elle avait allumé la lampe pigeon. Quand elle arriva, il fronça les sourcils et s'avança pour mieux la voir.

— Mais qu'est-ce que vous avez, dit-il, vous êtes malade ?

— Moi ?

— Je ne sais pas si c'est cette lampe, mais je vous trouve toute pâle.

— Pensez-vous, fit-elle, un peu de fatigue.

Ils sortirent. La mère frissonna. Cette nuit était vraiment curieuse. Tout semblait vivre, mais d'une vie inquiétante. Le vent ne pouvait pas, à lui seul, donner toute cette vie. Les arbres qui bordaient l'allée, la mère les connaissait. Elle les avait entendus parler ou se plaindre par tous les vents de toutes les saisons, et pourtant, cette nuit, ils avaient une façon de se courber en gémissant, une façon de vous frôler au passage...

La mère se retenait pour ne pas empoigner le soldat et s'accrocher à lui. Elle n'avait pas allumé sa torche. Cette fois, c'était lui qui allait devant. Comme il s'arrêtait, elle vint buter contre son dos. Il y eut en elle une sorte de déclic.

— Julien... C'est...

Elle s'excusa. Il s'était remis à marcher. La mère suivait toujours, mais à présent, elle savait d'où venait son malaise.

— Où est-il ? répétait-elle. Où est-il ?

Elle avait mal. Vraiment une douleur physique. Un objet dur et tranchant pénétrait entre ses côtes, fouillant sa chair à la recherche de son cœur. Elle porta sa main à sa poitrine, mais la douleur persista. C'était véritablement une lame qui tranchait à vif. Et, sans arrêt, des mots lui venaient qu'elle étouffait dans sa gorge brûlante.

— Des fois, quand un enfant est blessé, la mère souffre au même moment... Ça s'est vu... Il paraît même que des mères sont mortes... Est-ce qu'on peut vraiment le tuer ?... Dire que la guerre est là, que les Allemands sont là, et qu'il ne se passe rien... Il voulait rester et c'est moi qui l'ai chassé.

La lumière du fournil qui venait mourir dans l'ombre de la cour intérieure, fit sursauter la mère. Guillemin était déjà entré. Elle se vit sur le pas de la porte. Le père tournait le dos. Avec son mouchoir à carreaux bleus et blancs, il essuyait son visage et son crâne, passant jusque sur sa nuque où la sueur suivait les rides. Il se retourna enfin et passa encore son mouchoir sur son visage. Est-ce qu'il s'essuyait le front ? La mère s'approcha. Le père remettait son mouchoir dans la poche de son pantalon. La lampe du four l'éclairait mal et la mère dut venir tout près de lui.

— Qu'est-ce que tu as, fit-elle, tu t'es brûlé ?

— Mais non, mais non.

Il s'était retourné. Elle lui prit le bras mais, comme il se dégageait d'un mouvement brusque, elle fit deux pas rapides et un quart de tour pour le voir de face. A présent, il avait tout le visage en pleine lumière. Ses yeux étaient rouges et deux larmes perlaient à ses cils. Il eut un battement de paupières qui les fit tomber sur ses joues où elles s'accrochèrent à sa barbe.

— Mais enfin, demanda-t-elle, qu'est-ce que tu t'es fait ?

— Rien du tout, lança-t-il, tu m'embêtes à la fin, c'est le fleurage et la chaleur qui me font un peu pleurer les yeux... Je n'ai plus l'habitude, voilà tout !

Il s'était de nouveau éloigné brusquement, mais la mère avait eu le temps de remarquer le plissement de son menton. Et puis, sa voix vibrait de façon anormale.

— Allons, dit-il, la première est bonne à enfourner. Tu vas m'envoyer quelques pains pour montrer à Guillemin, et ensuite, il essaiera.

Tandis que la mère se plaçait à droite de la bouche du four, le père apportait une casserole d'eau qu'il posait à côté de la porte, sur le rebord de la platine. Il avait mis entre ses lèvres serrées une petite lame d'acier très effilée. Il décrocha une pelle dont le manche claqua sur le tréteau, tandis que le plat se posait doucement devant la porte que le père ouvrit de sa main gauche. La lampe éclairant l'intérieur du four était déjà en place. Il l'alluma et la voûte apparut.

La mère empoigna la première vannotte qu'elle renversa sur la pelle pour la relever aussitôt. La pâte levée trembla sur le bois, le père avait pris sa lame qu'il trempa dans l'eau avant de faire un geste sec de la main au-dessus de sa pelle. Il semblait avoir à peine effleuré la pâte où, pourtant, les deux lèvres plus pâles d'une plaie en croix s'ouvraient lentement. Il avait déjà replacé la lame entre ses lèvres. La pelle filait. Le manche de bois semblait glisser seul dans sa main rêche.

Une autre vannotte entre les mains, penchée en avant, la mère regardait le pain s'éloigner rapidement jusqu'au fin fond du four, là-bas où la voûte grise semble rejoindre le sol légèrement montant. Le père eut un mouvement sec du poignet, la miche resta sur les briques et la pelle revint plus vite encore qu'elle n'était partie. La mère renversa une autre vannotte, la lame fit sa croix, la pelle repartit... Une cadence plus rapide s'établit bientôt. Leurs gestes semblaient liés, leurs membres commandés par un même corps.

— Je pourrais essayer de vous passer les pains, proposa Guillemin.

La lame entre les lèvres, sans arrêter de faire courir sa pelle, le père marmonna :

— Non, à la prochaine fournée, tu essaieras... Le four n'a pas autant de fond que d'habitude, j'aime mieux qu'on fasse le plus vite possible.

L'homme n'insista pas.

La mère commençait de sentir la sueur perler à son front et couler sur sa poitrine. Elle allait toujours, du même geste régulier, se baissant ou se levant sur la pointe des pieds pour prendre les vannottes sur les rayons avant de les aboucher à la pelle. Personne ne disait mot. Le crissement du bois sur le sol de briques, le claquement du manche sur le tréteau, les halètements du père étaient les seuls bruits.

La mère allait, toujours de son même mouvement, mais sans jamais penser à ce qu'elle faisait. Elle revoyait les yeux larmoyants de son homme, elle avait en elle la vibration de sa voix.

Elle cherchait.

Quand ils eurent empli le four, elle se redressa, la main à ses reins, et revint vers la porte. Dehors, la nuit était toujours aussi dense. La fraîcheur qui coulait des toits vers le fond de la cour était bonne à la peau, elle baignait la bouche et la gorge comme une eau claire.

Soudain, la mère se retourna. Le père s'épongeait de nouveau, mais ses yeux ne pleuraient plus.

Pourtant, la mère se souvenait. Elle avait déjà vu son menton se plisser ainsi, ses paupières battre de la même façon, elle avait entendu sa voix vibrer de la sorte chaque fois qu'il parlait du temps où il vivait ici, avec ses parents qu'elle n'avait pas connus. A présent, elle avait la certitude que, durant son absence, le père avait pleuré vraiment. Elle comprit qu'il avait pleuré sur une époque disparue, sur un temps qu'il devait regretter.

Sa douleur revint, fulgurante; prolongée par une autre douleur plus tiède, presque agréable. Tout d'abord, elle avait eu envie de crier à son homme qu'il n'était qu'un égoïste, qu'il ne pleurerait jamais que sur lui. Elle se contint. Elle le suivit encore tandis qu'il s'approchait du pétrin en parlant à Guillemin. Il était vraiment vieux et tout son corps, tout son visage criaient la fatigue.

Alors la mère empoigna le seau et sortit dans la cour. Tandis que l'eau du robinet coulait, bousculant le silence de la nuit, elle se courba en avant, offrit ses mains au jet glacé et se mouilla longuement le visage.

Quand elle rentra, portant son seau plein, les deux hommes travaillaient à une autre fournée.

Elle s'arrêta sur le seuil. Elle respira à petits coups d'abord, puis à longues bouffées. Le père se retourna. Leurs regards se croisèrent et il lui sembla que son homme souriait. Au plissement de son visage, elle comprit que lui aussi respirait l'odeur du pain chaud qui se mêlait à celle du feu de bois sec.

45

LA NUIT passa très vite. Guillemin, adroit et habitué au travail manuel, s'était fort bien mis à seconder le père qui lui disait :

— Tu aurais fait un bon mitron.

A plusieurs reprises, la mère demanda à son homme s'il ne se sentait pas trop fatigué, mais il se bornait à ricaner en disant :

— Est-ce que tu te figures que je suis trop usé pour faire un boulanger ?

Et pourtant, la fatigue se lisait sur son visage. La mère le regardait à chaque instant, elle écoutait aussi son souffle pressé et qui ressemblait parfois à un râle.

A huit heures, le conseiller vint les voir et les remercia.

— Et comment allez-vous distribuer ça ? demanda le père.

— Justement, dit-il l'air embarrassé, je ne sais pas bien.

— Comment, tu ne sais pas; tu ne penses tout de même pas que nous allons encore nous occuper de le vendre !

Le conseiller se gratta le menton et se tourna vers la mère en disant :

— Je ne pensais pas que vous alliez travailler au four toute la nuit, j'avais l'intention de vous demander...

Le père l'interrompit en lançant :

— Merde alors, tu es culotté, est-ce que tu nous prends pour des colosses, ma femme et moi ? Le jour et la nuit, tu rigoles, nous n'avons plus vingt ans.

— Bien sûr, il faut que je me débrouille autrement.

Il sortit dans la cour, s'arrêta, revint sur ses pas et demanda :

— Vous en avez encore pour combien de temps ?

— Ma foi, dit le père, je ne sais pas, je comptais faire encore une fournée.

Timidement, le conseiller demanda :

— Si vous pouviez en faire deux, il n'y a que trois boulangeries qui travaillent; pour répartir le pain, ça va être une belle pagaille. Il faut absolument que je trouve du monde, et des gens sérieux.

Il s'éloigna. Guillemin, qui revenait de porter une corbeille de pain au magasin, entra en disant :

— Il doit y avoir du monde à la porte, ça tambourine aux volets et ça crie tant que ça peut.

— Tu vas voir que c'est encore nous qui allons avoir des emmerdements, fit le père.

— J'ai envie d'aller jeter un coup d'œil, dit la mère, personne ne sait que c'est nous qui faisons le pain.

— Ça ne fait rien, observa le père, ce n'est pas la peine d'aller dans la rue, va dans le couloir du premier et regarde par la fenêtre.

Elle prit le petit escalier de pierre qu'elle n'avait plus emprunté depuis tant d'années. Autrefois, elle montait là chaque soir vers dix heures pour se coucher. En même temps, elle réveillait son homme qui descendait commencer sa nuit au fournil. Elle marcha jusqu'au bout du couloir terminé par une fenêtre dont les persiennes à claire-voie étaient fermées. Elle essaya de voir par les fentes, mais les gens étaient trop près du mur. Elle les entendait parler mais apercevait seulement la bordure du trottoir et une partie de la rue. Il fallait ouvrir. Elle fit jouer sans bruit l'espagnolette, mais quand elle poussa le volet, sans doute fermé depuis longtemps, il se décolla de l'autre avec un claquement qui la surprit. Elle se pencha pourtant, et se retira aussitôt. On l'avait vue. Des voix crièrent :

— Madame Dubois, c'est votre mari qui a fait le pain, on le sait, venez ouvrir !

— Madame Dubois, c'est moi, la Marie Philipard...

— C'est moi, madame Rougein...

— Ouvrez-nous, ça fait une heure qu'on attend.

Elle se pencha encore, juste le temps de voir que les gens étaient très nombreux. A présent, ils criaient tous en même temps. Elle ne répondit pas, mais fit un petit geste de la main avant de refermer les persiennes.

— Ah !... Ah !...

Ce ne fut qu'une longue clameur qu'elle continua d'entendre même lorsqu'elle eut poussé la fenêtre et se fut éloignée dans le couloir.

Lorsqu'elle atteignit le pied de l'escalier, elle vit que le portail donnant sur la rue des Ecoles était ouvert, elle pensa que le conseiller l'avait laissé ainsi en sortant; elle s'apprêtait à aller le fermer quand elle entendit crier dans le fournil. Elle revint dans la cour.

— Non, disait le père, tu feras comme les autres.

— Vous voudriez tout de même pas que j'aille me foutre au bout de cette queue, alors que j'étais presque au début tout à l'heure.

— Fallait y rester, au lieu d'essayer de resquiller en passant par derrière.

La mère s'approcha. L'homme qui criait tournait le dos à la porte, mais elle le reconnut tout de suite. C'était un employé du gaz qui habitait vers Montciel. Il devait avoir une quarantaine d'années. Il était grand et maigre.

— Qu'est-ce qu'il y a ? demanda-t-elle.

L'homme se retourna.

— Ah ! fit-il; c'est vous, madame Dubois. Figurez-vous que j'étais avec les gens qui attendent. J'étais même dans les premiers, quand j'ai vu passer Vintrenier. Il a dit : « Je vais faire ouvrir. » Il est allé tourner au bout de la rue des Ecoles, puis il est revenu dire que ce serait encore assez long. Alors j'ai pensé qu'il était entré par derrière. (Il se mit à rire.) Rien qu'à l'odeur, j'ai trouvé le portail.

Le père l'interrompit.

— Il n'y a pas de raison qu'on lui donne du pain. Les autres feraient comme lui, nous serions dans de beaux draps...

— Bien sûr, dit la mère, mais puisqu'il est là.

L'homme eut un ricanement et lança au père.

— Vous voyez, avec votre femme, on peut toujours s'arranger.

Le père était pâle. Son front se plissait sur son regard dur. Il fit un pas en avant et se plaça entre la mère et les corbeilles de pain chaud que Guillemin n'avait pas encore emportées.

— Non, fit-il. Il n'y a pas de raison. Ce serait une injustice.

L'homme s'adressa à la mère en disant :

— Allons, madame Dubois, il y en a bien ailleurs; venez donc me donner trois pains et qu'on en finisse.

— Tu n'auras rien, dit le père. Nous ne savons même pas ce que Vintrenier voudra qu'on donne à chaque personne.

L'homme avait un air méprisant. Haussant les épaules, il fit un pas vers la porte en lançant :

— Vous, on ne vous demande rien. Tout le monde sait bien que vous êtes un vieux grincheux !

Le père bondit. Sa main s'abattit sur l'épaule de l'homme qu'il contraignit à se retourner.

— Tu es peut-être grand et fort, mais je peux encore te montrer comment un boulanger fout les faignants à la porte !

L'homme fit un effort pour se dégager et son bras se levait déjà quand, agrippant son poignet de sa main restée libre, le père exerça une torsion qui le fit pivoter sur lui-même en hurlant :

— Arrêtez, vous me cassez le bras !

— Pour ce que tu en fais, grogna le père.

— Arrête, Gaston, cria la mère; arrête, voyons !

Attiré par le bruit, Guillemin sortit de la boutique et arriva en courant.

— Qu'est-ce qu'il y a ?

— Rien, fit le père, un faignant qui veut passer avant les autres. Tiens, toi qui es jeune, reconduis-le donc jusqu'au portail; et s'il fait l'andouille, botte-lui le cul, ne te gênes pas.

Le père lâcha prise. Se frottant le bras, l'homme s'éloigna de quelques pas avant de crier :

— Vous ne l'emporterez pas en paradis, c'est moi qui vous le dis.

— Gueule toujours, imbécile !

L'homme recula encore d'un pas, évalua d'un regard la distance qui le séparait des autres, et lança d'une voix aigre :

— Vieux con ! Vieille bourrique !

Le père fit un pas dans sa direction, mais déjà l'homme se sauvait en allongeant ses grandes jambes. Plus leste, Guillemin le rattrapa et lui expédia un coup de pied dans les fesses au moment précis où il passait la porte. Le père rit un instant et regagna le fournil. Il s'était soudain mis à trembler et la mère comprit que cette dispute l'avait épuisé.

— Je ne comprends pas, fit-elle, tu lui aurais donné du pain, la belle affaire !

— Je sais, mais il ne m'a pas demandé poliment.

— Poliment, poliment...

Le père la regarda et s'assit sur un sac de farine.

— Donne-moi un verre d'eau, demanda-t-il.

Elle sortit emplir un verre au robinet de la cour et le rapporta. Guillemin rentra derrière elle.

— Tu es fatigué, dit-elle, je crois que tu t'es emporté pour pas grand-chose.

Le père vida son verre lentement, prit le temps de s'essuyer les lèvres d'un revers de main, puis, levant les yeux vers la mère, il dit :

— Tu appelles ça pas grand-chose, eh bien, moi, je ne le supporte pas. Quand je lui ai dit qu'il n'avait qu'à faire comme les autres, il m'a montré le fromage que tu venais de poser là avant de sortir, et il m'a dit : « Et vous, alors, vous allez la faire, la queue, pour avoir de quoi casser la croûte, peut-être. »

Guillemin se mit à rire.

— Merde alors, fit-il, il est gonflé, celui-là. Vous avez bigrement bien fait de le sortir.

— Bien sûr, fit la mère, mais enfin !

Le père se reposa encore quelques instants, puis, plus calme, il ajouta :

— Et, de toute façon, je n'aime pas les faignants. Ce type travaille au gaz, il se promène toute la journée en buvant des canons partout; pour moi, c'est un paresseux.

— Ah ! observa la mère, dis plutôt que c'est ça; tu as tes têtes, quand tu ne peux pas souffrir quelqu'un, c'est terrible.

— Si tu veux, dit le père, mais ce type est un paresseux, et ça suffit pour que je le foute dehors.

Elle se tut. Il y eut encore un moment de silence; ensuite, s'adressant à Guillemin, le père dit encore :

— D'ailleurs, la preuve que c'est un pas grand-chose, à son âge, se faire mater par un vieux comme moi, et même pas se défendre !

La mère avait envie de répondre; mais, après un temps, elle se résigna au silence. Elle vit que Guillemin souriait en observant le père.

Le père aussi avait le sourire. Sa fatigue paraissait beaucoup moins, il semblait même que son regard brillait un peu comme au temps où la mère l'avait rencontré.

46

— VIENS t'asseoir là, dit le père.

Guillemin prit place sur une pile de sacs vides, le dos contre le montant d'un rayonnage. Le père était entre lui et le tour. La mère s'assit également sur des sacs, un peu plus loin. Elle coupa trois morceaux de fromage. Le père avait pris une miche froide de la deuxième fournée. Il la regarda un moment, la soupesa, fit craquer la croûte en serrant un peu ses mains. La mère ne le quittait pas des yeux. Vraiment, toute cette fatigue de la nuit, tout ce travail, cette colère, rien n'avait laissé trace sur son visage. Il tenait toujours devant lui cette miche de *SON* pain qu'il ne se décidait pas à couper. Son regard allait de la mère à Guillemin pour revenir toujours s'attarder sur la croûte brune. L'une de ses mains caressait cette croûte palpant les rugosités, suivant les crevasses faites par les coups de lame au moment de la mise au four.

Guillemin adressa un petit signe discret à la mère. Elle comprit qu'il sentait comme elle ce que le père devait éprouver.

Après un long soupir, le père se décida enfin. Gardant le pain serré contre sa poitrine, il allongea une jambe pour fouiller dans sa poche d'où il tira son Opinel. Il l'ouvrit en faisant claquer l'extrémité du manche sur l'angle du tour. Il eut encore un instant d'hésitation avant d'entamer cette croûte d'où quelques miettes tombèrent sur les dalles du sol.

Après la première tranche, il palpa la mie du bout des doigts, se pencha pour mieux exposer au jour la partie coupée et l'examiner de plus près. Enfin, tendant le premier morceau à Guillemin, il dit :

— Tiens, toi qui as de bonnes dents, tu mangeras le croûton. Et tu sais, la croûte est épaisse, mais tu m'en diras des nouvelles.

Il coupa ensuite une tranche pour la mère et une pour lui. Guillemin, qui avait déjà mordu, mâchait lentement. Le père demanda :

— Alors, qu'en dis-tu, fiston ?

L'homme eut un hochement de tête et une moue d'admiration pour dire :

— Oui, ça, c'est du pain !

— Eh bien, tu vois, c'est *notre* pain.

Il se tourna vers sa femme pour ajouter :

— Et toi, tu ne manges pas ?

Elle fit oui de la tête, tout en cassant un petit bout qu'elle porta à sa bouche. Elle le mangea sans fromage, lentement, en l'imprégnant bien de salive. Le père attendait, l'œil à demi inquiet.

— C'est vrai, dit-elle, il y a longtemps que je n'avais pas mangé de ce pain-là.

— Et pourtant, fit observer le père, ce ne sont plus des farines de première qualité. Seulement, ce qui compte, c'est le travail. De nos jours, ils font tout à la va-vite. Ce n'est pas avec des principes pareils qu'on peut faire de l'ouvrage convenable.

Il s'arrêta pour manger. Tout son visage souriait. Ses rides n'étaient pas tristes. A chaque mouvement de sa mâchoire, son menton, qui montait très haut, écrasait un peu sa bouche, ses moustaches se soulevaient, mais il n'avait plus la tête d'un vieux usé et moulu par toute une vie de labeur. Il tenait son couteau la lame en l'air, coupant alternativement de petits morceaux de pain et de fromage qu'il mangeait ensemble.

La mère versa à boire. Le vin était frais. Guillemin le but pur, le père y ajouta de l'eau. Comme elle buvait de l'eau, il lui demanda :

— Tu ne bois pas de vin ? Même après un travail pareil ?

Elle fit non de la tête. Le père n'insista pas. Il mangea encore et but, puis il commença :

— Tu vois, ce pain-là, c'est du travail comme on en faisait avant l'autre guerre. Moi, j'ai continué même après. Les autres boulangers se foutaient de moi. Au fond, ils avaient peut-être un peu raison, les gens n'apprécient pas toujours. Il paraît qu'ils disent : « Du pain, c'est du pain. » Merde alors, il me semble pourtant qu'il y a pain et pain. La preuve, c'est que toi qui n'es pas du métier, tu reconnais que celui-là n'est pas comme celui que tu manges d'habitude.

— Sûr qu'il y a de la marge, approuva Guillemin.

— Eh bien, tu vois, reprit le père, en 17, quand j'ai été affecté aux annexes pour diriger un fournil, j'ai toujours fait du bon pain. J'estimais que les hommes du front...

Il s'arrêta soudain. M. Vintrenier venait d'entrer. Tout de suite il regarda le pain entamé et le morceau de fromage.

— Mille dieux, lança-t-il, vous me mettez l'eau à la bouche avec tout ça.

— Si le cœur t'en dit, ne te gêne pas.

Le père lui montra la miche de la pointe de son couteau.

— Ce n'est pas tellement le cœur, ce serait plutôt l'estomac.

— Est-ce que tu as faim, demanda le père, ou bien si c'est mon pain qui te fait envie ?

Vintrenier se mit à rire.

— Je n'avais pas faim en arrivant ici, avoua-t-il, mais quand j'ai vu cette miche avec une croûte pareille et des trous plein la mie, ça m'a fait d'un coup, dans l'estomac, un trou aussi grand que les Grottes de Baume.

Le père était heureux. Tout son visage le criait.

— Savez-vous que ça me rappelle le temps où vous teniez la boulangerie, et où je venais chercher le pain chez vous ?

Le père hocha la tête.

— Tu n'étais guère plus haut que la banque.

— Non. Je prenais toujours un pain de quatre livres, et en m'en allant, je mangeais le bon poids.

La mère alla rincer son verre, et versa du vin au conseiller qui s'était mis à manger en vantant toujours les qualités de ce pain. Le père qui avait fini son casse-croûte, s'était levé. Il alla ouvrir la porte du four et regarda à l'intérieur.

— Ça va être cuit, dit-il. Encore une et nous aurons fini.

Il se retourna, regarda Vintrenier pour demander :

— As-tu trouvé du monde, pour la vente ?

— Les gens font vilain sur le trottoir, dit la mère. Ils finiront par casser les volets.

Le père expliqua la visite de l'employé du gaz. Le conseiller riait.

— Vous avez eu raison, dit-il, c'est un pas grand-chose... Mais si je comprends bien, il faudra que j'aille faire la queue aussi, moi.

Le père haussa les épaules en grognant :

— Imbécile. Trouve donc des gens pour ouvrir le magasin, au lieu de dire des âneries.

L'homme soupira. Il parut même respirer longuement, comme avant un effort considérable. Enfin, il se décida :

— Ecoutez, dit-il à la mère, je vous propose d'aller avec vous. Je n'ai pu trouver personne, vraiment personne.

— Tu exagères, cria le père.

Vintrenier ne dit rien. Il prit le couteau, coupa une toute petite tranche de miche dont il mangea une bouchée avant de murmurer :

— Bon Dieu, du pain comme ça, on en boufferait sur la tête d'un galeux !

La mère comprit que son homme faisait un effort pour se mettre en colère, mais qu'il n'y parviendrait pas. Il put seulement dire, sans crier :

— Tu nous emmerdes, tu sais.

— Bien sûr, que je le sais. Mais ce n'est pas pour mon plaisir. (Après un temps.) Remarquez bien, que vendre du pain comme ça, ce serait plutôt un honneur...

Le père l'interrompit.

— Ah, ça va, dit-il. N'exagère pas. Je finirais par croire que tu te payes ma tête !

Ils se mirent tous à rire. Puis, prenant la mère par le bras, Vintrenier l'entraîna vers le magasin en disant :

— Allons, venez madame Dubois. La guerre, vous voyez, ça réserve quelquefois de bons moments. Je suis certain qu'il y a belle lurette que le père Dubois n'avait pas ri d'aussi bon cœur.

— C'est vrai, dit-elle. C'est pourtant bien vrai...

Ils descendirent les deux marches qui mènent à l'arrière-boutique et, comme ils atteignaient le magasin qui sentait fort le pain chaud, la mère murmura :

— Si seulement je pouvais savoir où se trouve mon garçon !

47

Dès l'ouverture du magasin ce fut la ruée. Mais M. Vintrenier avait beaucoup d'autorité et il eut bientôt fait d'imposer l'ordre. D'ailleurs, après une heure de travail, il restait du pain et les clients ne venaient plus que de loin en loin, un peu comme en temps ordinaire.

La mère retrouvait, là aussi, un vieux geste que sa main n'avait pas oublié. Elle posait le pain sur le plateau de la balance et, tout en regardant filer l'aiguille, elle levait le grand couteau en préparant le bon poids à trancher. Quand l'aiguille s'arrêtait, il lui fallait à peine une seconde pour évaluer la grosseur du morceau qui manquait; sa main descendait, la croûte craquait tandis que s'écrasait le pain qui tombait sur la banque. Et chaque fois, le morceau ajouté à la miche poussait l'aiguille sur le chiffre exact du poids.

Quand le gros des clients fut écoulé, M. Vintrenier demanda à la mère si elle voulait rester seule.

— Allez donc, fit-elle, je laisserai ouvert jusqu'à midi.

Mais je ne vous promets pas de revenir tantôt, faut tout de même que je dorme un moment; d'ailleurs, il ne restera sûrement pas grand-chose à vendre.

Il allait sortir, lorsque des soldats allemands passèrent en camion devant le magasin. La mère les désigna d'un mouvement du menton et demanda :

— Et s'il en vient, que faut-il faire ?

Vintrenier soupira, haussa les épaules et réfléchit quelques instants avant de dire :

— Que voulez-vous, il faut bien les servir.

— Et s'ils ne payent pas, que faut-il...

La mère se tut, un homme venait d'entrer. Il avait sans doute compris de quoi parlait la mère, car il se mit à ricaner en disant :

— Quoi ? La verdure, vous avez peur qu'ils vous prennent du pain sans payer ? Vous faites pas de souci, la petite mère, y payeraient plutôt deux fois qu'une. Primo pour se faire bien voir : propagande. Et puis, ça ne leur coûte pas cher, ils ont comme qui dirait la planche à billets en remorque derrière la cuisine roulante.

— C'est un peu ça, dit Vintrenier. Il paraît qu'ils achètent beaucoup.

— Seulement, reprit l'homme, si on les a sur le dos quelque temps, notre monnaie va en prendre un vieux coup. Merde, dis donc, la dévaluation ! Ceux qui ont des économies vont faire une sale gueule.

L'homme acheta du pain et sortit après avoir ajouté :

— Moi je m'en tape, j'ai pas de bas de laine.

Quand il fut parti, la mère demanda :

— Vous le connaissez ?

— Non, ça doit être un réfugié, il a un peu l'accent parisien. Mais ce qu'il dit n'est pas dénué de bon sens.

Vintrenier se tut et retourna vers la porte.

— Alors, il va falloir vendre du pain à ces gens-là ? demanda encore la mère.

— Je sais bien que c'est dur, mais que pouvons-nous y faire ? Moi, j'ai bien été obligé d'assister à leur arrivée à la préfecture. Est-ce que vous vous figurez que ça m'amusait ? Nous sommes vaincus, il faut savoir l'admettre.

D'une voix à peine perceptible il murmura :

— Pour le moment... pour le moment, nous sommes les moins forts.

Il serrait les poings.

Il ouvrit la porte puis, la repoussant, il revint devant la banque et regarda la mère.

— Je vous connais, madame Dubois, dit-il. Vous savez, on peut vendre du pain à des ennemis tout en gardant sa dignité. Mais, à peine un quart d'heure après leur arrivée, il y avait déjà des gens qui leur tenaient des discours et qui allaient les voir. Les hommes et les femmes acceptaient leurs cigarettes, les gosses leur piaunaient [1] des bonbons. Je les ai vus de ma fenêtre.

Il marqua un temps, et, avant de sortir il ajouta :

— Si j'avais pu, ça m'aurait bigrement soulagé de leur botter le cul, à ces gens-là !

Il s'en alla.

Restée seule, la mère s'assit sur le haut tabouret, derrière la banque. Les deux mains posées sur le bois patiné, elle demeura longtemps immobile. Elle pensait à Julien, et, en même temps, elle revoyait le temps où elle tenait encore la boulangerie. Pas plus le magasin que le fournil n'avaient changé. Il y avait toujours les rayons de fer à claire-voie et les barres de cuivre; la porte du fond avec ses verres martelés qui donnait dans la cuisine. Elle eut envie un instant de l'ouvrir, mais elle ne s'en reconnaissait pas le droit. Elle dut, pendant quelques minutes, lutter contre un désir violent de retrouver ce temps disparu.

— Pourquoi ne peut-on pas revenir en arrière ?

— C'est ridicule... je suis idiote.

Il vint encore quelques clientes. Celles que la mère connaissait, s'arrêtaient un moment pour bavarder. L'une

1. Quémander en pleurnichant.

d'entre elles annonça que le maréchal Pétain avait demandé à l'Allemagne dans quelles conditions elle accepterait de mettre un terme aux hostilités.

— Alors, ce serait bientôt fini ?

— Il y a des chances.

— Est-ce que vous pensez que ceux qui sont partis reviendront bientôt ?

La femme ne savait pas; personne ne savait rien.

Deux soldats allemands vinrent ensuite. L'un d'eux demanda :

— Pain.

La mère leur tendit une miche. Ils se mirent à rire. Celui qui avait demandé, chercha et finit par dire :

— Petit... petit.

— Ah non, dit la mère, il n'y a que ça. C'est à prendre ou à laisser.

Ils riaient toujours. Ils étaient jeunes. Grands tous les deux. Le crâne tondu sous le calot. La mère demeurait immobile, le visage fermé, le cœur battant très fort. L'Allemand chercha longuement dans un dictionnaire minuscule et dit :

— Partager, et il tira sa baïonnette de son fourreau.

La mère eut un mouvement de recul qui les fit rire davantage. Elle se reprit rapidement. Empoignant le pain d'une main, elle fit de l'autre main un geste vers le soldat en disant :

— Non, non, laissez cette cochonnerie tranquille.

Elle manœuvra son couteau guillotine, et coupa la miche en deux. Tandis qu'elle pesait, le soldat chercha encore dans son livre puis, montrant le couteau il dit :

— Perfectionné !

Ils se mirent à rire tous les deux et la mère grogna :

— Ils sont complètement maboules.

— Ya, fit le soldat. Ya !

Ils demandèrent ensuite du chocolat, mais il n'y en avait pas. Ils payèrent et sortirent.

Dès qu'ils furent dehors, la mère se laissa tomber sur

le tabouret. Elle avait très chaud et ses mains tremblaient.

Elle n'eut guère le temps de se reprendre. Un autre Allemand entrait. Il était plus âgé que les précédents et moins grand. Il avait un visage rond et bouffi, des cheveux bruns et des yeux noirs. En entrant, il avait dit, portant la main à son calot :

— Bonjour, madame la boulangère.

A présent, il souriait à la mère. Elle attendit un peu. Elle se sentait gênée par ce regard. Comme l'homme ne demandait rien, elle se décida :

— Que voulez-vous ?

— Je voudrais du pain. Du bon pain français, comme du gâteau.

— Combien ?

— Celui-là.

Il désignait une miche de quatre livres. La mère la posa sur le plateau et prépara son bon poids.

— J'ai toujours beaucoup aimé le pain en France, dit le soldat. A Paris, avant la guerre, les boulangers fabriquaient aussi de très bons croissants.

La mère faisait un effort considérable pour ne pas parler. Quand elle eut pesé le pain, l'homme chercha son porte-monnaie en demandant :

— Combien je vous dois ?

Elle dit le prix. Il paya mais, au lieu de sortir, il resta appuyé à la banque et regarda la mère. Après quelques secondes qui lui parurent extrêmement longues, elle demanda :

— Vous en voulez encore ?

L'homme hocha la tête. Il avait le visage un peu plus tendu. Il dit, lentement :

— Non, je ne veux plus de pain... Mais, avant la guerre, quand j'achetais du pain à Paris, j'avais toujours également... le sourire de la boulangère.

La mère baissa les yeux. L'homme laissa passer encore quelques instants avant de demander :

— Est-ce qu'on vous a donné l'ordre de ne pas parler aux sales Boches ?

Elle se sentit rougir et leva les yeux vers l'homme. Il semblait embarrassé.

— Excusez-moi, dit-il. Vous avez peut-être de bonnes raisons pour ne pas avoir envie de me parler.

La mère sentait les larmes couler sur ses joues.

— Vous avez peut-être des enfants soldats ?

Elle fit non de la tête. Elle sentit ses larmes couler plus bas.

— C'est bon, dit le soldat. Je comprends... Je regrette de vous avoir fait pleurer.

Elle le voyait tout trouble. Il prit son pain sous son bras et se dirigea vers la porte. Comme il allait poser la main sur le bec-de-cane, presque malgré elle, la mère lança :

— Monsieur !

Il s'arrêta.

Silence.

— Oui, dit-il.

— Monsieur, est-ce que vous pouvez me dire ce qu'on va faire ?

Il fronça les sourcils.

— Ce qu'on va faire... mais comment ?

— Je veux dire, par exemple, pour les jeunes gens qui sont partis et qui voudront revenir.

Le soldat sourit. Il revint jusqu'à la banque où il reposa son pain. Sur le côté gauche de sa poitrine, sa veste verte était déjà toute empoussiérée de fleurage.

— Dans quelques jours, dit-il, la paix sera signée. Vos enfants pourront revenir. Je comprends que vous soyez en souci, mais n'ayez pas peur, ils n'ont rien à craindre de nous. Absolument rien.

— Merci, dit la mère. Merci bien... Monsieur.

Elle eut envie d'être aimable. Soudain, comme ça, sans savoir pourquoi. Peut-être simplement pour remercier. Alors, elle ajouta :

— Vous parlez très bien le français.

— Assez bien, oui. Je suis professeur de français. J'ai fait mes études à Paris. Chaque année, je venais en vacances en France.

Il avait repris son pain. Il leva la main par-dessus la banque. La mère hésita à peine et tendit la sienne. L'homme eut un petit plongeon de la tête en lui serrant la main.

— Au revoir, madame la boulangère, fit-il.

Il se retourna.

— Monsieur, dit la mère, vous oubliez votre peson !

Elle lui tendait son bon poids.

— Ah, fit-il. Vous voyez, je suis étourdi. Peson, peson, je ne connaissais pas ce mot. Merci, Madame.

Il porta encore sa main à son front et s'en alla.

48

LES DUBOIS et le chasseur Guillemin ne travaillèrent que quatre jours à faire le pain. Le boulanger avait eu la chance que sa voiture tombe en panne à moins de cent kilomètres de Lons; le temps de se procurer une pièce et de réparer, il était de retour avec sa famille et son commis. Selon lui, on pouvait sans aucun risque se rendre jusqu'à Villefranche-sur-Saône. Il suffisait de trouver un moyen de locomotion.

Guillemin, qui disposait d'un peu d'argent, s'en alla en ville et revint bientôt avec une bicyclette qu'il avait achetée d'occasion. Il rapportait en outre une chemise, un blouson et un pantalon.

— Comme ça, dit-il, je vais pouvoir vous rendre ceux de votre garçon.

La mère eut un geste vague.

— Pensez donc, dit-elle, je vous les aurais offerts de bon cœur.

Jusqu'à présent, elle n'avait guère attaché d'importance à cet homme, qui était arrivé chez eux pour y faire seulement une petite halte. Et puis, au moment où il préparait son départ, voilà qu'elle commençait de redouter l'instant où il enjamberait cette bicyclette.

— Croyez-vous qu'il ne serait pas plus prudent d'attendre encore un jour ou deux ? demanda-t-elle.

— Bah, qu'est-ce que je risque, même si je dois encore m'arrêter en route... A présent que l'armistice est signé...

Elle se tut. Il avait annoncé qu'il partirait le lendemain matin à l'aube pour éviter le gros de la chaleur.

A l'aube du lendemain, la mère se leva donc. Guillemin était déjà debout. Elle l'entendait pomper de l'eau pour sa toilette dans le fond du jardin. Elle se mit à préparer le café et le lait. Il lui semblait qu'elle avait déjà vécu ce même moment de la vie.

Le père descendit.

— Il n'est pas encore parti ? demanda-t-il.

— Non, il se lave.

— Ah bon !

Cela aussi elle l'avait déjà entendu, à propos d'autres départs.

Guillemin revint. Il était torse nu, la serviette sur l'épaule, une cuvette d'une main et un arrosoir plein d'eau de l'autre.

— J'en ai profité pour vous tirer de l'eau, dit-il.

— Merci, fit la mère.

Ce n'était rien, cet arrosoir d'eau, et pourtant, pour elle, c'était important. Elle regarda l'homme le porter près de l'évier. Il avait la peau encore toute rouge du froid de l'eau. Il s'habilla.

— Votre déjeuner est prêt, dit la mère.

— Vous êtes très gentille.

Il commença de manger. Le père mangeait également. La mère les servait, debout entre sa table et sa cuisinière. Au bout d'un moment, Guillemin s'arrêta de manger pour dire :

— Il me reste de l'argent, je vais vous payer ma pension.

La mère se mit à rire. Le père avala une bouchée en fronçant les sourcils et demanda:

— Est-ce que tu te payerais notre tête, par hasard ?

— Mais enfin, dit l'homme, c'est normal. Je sais bien que vous n'êtes pas de pauvres gens, mais chacun a ses misères. Il faut être honnête, chacun son compte.

— Est-ce que tu as été payé, pour le travail que tu as fait à la boulangerie pendant quatre jours ?

— Et vous ?

La réponse de l'homme était venue très vite. Il y eut un silence. Les deux vieux demeurèrent sans mot dire, et ce fut Guillemin qui reprit :

— Ça prouve qu'il doit y avoir des circonstances où il faut savoir travailler sans être payé.

— Et pourtant, dit la mère, c'est bien vrai, le pain a été vendu...

Le père eut un geste d'impatience et l'interrompit en lançant :

— Je l'ai fait pour rendre service. Je peux même dire que je l'ai fait avec plaisir... Mais si ç'avait été pour de l'argent, je ne l'aurais pas fait.

Ils se turent tous les trois. Cependant, lorsqu'il eut vidé son bol, Guillemin insista :

— La boulangerie, dit-il, ce n'est pas comme pour moi ici; il faut absolument que je vous paye.

La main du père claqua sur la table. Les cuillères à café tintèrent dans les bols.

— Tais-toi, dit-il, tu me ferais mettre en colère.

— Mon mari a raison, dit la mère. Il y a des circonstances où il ne faut pas parler d'argent.

— Alors, dit l'homme, je ne sais pas comment vous remercier.

— Vous nous écrirez pour nous dire si vous êtes bien arrivé, dit la mère. C'est tout.

— Et vous, vous me ferez un petit mot pour me tenir au courant du retour de votre fils.

Elle fit oui de la tête. A présent, le temps lui durait de

voir partir Guillemin. Elle n'aurait pas pu expliquer pour quelle raison, mais c'était ainsi. Elle se contint un moment, mais, comme le père commençait une histoire de boulangerie, elle dit :

— Il ne faudrait peut-être pas trop tarder, à présent, si vous voulez arriver avant la nuit.

Aussitôt elle se reprit en ajoutant :

— Remarquez bien, ce n'est pas pour vous jeter dehors...

— Je comprends parfaitement, dit-il en riant, mais vous avez raison, il ne faut pas que je commence à traînasser avant même de partir, sinon je n'arriverai jamais.

Il se leva.

— Nous allons vous accompagner jusqu'à la rue, dit le père.

Ils le suivirent.

La mère trouva le jardin très long. A la grille, ils s'arrêtèrent. Le père ouvrit. L'homme poussa son vélo et se retourna. Il tendit la main au père Dubois qui se trouvait plus près de lui, remercia encore et promit d'écrire. Ensuite, se penchant vers la mère, il demanda :

— Vous me permettez de vous embrasser ?

La mère s'avança. Ils s'embrassèrent. L'homme enjamba sa machine et, sans pédaler, il se laissa glisser vers le carrefour. Plusieurs fois, lâchant d'une main son guidon, il se retourna pour leur adresser un signe. Les vieux répondaient.

Quand il eut disparu, ils restèrent encore quelques instants à contempler la rue. Il n'y avait personne. Il faisait jour, mais le soleil devait être encore très loin en dessous de l'horizon.

La mère tourna la tête. Comme appelé par son regard, le père se tourna également vers elle. Presque en même temps, ils eurent un soupir et un hochement de tête. Ils regardèrent le pan de mur derrière quoi venait de disparaître Guillemin, derrière quoi disparaissaient tous ceux qui s'en allaient.

Enfin, reprenant lentement le chemin de la maison, le père murmura simplement :

— Eh oui, que veux-tu, c'est comme ça.

Il allait devant. Plus voûté peut-être que jamais, comme recroquevillé par la fraîcheur du petit matin qui stagnait encore sous les arbres. Il n'avait pas besoin d'en dire davantage, la mère devinait parfaitement ce qu'il ressentait. Eux, les vieux, ils étaient là, pour ainsi dire en dehors du monde.

Le regard de la mère quitta le dos rond du pèrc pour se perdre dans les feuillages. Le ciel jaunissait, tout allait s'éclairer et pourtant, il y avait sur tout le jardin où un jour naissait, la même mélancolie qu'à l'instant où s'achève le crépuscule du soir.

QUATRIÈME PARTIE

49

PENDANT les journées qui suivirent, la mère s'aperçut que, de toute son existence, elle n'avait jamais encore connu le vide. Et le père devait être comme elle.

Ils continuaient l'un et l'autre de se lever avec le jour. C'était une habitude, il y avait tellement longtemps qu'ils vivaient ainsi, que même une guerre n'y pouvait rien changer. Les ordres plus stricts de la défense passive, que surveillaient les Allemands, ne les gênaient pas puisqu'ils n'allumaient jamais de lampe en cette saison. Seulement, c'était le déroulement du temps qui n'était plus le même. Ils essayaient de vivre comme ils avaient toujours vécu; en apparence, rien ne faisait obstacle, et pourtant, tout allait mal.

Quand le père entreprenait un travail au jardin ou dans la remise, il y avait toujours une bricole qui entravait le déroulement normal de cette tâche. Alors, il abandonnait pour entreprendre autre chose. La mère allait de sa cuisine à la cave, du jardin à la rue, elle non plus ne parvenait jamais à mener à bien ce qu'elle essayait de faire.

Il y eut des journées très chaudes. Le soleil piquait la peau. Les feuilles jaunissaient, les plantes du jardin se fanaient le jour pour renaître la nuit. Il y eut d'autres journées extrêmement pénibles, avec cette chaleur sans soleil qui coule comme un métal à demi fondu d'un ciel épais et bas. Même la pluie restait tiède. La terre fumait. Son odeur rendait l'air irrespirable.

Quand le père s'arrêtait au cours d'une tâche, il revenait s'asseoir sur le banc au pied de l'escalier, et il s'épongeait longuement le front.

— Je ne sais pas ce que j'ai, avouait-il... Je ne sais pas... Je n'ai jamais été comme ça.

— Repose-toi, disait la mère, c'est la fatigue, ce sont ces nuits à la boulangerie qui t'ont épuisé. Tu n'as plus l'habitude ni l'âge d'un tel travail.

— Penses-tu, j'étais bien mieux ces jours-là qu'à présent. Non, ce n'est pas la fatigue. Je ne peux pas être fatigué, je ne fais rien de la journée. Je ne sais pas... Je ne sais pas ce que j'ai.

Presque tous les voisins étaient absents. M. Robin et Mlle Marthe venaient de temps à autre, mais ils avaient l'un comme l'autre repris leur travail.

Lorsque quelqu'un apportait une nouvelle, la mère écoutait. Elle laissait parler. Le père posait parfois une ou deux questions, mais il se contentait généralement de ce que les gens lui disaient. Lorsque c'était fini, invariablement, la mère demandait :

— Et pour les jeunes qui sont partis, qu'est-ce que ça va faire ? Est-ce qu'on sait quelque chose ?

Si l'on parlait de prisonniers, elle s'inquiétait également.

— Savez-vous s'ils ont fait prisonniers uniquement des soldats, ou bien s'ils prennent aussi les civils ? Est-ce qu'ils emmènent les jeunes qui vont être en âge de faire des soldats ?

Un matin, comme elle allait en ville faire quelques courses, elle vit quatre camions allemands arrêtés sur la place Lecourbe. Des soldats casqués et armés de fusils montaient la garde autour. Sous les bâches, des visages apparaissaient, des mains écartaient les toiles vertes et brunes pour faire des signes. Il y avait un groupe de civils, à quelques pas des sentinelles. La mère s'approcha.

— Qu'est-ce que c'est ? demanda-t-elle.

— Ce sont des prisonniers qu'ils emmènent en Allemagne.

— Ce sont des soldats ?

— On dirait, mais on dirait aussi qu'il y a des civils.

La mère ne connaissait personne parmi les curieux qui s'étaient groupés là. Elle circula un peu, fit le tour des camions en passant assez loin des gardiens, puis revint vers le groupe. Elle chercha l'homme qui lui avait déjà répondu et lui demanda :

— Est-ce qu'ils nous laisseraient parler aux prisonniers ?

— Ça m'étonnerait. Vous pouvez toujours essayer, vous verrez bien.

L'homme était grand et fort. Il baissait la tête vers elle. Il se mit à rire soudain en reprenant :

— Vous n'avez pas la taille d'un grenadier, ils ne vous emmèneront pas.

Elle sourit et s'éloigna de quelques pas. Elle avait besoin de réfléchir. Pourtant, elle n'y parvenait pas. Elle dévisageait les sentinelles l'une après l'autre, observait les camions, tentait de voir un visage, mais les bâches étaient attachées et il n'était pas possible de reconnaître quelqu'un en apercevant un œil, un coin de veste ou des doigts.

L'homme qui avait parlé à la mère vint la rejoindre.

— Vous voudriez peut-être des nouvelles de l'un des vôtres ? demanda-t-il.

Elle haussa les épaules en murmurant :

— Je sais bien que ça ne rime à rien, mais que voulez-vous, on veut toujours tenter la chance.

— Vous devriez demander à l'un des factionnaires, peut-être qu'il vous permettrait.

Elle attendit longtemps avant d'avouer :

— Je n'ose pas.

— Qu'est-ce que vous risquez ?

— Je ne sais pas.

— Rien, certainement.

— Pourtant, tous ces gens qui sont là et qui vont me voir...

L'homme sourit et demanda :

— C'est d'un fils, au moins, que vous voulez des nouvelles ?

— Oui.

— Les gens, ça ne les regarde pas. Et, vous savez, pour un fils...

Il n'acheva pas.

— Vous croyez qu'ils comprendront, si je leur parle français ?

— Essayez toujours.

Il y avait peut-être cinq ou six mètres entre le groupe où elle se trouvait et le factionnaire le plus proche. C'était un homme d'une trentaine d'années, long et mince, un peu voûté, et dont le visage paraissait tout petit sous le casque trop large. Son œil ne regardait rien.

— Allez-y, répéta l'homme, il a l'air bon bougre, ce grand dépendeur d'andouilles.

La mère ne sentait plus ses jambes. Tout à l'heure, en apprenant qu'il s'agissait de prisonniers qu'on emmenait, elle s'était seulement dit que, par hasard, puisqu'ils venaient du sud, l'un d'eux pouvait peut-être lui donner des nouvelles de son garçon. A présent, elle ne réfléchissait plus. Le sang battait à ses tempes, ses oreilles bourdonnaient, et dans ce bruit qui couvrait ceux de la place, une voix répétait : « Julien est là, dans un de ces camions. Il te voit. C'est lui qui crie. Ils crient tous en même temps et tu es trop troublée pour distinguer sa voix, mais il crie. C'est certain. Il est là et il t'a vue. Il t'appelle : Maman ! Maman ! »

Soudain la mère est persuadée qu'elle a reconnu la voix de son garçon. Elle est certaine aussi que tous les regards sont fixés sur elle. Ceux qui se coulent entre les fentes des bâches, ceux du groupe, ceux des Allemands, ceux qui viennent des fenêtres de toutes ces maisons qui font le tour de la place.

Elle baisse la tête. C'est lourd, tous ces regards. C'est terrible, ce poids qui la pousse vers le sol noir. Est-ce qu'elle va tomber ? Est-ce qu'on va la ramasser là et l'emporter sous les yeux de son petit qui la regarde du camion ?

Elle se redresse.

Le grand monsieur est à côté d'elle. Il lui parle sans doute, mais elle ne comprend pas. Cependant, une force neuve coule en elle. C'est un peu comme si tous ces regards posés sur elle et qui tentaient tout à l'heure de la clouer au sol s'unissaient à présent pour l'aider à se redresser.

Est-ce qu'ils l'ont également poussée vers le soldat ?

Elle fait un pas... Un autre... Elle est tout près de cet homme. Elle distingue l'éclair bleu de ses yeux dans l'ombre du casque qui cache son front. Il parle. Elle ne comprend pas.

— Je voudrais causer aux prisonniers, dit-elle.

Elle a parlé sans le vouloir. Sa main désigne les camions. L'Allemand prononce encore quelques mots dans sa langue, puis répète plusieurs fois :

— Vous partir, vous partir.

Elle fait un pas en arrière. Une autre sentinelle s'approche, échange quelques mots avec le grand soldat maigre et demande à la mère :

— Qu'est-ce voulez-vous, Madame ?

— Parler aux prisonniers.

— Pas parler, pas possible.

La voix du soldat n'est pas brutale. La mère fait encore un demi-pas en arrière, mais c'est à nouveau comme une poussée dans son dos. Elle se rapproche et insiste :

— Une minute. Fils, enfant, peut-être là.

Il y a encore un bref dialogue entre les deux hommes. Ils regardent vers les camions, vers leurs camarades et discutent de nouveau.

— Une minute, implore la mère, juste une minute.

Le grand maigre s'écarte. L'autre soldat fait signe à la mère qu'elle peut aller vers le camion et dit :

— Vite... Très vite... Vous pas crier, Madame.

Elle court. Elle n'a jamais couru aussi vite.

Elle va atteindre le premier camion lorsqu'un remous se produit derrière elle. Des bruits de pas précipités, des cris.

Elle se retourne. Des gens du groupe se sont élancés sur ses traces. Les soldats s'interposent. Un Allemand à casquette plate et qui ne porte pas de fusil, contourne les camions et arrive en courant. Il est bientôt à deux pas de la mère qui recule, épouvantée.

L'Allemand hurle. Elle ne comprend rien à ces cris venus de sa gorge. Il gesticule beaucoup. Son visage est rouge.

La mère se retrouve au milieu du groupe qui s'est reformé au pied de la statue de Lecourbe. Les gens parlent. Certains rient. Près des camions, le grand soldat et son camarade sont raides l'un à côté de l'autre, comme des piquets plantés dans le macadam de la place. Devant eux, l'Allemand à casquette plate continue de crier. Il leur jette à la face des aboiements qui font mal aux oreilles.

Soudain, il tourne les talons et regagne les camions. Les deux soldats reprennent leur place. C'est eux à présent que la mère regarde. A cause de l'ombre du casque, elle ne voit pas très bien leurs yeux, et pourtant, il lui semble que c'est vers elle qu'ils sont tournés. Elle ne baisse pas les siens. Au contraire, elle essaie de montrer qu'elle les remercie.

Est-ce qu'ils peuvent comprendre ?

Est-ce bien vrai que le grand maigre sourit ?

Quelques minutes s'écoulent. Sur la place, c'est presque le silence.

Une ordre retentit. Les factionnaires se rapprochent des camions dont les moteurs se mettent à tourner. La fumée bleue ruisselle sur le sol entre les bottes.

Des ordres encore. Les camions roulent. Tout est flou soudain, et ce ne sont plus que de grosses masses brunâtres aux contours vagues, que la mère voit disparaître une à une à l'angle du vieux beffroi qui marque le début de la rue du Commerce.

50

LA MÈRE DUBOIS s'efforça de dominer son émotion. De retour à la maison, elle ne dit rien de ce qui s'était passé place Lecourbe. La soirée s'étira comme les précédentes, lente, toujours aussi vide. Et pourtant, à présent, la mère avait une pensée de plus. L'image des camions, les yeux du soldat grand et maigre, les cris de l'Allemand à casquette plate, et tous ces gens qui l'avaient certainement remarquée. Et, malgré ce qu'elle faisait pour se prouver que c'était une idée absurde, elle continuait d'imaginer son garçon dans l'un des camions.

Elle s'endormit fort tard, d'un sommeil lourd qui la mena jusqu'au matin, où elle se retrouva mal à l'aise dans son corps fatigué.

— Ce que tu as pu remuer et grogner, dit le père.

Ils se levèrent. Le temps était orageux, et l'aube avait une haleine écœurante.

Le père cueillit des fruits et ils préparèrent des cageots qu'ils chargèrent sur la petite charrette.

— Je vais les mener chez Morel, l'épicier de la rue

Saint-Désiré. Il nous en achète chaque année et je sais qu'il n'est pas parti.

La mère l'accompagna jusqu'à la grille, poussa un peu dans la rue et s'arrêta lorsqu'il cria :

— Ça va, laisse aller !

Elle rentra. Le père resta absent plus d'une heure. D'habitude, elle ne regardait jamais combien de temps il s'absentait, mais il lui semblait pourtant qu'il ne fallait pas si longtemps pour faire ce trajet.

Quand il revint, il avait l'œil dur et le visage sombre. Il ne mena même pas la charrette au hangar avant de monter à la maison. La mère, qui l'attendait en haut de l'escalier, s'effaça pour le laisser entrer. Il quitta sa casquette pour s'éponger le front.

— Tu as chaud ? demanda-t-elle. Veux-tu boire un peu ?

Il ne répondit pas. Il continuait de la regarder durement.

— Mais enfin, demanda-t-elle, qu'est-ce que tu as ? Morel ne t'a pas pris les fruits ?

— Pas tout, non.

— Et alors ?

— Alors, je suis allé proposer les autres au primeur de la place Lecourbe.

Il s'arrêta. La mère baissa les yeux. Elle sentait que l'attitude du père et son aventure de la veille... Mais elle n'eut pas le temps de réfléchir. La voix aigre, se retenant sans doute de crier, il demanda :

— Place Lecourbe, ça ne te dit rien, des fois ?

— ...

— Ah ! non ? Ça ne te rappelle rien. C'est pourtant tout frais. Et c'est moi qui essuie les affronts !

Il avait lancé la dernière phrase très vite et très fort. La mère fit un pas en arrière. Il était vraiment en colère. Sa moustache cachait entièrement ses lèvres pincées, son menton pointait en avant, son front plissé remontait ses sourcils tout près de la ligne où commençait son crâne nu et blanc. Ses poings serrés faisaient gonfler les veines de ses avant-bras et saillir ses tendons.

— Qu'est-ce que tu vas encore raconter ? dit-elle.

Mais sa voix ne portait guère plus loin que ses lèvres. Cependant, le père avait compris. Il éclata :

— Quoi ! Tu vas peut-être me dire que ce n'est pas vrai, que c'était une autre ! Mais, pauvre imbécile, toute la ville t'a vue. Tout le monde en parle. Et à moi, quand j'arrive chez quelqu'un, on me demande si ma femme n'est pas des fois un peu parente avec un Boche ! A moi, tu entends, on me demande ça !

— Oh ! ne crie pas de la sorte, tu es fou !

— Ah ! je suis fou !... C'est moi qui suis fou et c'est toi qui va frayer avec les Boches !

— Tais-toi, si on t'entendait...

— Eh bien, qu'ils m'entendent et qu'ils me tuent, et au moins je n'aurai plus de honte à porter !

Il tremblait de tout son corps. La mère ne se souvenait pas de l'avoir jamais vu dans cet état.

— Tu te rends malade pour rien, dit-elle. Tu ne sais même pas de quoi il s'agit. Tu as dû écouter les ragots de quelques idiots et tu...

— Les ragots !. Des idiots ! Veux-tu te taire, dis. Les idiots ont vu et ils ont été scandalisés.

— Mais de quoi, peux-tu me dire de quoi ?

— De te voir frayer...

Elle l'interrompit, cette fois elle cria aussi :

— Tais-toi ! Et fais attention à ce que tu dis.

— C'est peut-être toi qui va m'engueuler, à présent !

— Oh ! non. Mais comme j'en ai assez de t'entendre hurler comme un fou, je m'en vais. Je rentrerai quand tu seras plus calme.

Le père se précipita et se planta devant la porte.

— Tu foutras le camp si tu en as envie, dit-il. Mais pas avant de m'avoir expliqué ce qui s'est passé.

— Moi, que je t'explique ? Mais pourquoi faire, grand Dieu ! puisque tu es si bien renseigné.

Le père était blême. Il s'avança et elle eut un instant l'impression qu'il allait la frapper. Elle recula en disant :

— Ah ! ne me touche pas. Ne me touche pas !

A l'expression de son visage, elle comprit tout de suite qu'elle s'était trompée. D'ailleurs, ses cris calmèrent un peu le père. Son corps parut se détendre insensiblement et son regard devint supportable.

— Allons, dit-il, parle, je t'écoute. Je veux savoir ce qui t'est passé par la tête.

La mère soupira. Un instant, il y eut seulement dans la cuisine le grésillement d'une mouche qui venait de se poser sur le papier collant pendu au plafond.

— Alors, reprit-il, qu'est-ce que tu leur voulais donc, à ces prisonniers ? Explique-toi ?

La mère sentait la réponse toute prête en elle, mais les mots ne lui venaient pas. Elle finit seulement par demander :

— Qu'est-ce qu'ils t'ont donc raconté au juste ?

— Ce qui s'est passé, tout bonnement. Ta discussion avec les soldats et la fureur de l'officier.

Sa voix était moins dure, mais pourtant il retrouva l'accent de la colère pour ajouter :

— Un Boche plus digne que toi, certainement. Un que ça devait dégoûter de voir une femme se conduire comme ça !

La mère eut de nouveau envie de se révolter, mais elle n'en trouva pas la force. Elle hésita encore quelques instants avant de bredouiller :

— Tu peux pas comprendre; c'est pas possible... Tu peux pas.

— Qu'est-ce que je ne peux pas comprendre ? Que tu te conduis comme une idiote et que c'est moi qui encaisse les gifles !

— Mon pauvre Gaston !

Le père semblait désarmé. Il devait lui aussi chercher ses mots pour ne pas répéter toujours la même question.

Il s'éloigna de la porte et alla s'asseoir, un coude sur la table, le buste penché en avant.

— Tu vois, dit-elle. Te voilà épuisé. Ces imbéciles auraient mieux fait de se taire.

— S'il y a une imbécile...

Elle ne le laissa pas achever. D'une traite, à mots précipités, elle expliqua ce qu'elle avait espéré. Elle dit sa conviction d'avoir reconnu la voix de Julien parmi les appels lancés par les prisonniers. Elle raconta ce que l'homme et les soldats avaient fait pour l'aider et puis, après avoir versé au père de l'eau et du vin, elle but elle aussi un grand verre d'eau fraîche.

Le père devait réfléchir.

— Tu peux dire que vous m'en aurez fait endurer, ton garçon et toi ! grogna-t-il.

— Comme si ce n'était pas le tien... Tu as de la chance de ne pas être en souci.

— C'est toi qui le dis.

— Ça se voit.

— Imbécile !... Ma pauvre femme, que tu es bête !

Ils ne criaient plus ni l'un ni l'autre. Leur colère était en eux, elle semblait couler comme à regret. Le père se tut un moment. Il but une gorgée.

— Tu devrais te changer, dit la mère. Tu dois être trempé, tu vas encore attraper du mal.

— Si je pouvais attraper la crève et qu'on en finisse.

Elle retrouva un peu de force pour crier :

— Change-toi, tu diras des âneries plus tard !

Le père commença de se dévêtir, tandis qu'elle montait lui chercher une flanelle sèche et une chemise. Lorsqu'il les eut enfilées, il se rassit en murmurant :

— Nous sommes la risée de la ville. Nous ne pourrons plus sortir sans qu'on nous montre du doigt comme tous ceux qui ont accueilli les Allemands avec le sourire. Et tout ça, pour une connerie. Parce que tu as cru entendre...

— Je suis persuadée...

Elle s'arrêta. Elle sentait bien qu'elle ne pourrait pas

le convaincre. D'ailleurs, avait-elle vraiment entendu ? N'avait-elle pas été un peu folle ? S'était-on vraiment moqué de son homme ?

Elle se leva.

— J'ai des légumes à ramasser pour une cliente, dit-elle en s'approchant de la porte.

Le père hocha la tête. Il parlait un moment, puis s'arrêtait. Tout venait sur le même ton fatigué. La mère savait qu'il était capable de continuer très longtemps ainsi. Elle réfléchit encore et, sur le point de sortir, elle s'arrêta le temps de dire :

— Je comprends que tu sois fâché. Je comprends, mais toi, tu devrais bien essayer de me comprendre aussi !

Il s'était arrêté de parler mais, comme il ne levait pas la tête, la mère sortit.

Du sud venait un vent sec, chargé de poussière, et qui pesait sur toute la ville.

La mère regarda le jardin, puis les maisons, plus loin. Rien ne vivait. Tout semblait s'être détourné d'elle, sauf ce vent blanc qui achevait de lui brûler la gorge.

51

Il ne fut plus question de cet incident de la place Lecourbe, mais la colère du père mit longtemps à se refroidir. Il demeurait bourru, répondant par un grognement aux questions de la mère qui avait fini par se persuader que son homme avait considérablement grossi les choses.

M. Robin et Mlle Marthe continuaient d'apporter des nouvelles que les Dubois écoutaient en hochant la tête, approuvant de loin en loin d'un oui incolore. Ils apprirent ainsi que la France allait être partagée en quatre zones.

— Ça paraît bien compliqué, dit la mère.

M. Robin expliqua :

— Nous serons en zone libre. La ligne de démarcation, à son point le plus rapproché d'ici, passera le long de la Loue.

— C'est-à-dire qu'on ne pourra plus aller à Dole, par exemple ?

— Non. Enfin, on ne sait pas. Ce sera un peu comme une frontière. De l'autre côté, il y aura l'Alsace et la

Lorraine qui seront territoires annexés. D'autres départements formeront une zone interdite, le reste sera la zone occupée.

Le père grogna. La mère hocha longuement la tête. Elle se sentait écrasée par tout cela. Elle se demandait comment elle parviendrait à s'y retrouver.

— Et si, par exemple, mon Julien se trouvait à présent dans cette zone ?...

Elle se tut. Le père fronçait les sourcils.

— Comment voulez-vous qu'il soit au nord, alors que tout le monde est parti vers le sud ? demanda M. Robin.

— Bien sûr, fit-elle, bien sûr, je suis ridicule.

Mais elle continuait d'être sans cesse poursuivie par cette idée que Julien avait pu être emmené par les Allemands.

Durant deux jours, beaucoup de troupes passèrent, regagnant cette zone qu'elles allaient avoir pour tâche d'occuper. Le père demeurait des heures au carrefour ou sur la porte d'un couloir de la rue des Salines, à observer les camions et les voitures. La mère n'osait l'accompagner. Elle se retenait de poser des questions. Toutefois, à plusieurs reprises, elle demanda s'il y avait des prisonniers.

— Non, je n'ai rien vu.

Le père répondit toujours ainsi.

Après le défilé des troupes, le retour des réfugiés commença vraiment. Au cours de la première journée, le père alla plus de vingt fois au carrefour. Il n'y restait pas très longtemps, mais, quand il travaillait, à chaque instant il venait jusqu'à l'allée et regardait la grille. La mère écoutait. Elle se contraignait à demeurer à sa besogne, mais son oreille était tellement tendue vers les bruits de la rue qu'elle en avait la tête malade.

Tous ces gens qui rentraient avaient faim et ceux qui habitaient le quartier venaient acheter des légumes. La mère leur demandait où ils étaient allés et s'ils n'avaient pas vu son garçon. Presque toujours, c'était la même réponse :

— Ma pauvre dame, dans une pagaille pareille !

— Il est parti le dimanche matin, à la pique du jour.

Les gens ne savaient pas. Ils n'avaient rien vu. Ils se souvenaient seulement d'un interminable piétinement sur des routes encombrées. Certains s'étaient trouvés sous des bombardements et il vint même une femme dont le père avait été grièvement blessé.

— Une balle de mitrailleuse dans la cuisse. Il est à l'hôpital de Valence. On se demande comment il n'est pas mort, avec tout le sang qu'il a perdu.

Habituellement, le père fuyait les commères. Il détestait ces femmes qui semblaient n'avoir rien d'autre à faire que bavarder. Là, quand il en venait une et qu'il se trouvait au jardin, il s'approchait, soulevait sa casquette ou son chapeau de toile et se mettait à écouter. Il posait même des questions.

Le jardin souffrait de la sécheresse. Il y avait des fruits à cueillir et des semis à faire pour les légumes de fin de saison; mais le père semblait ne rien voir. A présent, il passait presque la totalité de ses journées près de la fontaine. Il allait même parfois jusqu'à l'octroi, ou bien se mettait à marcher en direction de Montmorot.

Un soir, il rentra fourbu et avoua à la mère qu'il avait fait plus de dix kilomètres sur la route en direction de Lyon.

— Mais enfin, demanda-t-elle, à quoi penses-tu, mon pauvre homme ? A quoi penses-tu ?

D'une voix à peine perceptible, il murmura :

— A quoi je pense... à quoi je pense... Tu ne penses pas, toi, peut-être ?

Elle essaya de lire vraiment son regard, mais elle n'osait rien conclure.

Alors, ils se mirent à manger en silence, du bout des lèvres. Le soir était morne. Le jour s'en allait lentement de la cuisine par la porte grande ouverte sur le jardin.

— Tu devrais te forcer un peu à manger, dit la mère.

— Je n'ai pas faim.

— Peut-être, mais il faut te forcer.

— Est-ce que tu manges, toi ?

— Moi, ce n'est pas pareil.

— Comment, pas pareil ?

— Je suis une femme, et puis...

— Et puis quoi ?

— Tu sais bien que la chaleur me coupe toujours l'appétit. Et moi, je mange toujours des fruits, dans la journée, au jardin.

Elle mentait. Tout l'écœurait. Mais elle ne parvenait pas à croire que le père pût être exactement comme elle. Elle insista :

— Mange un morceau de fromage; il doit être bon, il y a de l'eau dans les trous.

Le père fit non de la tête en disant :

— Rien ne passe. Moi aussi la chaleur m'épuise. Tu vois bien, je n'ai la force de rien. Jamais je ne me suis senti comme ça, et tout cet ouvrage qui reste à faire.

— Bah ! laisse donc.

— Je suis bien obligé, je ne pourrais pas.

Il se leva de table, prit la clef de la grille et s'en alla. La mère débarrassa le couvert et descendit s'asseoir dans le jardin. Il faisait chaud, mais le temps n'était pas plus pénible que certaines années. Avec le crépuscule, un peu de fraîcheur descendait même des collines. Les feuilles frissonnaient, le silence s'animait, la vie de la nuit semblait monter de la terre.

La mère attendit sur le banc, immobile, écoutant respirer le crépuscule. Puis, comme l'absence du père se prolongeait, elle alla jusqu'au bout de l'allée. Il n'était pas à la grille. Elle descendit la rue et, arrivée au carrefour, elle le trouva assis sur la bordure du trottoir. La rue était obscure et presque déserte. De loin en loin, une voiture ou un cycliste passait, lentement, sans lumière.

Elle demeura longtemps sans parler, et, s'approchant de son homme, elle lui toucha doucement l'épaule en disant :

— Allons, Gaston, rentre, ça ne sert à rien d'attendre là.

Le père se leva.

— Je m'étais assis un moment, expliqua-t-il, ici, c'est à l'ombre tout l'après-midi, et à cause de la fontaine, il y a toujours un peu de fraîcheur.

Ce fut tout. Il n'ajouta pas un mot. Et ils remontèrent lentement la rue des Ecoles.

52

La mère passa encore une nuit blanche. Mais cette fois, çe n'était plus le même souci qui la tenait éveillée. Elle avait un pressentiment de malheur.

A mesure que les minutes s'écoulaient, l'idée se solidifiait en elle que la journée du lendemain serait mauvaise. Elle faisait des efforts considérables pour chasser des images qui lui revenaient sans cesse. Dans ce qu'elle voyait, tout était vague, brumeux et gris, sauf le visage de son garçon, Et ce visage était douloureux, pâle, tiré par la fatigue. Il était bien le visage de son garçon, Julien Dubois, mais l'épuisement le rendait pareil à celui du garçon sans nom venu de Dombasle, et que la peur des bombardements rendait fou.

La mère s'était levée pour quitter son lit où son homme ronflait. Elle s'étendit sur l'autre lit, dans la crainte de le réveiller en remuant. Elle finit pourtant par s'endormir.

Elle ne dormit sans doute pas longtemps, mais elle revit encore en rêve le visage de son garçon. Et ce fut cette vision qui la tira soudain de son sommeil. Quand elle se réveilla, elle était en sueur et assise sur son lit. Le visage qu'elle avait vu était celui de Julien mort, couvert de crasse et de sang. Et derrière son garçon étendu dans un paysage qu'elle ne connaissait pas, des gens riaient. Un ricanement aigre qu'elle avait déjà entendu.

Lorsqu'elle fut complètement éveillée, elle essaya de comprendre : derrière Julien mort, Paul et sa femme riaient.

— C'est ridicule, murmura-t-elle. Complètement ridicule. Je sais bien qu'ils ne nous aiment guère, mais pourtant...

La migraine l'obligea à se lever bien avant l'aube. Le père ne tarda pas à la rejoindre. Elle n'avait pas fait de lumière mais seulement allumé la petite lampe à alcool pour chauffer un peu de café. Elle s'était assise à côté de la porte ouverte. Sur la cuisinière, la petite flamme bleue à pointes roses léchait le fond de la casserole et se reflétait par instants dans le couvercle de cuivre de la bouillotte.

La nuit n'était pas trop sombre et l'on pouvait aisément se diriger dans la pièce. Le père s'assit également, toussa, soupira et finit par grommeler :

— Ma pauvre femme, ce que nous sommes !

— Oui, bien sûr.

Elle dit cela dans un souffle, et ce fut tout. Quand le café commença à chanter, elle le versa dans une tasse qu'elle approcha de son homme.

— Non, fit-il, je déjeunerai plus tard.

Elle but son café sans rien dire. A tâtons, le père sortit du placard un verre et le pot à eau. Elle l'entendit boire, dans ce silence trop parfait. L'eau tombait dans son estomac à grandes goulées.

— Ça ne te fait pas de bien, de boire si vite de l'eau froide en te levant.

Le père ne dit rien. Depuis que la mère avait posé le tue-flamme sur la lampe à alcool, il n'y avait plus de vie dans la pièce. Le semblant de jour qui se glissait du dehors n'était pas de la vie. C'était seulement un mélange vague des dernières lueurs de la nuit et de la première pâleur de l'aube. Les arbres étaient gris, le mur était gris, la rampe de fer du palier était grise, le monde était sans couleur.

Un jour qui commençait ainsi ne pouvait rien amener de bon.

La mère sortit sur le palier pour mieux voir le ciel. Lui aussi était gris. C'est à peine s'il se teintait vaguement d'un jaune malade au-dessus des monts qui cachent le levant.

Elle descendit. Les lapins se mirent à courir dans leurs clapiers.

— D'habitude, ils ne courent pas comme ça quand je m'approche.

Ce jour n'était pas comme les autres. D'ailleurs, habituellement, est-ce que le matin était gris ? Est-ce que toutes les aubes étaient incolores ?

— Est-ce que je suis vraiment malade ?

La mère alla jusqu'à la porte du hangar. Elle avait l'intention de rapporter du foin pour ses lapins, mais elle s'aperçut qu'elle n'avait pas pris la clef. Elle revint à la cuisine. Le père n'était plus là. La mère demanda :

— Où es-tu, Gaston ?

Elle savait qu'il était parti vers l'octroi ou bien sur le terre-plein de la fontaine.

Elle prit la clef et ressortit. Le ciel s'était coloré. Le jaune de l'est était plus vif et la grisaille de la terre paraissait déjà plus nuancée.

La mère regarda tout cela, elle fixa longtemps cette bande de lumière comme si elle eût espéré y lire une réponse à toutes ces questions qu'elle n'avait cessé de se poser au cours de la nuit.

Insensiblement, le jardin redevenait le jardin, avec ses arbres verts, sa terre que le soleil avait blanchie et craquelée, ses fleurs que la nuit n'avait même pas redressées et qui semblaient redouter déjà le retour de midi.

Chaque jour, la mère passait devant tout cela sans jamais

rien regarder de cette façon. Elle voyait les arbres pour leurs fruits; les fleurs pour la place qu'elles occuperaient dans une gerbe commandée; elle interrogeait le ciel pour une promesse d'ondée ou de soleil. Aujourd'hui, elle cherchait partout, fouillait les recoins d'ombre, essayait de percer un mystère qu'elle tentait en même temps de nier.

M. Piolat sortit dans son jardin. La mère le vit trop tard pour l'éviter. Elle n'avait envie de rencontrer personne. De plus, elle savait que cet homme-là ne lui donnerait aucune nouvelle. Ils se saluèrent. Le voisin portait deux arrosoirs pleins.

— Il va encore faire chaud, aujourd'hui, dit-il.

— Oui, bien sûr.

La mère rentra. Il faisait jour. Elle tira le store et, pour la première fois de la journée, elle regarda le réveil.

53

La mère s'était promis de ne pas aller au carrefour. Pour elle, l'attente eût été bien plus pénible encore. Elle pensait que son homme devait, au contraire, demeurer le plus longtemps possible dans un endroit où il y avait du monde, où l'on pouvait parler et écouter parler.

N'était-ce pas uniquement pour cela qu'il allait là-bas ? Elle se le demandait, mais, il lui suffisait de regarder le jardin et le travail en souffrance pour trouver la réponse.

A midi, lorsqu'il revint, le père avait son visage des jours où il cache quelque chose. La mère comprit que l'envie de parler devait le travailler, mais qu'il se retenait. Chaque fois qu'elle lui tournait le dos, elle sentait qu'il fixait sa nuque, alors, elle se retournait, mais le père baissait la tête.

Son angoisse qui s'était légèrement apaisée avec le travail qu'elle s'était imposé, commença de revenir. Elle tint bon cependant un long moment, puis elle finit par dire :

— Alors ?

Le père haussa les épaules. Il laissa couler quelques instants avant de dire, comme à regret :

— Que veux-tu, tout le monde ne peut pas revenir le même jour.

La mère s'arrêta de manger. Elle sentait bien que cette phrase-là en appelait d'autres. Comme le père se remettait à mâcher son pain et ses pommes de terre, elle demanda :

— Il y a des gens que tu connais qui sont revenus ?

Le père fit oui de la tête. Il leva les yeux vers elle. Il paraissait très malheureux. Il ne se décidait pas à répondre et la mère demanda encore :

— Ton garçon et sa femme, bien entendu ?

Le visage du père se transforma. Il plissa les yeux et sa peau se rida profondément entre ses sourcils.

— Tu ne vas pas leur reprocher d'être rentrés, tout de même ? Et tu ne vas pas t'en prendre à moi ? Je le prévoyais, que ça me retomberait encore sur le dos. J'aurais mieux fait de m'abstenir.

— Tu ne sais rien cacher.

Elle avait dit cela presque comme une excuse pour le père. Cependant, d'une voix plus dure, elle ajouta :

— Tu vois, s'ils avaient emmené Julien, il serait là. Il serait revenu. Seulement ils s'en sont bien gardés.

— Ils sont partis trop vite... Ils n'ont pas eu le temps.

— Qu'est-ce que tu me chantes-là. Ils ont eu le toupet de te dire ça ? Ils auraient mieux fait de se taire. C'était leur chemin de passer par là.

— Ils sont partis de nuit...

— Ce n'est pas vrai !

— Qu'en sais-tu ?

— Et même s'ils sont partis de nuit, ils pouvaient venir. Ils auraient dû venir. Ils se sont conduits comme les derniers des derniers.

— Tais-toi donc...

Le père essaya de crier, mais sa voix portait mal. Et puis la mère ne l'écoutait pas. Il venait de se produire en elle comme un éclatement, et il fallait que le flot libéré s'écoulât.

— Si tu avais entendu Paul me dire qu'il n'y avait pas de danger, que Julien devait rester là.

— S'il était resté...

La mère ne s'arrêta pas, le père baissa la tête.

— Et Micheline qui me promettait de l'emmener si jamais ils partaient.

Elle se tut soudain. Le père leva les yeux. Leurs regards se rencontrèrent et, tout de suite, il baissa les paupières. A voix presque éteinte, avec des mots qui sifflaient comme des coups de baguette, la mère lança :

— Son rire. Si tu avais entendu son rire quand il se moquait de moi; quand il m'affirmait qu'il fallait rester...

Là encore, elle se tut. Elle s'aperçut qu'elle tremblait. Parlait-elle du rire de Paul lors de sa visite, ou bien de celui qui l'avait réveillée, la nuit dernière ?

Sans doute parce qu'elle avait cette phrase toute prête depuis longtemps, elle dit encore :

— Ils ont toujours été comme ça. Ils me détestent. Ils détestent Julien. Ils n'en ont pas assez eu avec ce que tu leur as donné, ils voudraient tout. Tout, tu m'entends ! Et ils guettent l'occasion...

Sa voix s'étrangla. Elle se tut pour chercher la force d'ajouter :

— Eh bien, à présent qu'ils sont rentrés, te voilà tranquille, tu vas pouvoir te remettre au jardin !

Bousculant la table où les couverts sautèrent, le père se leva et sortit. Quand il détourna le store pour passer, la mère remarqua qu'il était très rouge.

Elle demeura longtemps sous l'effet de la colère. Tout remontait en elle, et son rêve de la nuit s'imposait de nouveau.

Cependant, peu à peu, le visage de son homme aussi, ravagé par l'âge et les peines accumulées, ce visage aussi où se retrouvaient les traits de Julien, revint devant elle. Elle comptait les années. Elle mettait bout à bout ces journées de travail menées côte à côte, de l'aube à la nuit tombée.

— Comme des bœufs, nous sommes, murmura-t-elle, comme des bœufs.

Souvent, quand la fatigue le contraignait à s'arrêter un quart d'heure, il répétait : « Si nous n'avions rien derrière nous, il ne nous en faudrait pas tant. On pourrait peut-être se reposer un peu. » Il disait cela, mais il se remettait toujours à la tâche. Et, à mesure que ses forces diminuaient, la mère se rapprochait de lui, essayant de l'aider chaque jour un peu plus.

C'était ça, la vie. Ç'avait toujours été ça. Ce serait sans doute ainsi jusqu'au bout.

Est-ce que les bœufs attelés au même joug se haïssent parfois ? Est-ce qu'il leur arrive d'avoir envie de se mordre l'un l'autre ?

La mère se leva pour débarrasser la table. Comme elle s'approchait de la porte pour jeter un reste dans la gamelle des lapins, elle entendit des coups d'outil derrière la maison. Elle descendit rapidement. Au gros du soleil, cassé en deux, plus voûté et plus maigre que jamais, le père sarclait une planche de haricots.

— Est-ce que tu es fou, Gaston ?

Comme il continuait sans même lever la tête, elle s'approcha et cria, très dure :

— Gaston, pose ce sarclerot tout de suite !

Le père se redressa à demi, juste le temps de lancer, en passant le revers de sa main sur son front :

— Fous-moi la paix, veux-tu ?

Il faisait déjà un mouvement pour reprendre sa besogne, lorsque le regard de la mère accrocha le sien. Il s'arrêta. Il y eut un bref silence puis, à voix mesurée, la mère demanda :

— Gaston, écoute-moi. Laisse ça et rentre, tu vas prendre du mal.

Il eut un haussement d'épaules, rejeta son chapeau en arrière pour mieux s'éponger le front, puis s'en alla poser son outil sous l'auvent des clapiers.

— Tu n'as même pas fini de manger. Tu n'as même pas bu ton café, reprit-elle.

Ils rentrèrent. La mère fit chauffer le café qu'elle versa dans les tasses.

Volets clos, rideau tiré, la cuisine était à peu près fraîche; tout y vivait comme au ralenti.

— Mon pauvre homme, soupira la mère.

— Mais aussi, tu t'emportes...

— Je sais... on est tellement à bout de nerfs.

— Que veux-tu... que veux-tu...

Le silence revient. Dehors, un insecte crisse, ici la cuillère du père n'en finit plus de tinter dans sa tasse, et pourtant, le silence de la cuisine est aussi lourd que le silence qui écrase la maison.

54

LA PLUIE se mit à tomber au début de la nuit. Le ciel s'était couvert tandis que le soleil se couchait. Le père était rentré en disant : « Rougeurs du soir emplit les abreuvoirs. » Ils avaient espéré cette pluie pour le jardin malade et qu'ils n'avaient plus la force d'arroser entièrement, mais, maintenant qu'elle tombait, la mère l'écoutait en imaginant Julien sur la route, trempé, grelottant, malade peut-être et le ventre vide.

Il y avait peu de vent, mais la pluie devait tomber serrée. La gouttière, qui avait commencé par marteler le fond de zinc du baquet, gargouillait à présent à gros jet dans une eau déjà profonde. Par moments, passait contre le bois du volet, comme un grignotis de rat, c'était une rafale qui cinglait la façade.

Après une heure de pluie, l'air odorant commença de pénétrer dans la chambre. Bercée par le bruit régulier de l'averse, respirant mieux, la mère s'endormit.

Lorsqu'elle s'éveilla, il pleuvait toujours. Une lumière grisâtre filtrait par les fentes des volets. A côté d'elle, le père toussa.

— Tu as dormi, toi, dit-il.
— Oui. Il y a longtemps que je n'avais pas dormi comme ça. Cette pluie a rafraîchi le temps.
Il soupira.
— Et toi, demanda-t-elle après un silence, tu n'as pas dormi ?
— Pas trop, non.
— Ça ne va pas ?
— Pas bien.
— Tu es malade ?
— Non.
— Qu'est-ce que tu as ?
Il soupira encore.
— Enfin, dis-moi ce que tu as ?
— Je suis fatigué...
Elle sentit qu'il avait envie d'ajouter autre chose. Elle attendit. Après un long moment, il finit par dire :
— J'ai sur le cœur ce que tu m'as dit hier. Ça n'est pas facile à digérer, tu sais.
— Si je faisais attention à tout ce que tu me dis quand tu es en colère.
— Il n'en faudrait pas le quart pour que tu te mettes à hurler. Pour que tu n'en finisses plus de m'en vouloir.
A présent, le père se tait et la mère ne sait quoi répondre. Il faudrait se lever, le jour est là. Mais se lever pour quoi faire ? Comme s'il avait deviné cette pensée, le père dit soudain :
— Le baquet va être plein. S'il déborde, l'eau coulera dans la cave et il y a des légumes par terre.
— Je vais aller les enlever.
— Je me lève aussi, je viderai le baquet.
Ils se lèvent en même temps. Assis dos à dos chacun d'un côté du lit, ils enfilent leurs chaussons. La mère descend. Elle s'habille toujours dans la cuisine. Le père la rejoint bientôt. En arrivant, il dit :
— S'il est en route par ce temps, j'espère qu'il aura

l'idée de s'arrêter pour se mettre à l'abri. C'est un temps à attraper la crève.

La mère a envie de dire : « S'il avait été dans le camion de ton garçon, il n'aurait pas couru le risque d'être mouillé. Et d'ailleurs, il serait ici, en train de dormir bien au chaud. » Mais elle ne dit rien. Le père se tient debout devant la fenêtre, une main sur l'espagnolette, l'autre enfouie dans la grande poche de son tablier bleu.

Derrière les vitres, tout est baigné de ce gris que la pluie tisse partout, confondant les maisons et les arbres. Le ciel est sans nuages, ou plutôt, il n'y a pas de ciel. Il y a la pluie. Et tout cela écrase le père. Vu ainsi, il semble qu'il porte le poids de toute cette tristesse qui coule du ciel pour ruisseler sur les arbres dont les reflets même sont couleur de pluie, dont les branches sont noires sous des feuilles lavées. La treille vibre. Des gouttes suivent les fils, s'arrêtent, tremblent un instant avant de tomber dans les flaques boueuses.

Comme il est petit, le père, devant cette fenêtre !

Il ne bouge pas. Il reste figé là tant que le café n'est pas chaud. Lorsque la mère l'appelle, il se retourne lentement, s'assied à la table et déjeune du bout des lèvres.

— Tu ne manges pas plus ?

— Non, dit-il.

Il se retourne vers la fenêtre, et demande :

— Tu ne veux pas profiter que le feu est éclairé pour faire cuire aux bêtes ?

— Oui, j'y pensais.

— On va descendre à la cave, après, j'irai te chercher du bois.

La mère se couvre la tête et les épaules avec son grand châle noir; le père prend sur le palier un sac qu'il plie pour s'en faire un capuchon.

Ils mettent les paniers de légumes sur des cageots retournés. Un peu d'eau a déjà filtré sous la porte. Le père la ramasse avec une boîte de conserve qu'il a aplatie d'un côté.

— Je vais vider le baquet, ensuite j'irai te chercher du bois.

La mère remonte. De sa cuisine, elle l'entend puiser avec des arrosoirs qu'il va vider dans le grand réservoir de la pompe. Il fait quatre voyages. Ensuite, il s'éloigne vers le hangar. Un moment, puis il revient. Ses sabots claquent sur les marches de pierre.

— Le bois est sur le palier, crie-t-il sans ouvrir la porte.

La mère a envie de l'appeler. Il n'a plus rien à faire dehors. Pourtant elle ne dit rien. Elle va seulement jusqu'à la fenêtre, pour voir s'il reprend la direction du hangar. Elle colle son front à la vitre glacée. Quelques secondes d'attente. Le père paraît. Il prend la petite allée, mais, au lieu de tourner à droite en atteignant la grande, il va vers la rue. Le sac qu'il n'a pas quitté, est déjà brun sur le haut de la tête et sur le rond du dos. Il sera bientôt trempé.

La mère sait où il va. Elle demeure un long moment à fixer le jardin qu'elle voit à peine. L'eau ruisselle contre les vitres. Le feu va s'éteindre dans la cuisinière. Le froid et l'humidité imprègnent toute la maison, et la mère sent un frisson monter le long de son dos.

55

LE PÈRE resta absent jusqu'au milieu de la matinée. Quand il revint, il n'était pas seul. La mère l'entendit parler en montant l'escalier. Elle crut un instant que son cœur allait s'arrêter de battre. Un instant seulement, car une voix lui arriva qui n'était pas celle de Julien.

Elle ne connaissait pas l'homme que le père fit entrer, et pourtant, il lui sembla qu'elle avait déjà vu ce visage.

— Je suis tout mouillé, dit l'homme, je vais vous salir votre pièce, excusez-moi.

Il se tenait debout près de la porte, un peu emprunté, les mains écartées de son ciré noir ruisselant. La mère apporta une serpillière sur laquelle il posa les pieds. Le père lui prit son imperméable qu'il suspendit au portemanteau du balcon.

— Ne craignez rien, dit la mère, c'est du lino, ça n'a pas d'importance.

— Tu ne le reconnais pas ? demanda le père.

La mère eut un geste qui voulait dire qu'elle n'osait pas se prononcer.

— Moi non plus, je ne l'avais pas remis. En civil, ça change, mais lui, il m'a reconnu tout de suite.

— Il faut dire que je ne suis venu chez vous qu'une fois.

La mère sourit.

— Ça y est, dit-elle. C'est vous qui êtes venu nous porter l'au-revoir du fils Butillon. Je vous reconnais à présent.

— Oui, fit le père, un drôle d'au-revoir.

— Qu'est-ce qu'il y a ? demanda la mère.

Elle avait compris à la voix de son homme que le visiteur apportait une mauvaise nouvelle.

— Il va t'expliquer. Il m'a juste dit en deux mots. Le pauvre Butillon est mort. Bon Dieu, je pense à son père, Marius Butillon, mon copain de quatorze.

Le père se tourna vers l'homme et demanda :

— Est-ce que vous croyez qu'il sait déjà ?

— Ça alors, il a dû être avisé, mais les nouvelles ne vont pas vite, en ce moment.

Ils firent asseoir le visiteur, la mère mit à chauffer du café, et le père demanda :

— Expliquez-nous un peu comment c'est arrivé ?

L'homme parut s'interroger avant de dire :

— Tout à l'heure, quand je vous ai vu, je suis venu vers vous, comme ça, mais si j'avais réfléchi, je crois que je vous aurais évité.

Les deux Dubois se regardèrent. Le visiteur hocha la tête et ajouta :

— Parce que, maintenant que je suis ici, je me demande ce qu'il faut que je fasse. C'est pas tellement facile à dire, vous savez.

Le père insista. Le visiteur fit promettre aux Dubois qu'ils garderaient la nouvelle pour eux.

— Je vous assure, dit le père, d'ailleurs, que voulez-vous qu'il arrive, les parents ne vont pas venir ici avant d'être prévenus... Peut-on même savoir s'ils viendront un jour ?

L'homme l'interrompit.

— Ce n'est pas cette question, mais, dans la famille,

ils aimeront peut-être mieux que ça ne se sache pas.

Encore une fois, il y eut un silence. Les vieux attendaient, un peu effrayés. Enfin, comme le père insistait de nouveau, l'homme expliqua :

— Vous vous souvenez, Butillon avait été détaché. On l'avait envoyé rejoindre un élément avancé du bataillon. Il est resté dans la Sarre. Il était au Corps Franc et il a trouvé moyen de récolter une citation...

— Ça ne m'étonne pas, dit le père, déjà en quatorze...

La mère l'interrompit.

— Laisse raconter, Gaston.

L'homme reprit :

— Avant de partir, il s'était attrapé avec un capitaine qu'il avait traité d'embusqué, vous vous souvenez ?

— Oui, oui, c'était bien dans son caractère. Tête brûlée mais bon cœur.

— Eh bien, quand son unité a battu en retraite, elle nous a rejoints alors que nous étions à Sens. Un hasard. C'était la pagaille. On aurait pu se manquer. On se retrouve.

Il fit la grimace et, très bas, comme pour lui, il dit :

— Un mauvais hasard pour Butillon.

Il but un peu de café avant de continuer :

— A ce moment-là, il paraît qu'il s'est encore attrapé avec ce même capitaine, mais moi, je n'ai pas assisté à l'engueulade. Bref, la retraite continue jusqu'au jour où on nous arrête le long de la Saône, je ne sais plus dans quel patelin, pour garder un pont.

— Ils ne les faisaient donc pas sauter ? demanda le père.

— Pas celui-là. Il y avait encore du monde de l'autre côté... Deux jours et deux nuits, on reste là pendant que ça continue à défiler. A la fin, des gars nous disent : « Ils sont derrière, ils vont arriver. » Ça faisait déjà un moment qu'on avait entendu des coups de canon. Un quart d'heure se passe. Nous avions mis deux fusils mitrailleurs en batterie à l'entrée du pont. C'était précisément la section de Butillon qui était de garde.

La mère était tendue. Assise sur le bord de sa chaise, les mains sur les genoux, elle avait peine à avaler sa salive. Elle voyait parfaitement la rivière, le pont, les soldats, Butillon avec sa bonne tête rouge et sa voix éraillée. Comme le soldat s'arrêtait un instant, elle demanda :

— Alors ?

— Alors le colon a fait déployer tout le bataillon sur la rive. Ma section se trouvait à côté de celle de Butillon. Le capitaine avec qui il s'était engueulé était juste derrière nous... Rien... On attend. Au bout de dix minutes, trois motocyclistes allemands débouchent sur la route. Ils viennent, tout peinards, en direction du pont. J'entends Butillon qui dit à son tireur au F.M. : « Laisse-moi ta place, je veux me payer les premiers. » L'homme lui laisse sa place. Moi je pressentais quelque chose, je lui dis : « Butillon, tu sais qu'on ne doit pas tirer sans ordre ! » — « Merde ! » qu'il me crie. Je regarde le capitaine qui était toujours dans son trou, derrière nous.

L'homme se tut. La mère était de plus en plus tendue vers lui. Le père, accoudé à la table, ne le quittait pas des yeux non plus. Ses mains jointes sur la toile cirée avaient par moments de petits gestes rapides.

— Alors ? demanda-t-il.

L'homme respira et parla gravement, comme s'il avait regretté chacun des mots qu'il disait :

— C'est toujours délicat à affirmer, des choses pareilles, mais, à ce moment-là, je suis certain que le pitaine a compris ce qui allait se passer. Il n'a rien dit. Il avait forcément entendu. Je suis certain qu'il souriait. Absolument certain, je le jurerais sur n'importe quoi... Un mauvais sourire.

Il s'arrêta encore un moment avant de reprendre :

— Butillon s'était couché à la place de son tireur. Je l'entends qui dit à ses gars : « Laissez venir, les mecs, c'est pour ma pomme. » Je m'en souviens, ces mots-là, ils ne sont pas prêts de me sortir du crâne. Et je suis sûr que le pitaine les a entendus aussi. Les trois motards s'arrêtent un instant au bout du pont, ils parlent, et, les voilà qui font demi-tour. Ils ne vont pas loin. Butillon tire une rafale et en voilà deux en l'air. Le pitaine se met à hurler : « Arrêtez, ne tirez pas. Je vous interdis de tirer ! » Butillon tire encore sur l'autre qui se sauve, mais il ne le touche pas. Je vois le pitaine qui se précipite. On se regarde. On se dit qu'il va sûrement bouffer Butillon. Et il se met à l'insulter. Butillon devient tout pâle. Il laisse gueuler et, quand l'autre se tait, il lui crie : « Ça va, puisqu'il ne faut pas vous les abîmer, vos Boches, gardez-les. Mais alors, je me demande ce qu'on fout là. » Et avant que personne ne puisse rien faire, il déboucle son ceinturon, il enlève son casque et il lance tout à la flotte en criant : « Vous me faites chier ! Démerdez-vous sans moi. Moi, je suis démobilisé. »

Le père eut un demi-sourire. Comme le soldat s'arrêtait pour achever sa tasse de café, il murmura :

— C'est bien de Butillon, ça !

— C'est exact, reprit l'homme, il disait toujours qu'il voulait leur foutre son fourniment par la figure. Seulement, le pitaine ne l'a pas pris comme ça. Il s'est mis à crier pour que Butillon s'arrête, pour qu'il revienne. « Je vous somme de regagner votre poste », qu'il disait. Butillon s'est juste retourné pour crier : « Moi je vous pisse au cul ! » Il y a des gars qui ont ri. Le pitaine a crié à ceux qui se trouvaient à côté de lui : « Feu ! Feu sur cet homme ! » Vous pensez bien que personne n'a tiré... Butillon, ils l'aimaient, les gars du bataillon !

L'homme eut un tremblement dans la voix. Le père retenait sa respiration. Ses paupières battaient sur ses yeux trop brillants.

— Alors, reprit l'homme d'une voix presque cassée, c'est le pitaine qui a tiré. Il a encore crié, puis, comme Butillon continuait de marcher sur la route sans même se retourner, le pitaine s'est baissé, il a pris le fusil de l'homme qui se trouvait le plus près de lui et il a tiré... Un seul coup... Butillon a eu comme un haut-le-corps. J'ai cru qu'il allait se retourner, mais il n'a pas fini son mouvement. Il a dit quelque chose. Ceux qui étaient plus près pensent qu'il a dit : « Salaud. » Moi, je n'ai pas compris... Ensuite il s'est cassé en deux et il est tombé.

L'homme se tut. Il baissa la tête. La mère et le père se regardèrent.

Silence. La pluie continuait de fouetter les vitres. Pendant tout ce récit de l'homme, ils l'avaient oubliée.

L'homme releva la tête en disant :

— Voilà.

Pourtant, le père demanda :

— Et après ?

— Après, les Allemands sont arrivés. On a ouvert le feu. On a eu pas mal de pertes, on s'est battu jusqu'à la nuit et là, nous avons décroché. La vraie pagaille, quoi !

L'homme expliqua encore qu'il avait réussi à s'enfuir et qu'il essayait de regagner Paris. Il était passé par Lons avec l'espoir d'y récupérer une valise laissée dans un café, mais le café était fermé, les propriétaires absents.

La mère n'écoutait plus. Quand l'homme se tut, il y eut un silence très long. Simplement, de loin en loin, le père grognait :

— Tout de même !... Saloperie de saloperie... Pauvre Marius, quand il saura ça !... Bon Dieu, c'est trop bête... Vraiment trop bête...

Enfin, après un long moment, la mère finit par se lever en disant :

— Je vais faire à dîner, vous mangerez bien avec nous.

— Je ne voudrais pas vous déranger.

— Pas du tout, vous savez, deux pommes de terre de plus, c'est bien facile.

L'homme accepta. Et, comme il l'avait fait le jour où Butillon était venu, le père descendit à la cave chercher une bouteille de vin vieux.

56

CHAQUE FOIS qu'il y avait sur la table une bouteille de vin vieux, un plat ou un dessert qui la tentait, la mère éprouvait une espèce de joie que contrariait seule la nécessité de toujours expliquer à son homme qu'elle n'avait pas faim, qu'elle craignait pour son foie ou bien encore que le vin ne lui convenait plus du tout. Le père haussait les épaules.

— Dis plutôt que tu es comme moi, en ce moment, tout te lève le cœur.

Elle ne disait rien, mais elle avait le sentiment d'aider son garçon. Quand elle cueillait des fruits, elle s'astreignait à n'en manger aucun.

Ce jour-là, lorsque le repas fut terminé, le père sortit son litre de marc. Il allait servir le visiteur, lorsque la mère se précipita en disant :

— Est-ce que vous ne préféreriez pas une griotte à l'eau-de-vie ? C'est moi qui les fais, vous verrez, elles sont très bonnes.

— Ah oui, dit l'homme, je préfère, si vous voulez.

Elle monta sur une chaise pour atteindre le gros bocal, sur le plus haut rayon du placard. Les cerises étaient d'un beau rouge foncé, et le jus transparent semblait presque du soleil dans ce jour couleur de décembre. La mère buvait très rarement de l'alcool, et encore, à peine une goutte pour imbiber un sucre, mais les cerises à l'eau-de-vie, c'était autre chose. Quand il lui arrivait de sortir le bocal, elle se laissait volontiers aller à en manger jusqu'à cinq ou six, avec une bonne cuillerée de jus.

Elle ouvrit le bocal, essuya sa cuillère d'argent à long manche et servit le soldat. Une bonne odeur montait, gagnant rapidement toute la pièce. La mère respirait à petits coups; elle allait lentement, prenant les fruits deux par deux.

— Assez, dit l'homme, assez.

Elle inclina le bocal.

— Un peu de jus, ce n'est pas de l'alcool de pharmacie, vous savez, c'est du bon marc de Vernantois.

Elle versa deux cuillerées de jus dans le verre de l'homme, égoutta la cuillère et referma le bocal.

— Et toi ? demanda le père, tu n'en prends pas ?

— Non, ça ne me dit rien.

— Alors, si tu n'as même pas envie d'une cerise à la goutte, c'est que tu n'es vraiment pas bien.

Elle suivait les gestes de l'homme et l'eau lui venait à la bouche. Elle avala toute cette salive fade en même temps que l'homme avalait ses cerises.

— C'est vraiment excellent, dit-il. Vous avez beaucoup de talent, madame.

Quand il eut achevé son verre, la mère ferma les yeux, le temps de répéter très vite, une dizaine de fois, sans desserrer les lèvres :

— Mon Dieu, qu'il revienne. Mon Dieu, qu'il revienne, je ferai n'importe quoi.

Durant tout le repas, ils avaient questionné le visiteur sur ce qu'il avait vu de la débâcle. Il leur avait raconté plusieurs histoires de bombardements et de mitraillades par avions allemands et italiens. Mais, après un moment, comprenant leur inquiétude, il s'était efforcé de les rassurer. Cependant, jusqu'à l'heure de son départ, la mère continua de lui demander des détails. Il lui semblait que tout ce qu'il avait vu, son garçon avait pu le vivre également. Elle espérait toujours qu'une précision lui permettrait de se souvenir qu'il avait rencontré un jeune homme à bicyclette, et que ce jeune homme s'appelait Julien Dubois.

Pourtant, l'homme finit par se lever pour partir. Il remercia.

— Je vous accompagne jusqu'à la rue, dit le père.

— Mais non, il pleut toujours.

La mère intervint à son tour, mais le père s'obstina.

— Prends au moins un parapluie, dit-elle.

Il prit un parapluie, et descendit en compagnie de cet homme dont ils ignoraient même le nom.

Avec des gestes machinaux, la mère débarrassa la table, mit une bûche dans le foyer et fit sa vaisselle. En elle, il y avait tout un monde nouveau, grouillant de vie, et toute une foule d'images qui se succédaient rapidement, se chevauchant même à force de précipitation.

C'était tout le chaos de la guerre. D'une guerre qu'elle n'avait vue que très peu, mais qu'elle imaginait telle que l'homme qui venait de partir l'avait racontée.

A présent, quand il lui arrivait de chercher en vain à se représenter avec précision une des scènes qu'il avait décrites, elle se prenait à regretter de n'avoir pas cherché à voir davantage la débâcle au moment où elle passait tout près de la maison. Mais, à ce moment-là, elle avait un peu fermé les yeux, peut-être avec l'espoir que la guerre pourrait faire de même.

— Est-ce qu'il ne pourrait pas y avoir un endroit où il serait possible de ne pas être mêlé à tout ça ? On ne demande rien à personne, nous autres !

Elle parlait seule, et ça lui faisait du bien. D'ailleurs, même en présence du père — mais en elle-même, bien sûr — elle tenait de longues conversations. Et toujours c'était à son garçon qu'elle parlait. Elle commençait par des propos insignifiants, mais, presque invariablement, elle finissait par lui dire des choses qu'elle n'eût jamais osé lui confier s'il se fût trouvé là.

En rangeant son armoire, elle tenait entre ses mains les maillots de corps de Julien. Elle soulevait la pile pour glisser dessous une branche de mélisse qu'elle avait coupée dans le fond du jardin. Julien entrait dans la pièce à ce moment-là. Elle disait :

— Mon grand, tu n'as pas encore changé de maillot cette semaine. Il faut tout te dire.

— Mais il n'est pas sale, maman.

— Mais si, voyons, tu ne le vois pas, mais il est sale. Il faut changer. Si tu gardes ton linge trop longtemps ce n'est pas sain, et puis moi, je ne peux plus le ravoir à la lessive. Il faut frotter à la brosse, et ça use le linge.

Julien grognait, mais il quittait sa chemise et donnait son maillot. C'était sa grande joie de le voir torse nu. Il était très beau. Il était grand et fort avec une peau bien bronzée. Ah, il n'avait pas besoin d'avoir une veste rembourrée pour être large et carré des épaules, lui ! Ce n'était pas comme ces petits gringalets qui doivent plus à leur tailleur qu'à la femme qui les a portés dans son ventre.

Dire qu'elle avait porté ça dans son ventre ! Ce grand gaillard tellement large qu'elle ne le voyait même pas tout entier dans la glace de son armoire. Ce que c'est, la vie ! Ah, il devait y en avoir, des filles qui le regardaient !

— Tu devrais commencer à penser un peu à ton linge, tu sais. Je ne suis pas toujours derrière tes talons... Malheureusement.

Ce dernier mot, elle le disait à voix basse, rien que pour elle.

A cela, Julien ne répondait pas. Il enfilait son maillot propre. A cause du blanc, il paraissait plus bronzé encore, et ce tissu qui moulait son buste faisait bien voir ce dos en V, comme celui de Rigoulot sur les affiches du cirque.

— Tu sais, reprenait-elle, si tu as une femme soigneuse, ça ira, mais si elle est comme toi, je me demande comment vous ferez. Il faudra que tu gagnes vraiment beaucoup d'argent pour que vous puissiez vous en sortir.

Julien se contentait de sourire. Elle le regardait du coin de l'œil, tout en repoussant du genou cette porte d'armoire si dure à fermer.

Et alors, à ce moment-là, commençait ce qu'elle n'aurait certainement pas osé lui dire :

— Dis donc, mon grand, à propos de femme... Cette jeune fille que tu as tant dessinée quand tu étais à Dole... est-ce que ?...

Même comme ça, pour elle seule, c'était difficile à expliquer.

— Ça ne t'est tout de même pas venu tout seul ? Si tu avais inventé des têtes, elles ne se ressembleraient pas toutes ? Tu as bien dû regarder quelqu'un...

Et encore, regarder quelqu'un...

— Je sais bien que tu as fait des progrès en grandissant, mais pourtant, quand tu étais petit, tu disais que tu n'aimais pas dessiner des têtes de femmes. Je te disais toujours : « Regarde dans les livres où on raconte la vie des grands peintres, il y a toujours des têtes de vieilles femmes avec, en dessous : « La mère de l'artiste. » Ou bien : « Portrait de sa mère. » Tu ne voudrais pas faire aussi mon portrait ? » Un jour, tu as essayé... Je t'ai dit que c'était bien... Mais je peux bien te l'avouer à présent, ça m'a fait peur. Ça ressemblait à un vieux cosaque, comme on en voit sur les images des livres d'Histoire de France.

Elle pouvait parler ainsi des heures. A cause de tout ce qui était mystérieux dans la vie de son garçon.

Ce n'est pas juste, qu'une maman ne puisse pas tout savoir !

— Tout de même, pour que tu aies si bien réussi son portrait, à cette jeune fille, il doit y avoir une raison ?

A cet endroit-là, invariablement, elle s'arrêtait. C'était tellement difficile à dire !

— Il doit falloir que tu y tiennes vraiment !

Il y avait toujours un mot qu'elle ne se résignait pas à prononcer. Mais, très vite, elle ajoutait :

— Je ne suis pas jalouse, tu sais. Pas jalouse, mon grand. Je comprends bien que ce n'est pas pareil... Seulement, que veux-tu, je me fais du souci. C'est plus fort que moi. Il faut me comprendre. Cette jeune fille, c'est peut-être bien elle que j'ai vue, malade dans cette voiture ! C'est que, tu sais, elle avait vraiment l'air d'avoir une toute petite santé.

Ce jour-là encore, tandis que le père était allé accompagner le visiteur et qu'il avait dû s'attarder sous un porche, au bas de la rue, ce jour-là encore, la mère bavarda longuement avec Julien. Puis comme elle était toute seule, à voix haute cette fois, elle finit par dire :

— Mon Dieu, est-ce que j'oserai un jour lui en parler ? Et puis, mon Dieu... est-ce que je pourrai... est-ce que vous me le rendrez ?

57

Il était près de cinq heures après-midi lorsque le père rentra.

— Il faut que tu sois fou, pour te faire rincer de la sorte, dit la mère.

— Je n'étais pas sous la pluie. J'étais dans l'octroi. Ils avaient même fait une petite flambée.

Il posa son parapluie et accrocha son sac sur le palier, entra et ferma la porte en grognant :

— On se croirait en novembre.

La mère tricotait. Le père s'assit à sa place habituelle, entre la table et la fenêtre.

— Tu n'as rien appris ?

— Non, fit-il. Avec ce temps, il passe moins de monde. D'ailleurs les gens n'ont pas d'essence. Il paraît même que nous allons manquer de tout.

— Je sais, dit la mère, je voulais prendre cinq kilos de sucre, l'épicière ne m'en a donné qu'un; et encore, parce que je suis une vieille cliente.

— Nous n'avons pas fini d'en voir. Mon père nous parlait toujours de l'occupation des Prussiens après 70, mais j'ai bien peur qu'on ne subisse encore pire !

La mère l'écouta un moment, mais il était parti à raconter des histoires qu'elle connaissait pour les avoir entendues plus de cent fois. Pourtant, elle ne l'interrompit pas en disant : « Tu nous l'as déjà raconté, tu rabâches, mon pauvre Gaston, tu rabâches. » Non, elle ne dit rien. Et peu à peu la voix monotone du père fit comme le bruit de la gouttière dans le baquet, elle prit place dans le silence.

La mère avait quitté cet après-midi de l'été 1940 au moment où le père avait parlé de novembre. Elle était encore restée à demi présente pendant quelques minutes, cherchant à s'accrocher à une conversation, mais, quand le père s'était embarqué dans son rêve de 1870, elle s'était mise en route de son côté. Lui, il avait besoin de rêver à voix haute. Elle le sentait, et, parce que sa voix faisait vraiment partie de l'après-midi, lorsqu'il se taisait, sans interrompre le fil de son propre rêve, la mère murmurait :

— Oui... Bien sûr... Que veux-tu, c'est comme ça.

Elle ignorait ce qu'il avait dit, mais cette réponse le satisfaisait sans doute puisqu'il se remettait bientôt à raconter.

La mère n'avait pas besoin de remonter jusqu'à 1870 pour échapper au présent, pour trouver un bien-être que cette journée lui refusait. Elle était en novembre, il pleuvait, les arbres et la treille étaient presque complètement dépouillés de leurs feuilles, et la cuisine était baignée de ce même jour humide et froid. L'horizon se bornait aux coteaux de Montaigu qu'estompait la pluie, mais il y avait, derrière le grand mur triste de l'école, un espoir de vie. Tout à l'heure, la porte s'ouvrirait, un garçon entrerait avec sa grande pèlerine à capuchon rabattu sur les yeux. Il y aurait la lampe, les volets tirés, la veillée avec les devoirs à finir et les leçons à réciter...

La mère Dubois avait ainsi, dans sa tête, tout un album d'images dont les pages tournaient lentement tandis que ses mains continuaient à faire aller les aiguilles; tandis que le père poursuivait son interminable récit; tandis que la pluie fouettait les vitres et que la gouttière n'en finissait plus de sangloter.

Il y avait cette page des après-midi meublés de l'espoir des soirées; il y avait les hivers blancs avec la luge que le père avait fabriquée et que la mère tirait jusqu'à la porte de l'école au moment de la sortie...

Tout se mêlait. Il n'y avait aucune suite logique dans cet album. Les pages volantes changeaient d'ordre fréquemment, et la grande salle de la maternelle, avec ses bancs et son fourneau entouré de grilles, se trouvait parfois après la veillée de Noël où Julien, déjà grand, avait eu son chevalet de peintre.

Ah, les Noëls ! Ils en occupaient des pages de l'album ! Les Noëls avec les vacances qui suivaient. Les vraies vacances où le mauvais temps obligeait Julien à demeurer là, dans la cuisine.

Depuis le début de la débâcle, il n'y avait pas encore eu un seul jour comme cette fin d'après-midi. Pour la première fois, le temps passa très vite.

Cependant, quand vint le moment de poser le tricot, de se lever pour préparer le repas, la mère retrouva le poids qu'elle portait sur ses épaules depuis des jours.

Personne ne vint donner des nouvelles. La pluie ne s'arrêta pas. Le jour se mit à décliner plus vite que d'habitude, et ce fut vraiment la solitude.

Tout autour de la maison, le jardin s'était agrandi, repoussant au loin les maisons de la ville où rien, plus rien ne vivait.

La guerre s'était tue. La paix n'était pas revenue, et il n'y avait toujours que ce vide dont le fond semblait s'éloigner sans cesse.

Tout disparaissait dans l'ombre : les collines, les murs et les arbres trempés. A force de raconter, le père avait fini par s'assoupir sur sa chaise. Son menton touchait sa poitrine, il n'avait plus de cou, et sa nuque continuait la courbe de son crâne que son dos prolongeait en l'adoucissant peu à peu. Le bruit de l'eau couvrait celui de sa respiration sifflante, ses épaules se soulevaient à peine.

— Et s'il était mort... Et si tout était mort ?

La mère se secoua. Elle fit un effort pour réagir contre cette tristesse qui emplissait la maison en même temps que la nuit; pourtant, l'idée de la mort était là.

Et, pour la première fois, la mère pensa qu'ils étaient seuls, loin, très loin du monde, et qu'ils allaient mourir, tous les deux, sans avoir revu leur garçon.

58

LE LENDEMAIN, il ne pleuvait plus. La terre fuma plus de deux heures sous le premier soleil. Le jardin semblait bouillir. Tout luisait. Les monts étaient proches et le ciel lavé brillait comme un sou neuf.

Le père fit le tour du jardin, les mains dans la poche de son tablier. Quand il revint près de la mère, ce fut pour dire :

— Je crois bien que cette pluie a purgé le temps. A présent, nous risquons d'avoir de la grosse chaleur plus qu'on ne saurait en souhaiter.

— Ça se pourrait, le baromètre a remonté.

Durant toute la matinée, ils furent occupés tous les deux avec les clapiers à nettoyer, des fruits tombés à ramasser et toutes sortes de petits travaux négligés. A midi, ils mangèrent un peu plus que les autres jours, mais, quand le père fut monté pour sa sieste, la mère retrouva ce goût de bile qu'elle avait constamment au fond de la gorge depuis le départ de Julien.

En partant à son travail, M. Robin passa la voir. Il parla

du nouveau gouvernement et des pouvoirs que Pétain avait reçus pour la nouvelle Constitution. Il parla surtout d'un certain général de Gaulle, qui était à Londres, et lançait des messages à la radio en demandant aux Français de ne pas écouter Pétain. Mais la mère Dubois n'avait jamais suivi de très près la politique, et tout cela ne lui disait pas grand-chose. Elle laissa parler M. Robin sans l'écouter vraiment et, comme il allait partir, elle demanda :

— Est-ce que le poste a causé des retours ?

— Il parle des distributions de carburant aux réfugiés sur le point de rentrer, oui.

— Mais pour ceux qui ne sont pas en voiture ?

— On ne dit rien.

M. Robin essaya de la rassurer, mais elle ne prêtait pas attention à ce qu'il expliquait. Elle voulait voir des gens qui savaient, qui avaient vécu la débâcle et qui rentraient. Aussi, dès que M. Robin fut sorti, elle quitta son tablier, enfila une blouse propre et se dirigea vers la rue.

Le soleil était très chaud. Les façades blanches éblouissaient, mais la mère n'était plus sensible à cela. Le soleil lui paraissait aussi triste que la pluie de la veille, peut-être davantage à cause de tous ces gens qui passaient dans la rue et qui n'avaient pas l'air affligés. Car la ville avait repris vie. A mesure que la mère Dubois avançait, il lui semblait que tout était redevenu normal. Presque tous les magasins étaient ouverts. Les gens parlaient sur le pas des portes, ils la saluaient au passage. Plus elle avançait vers le centre, plus il y avait de monde; et plus il y avait de monde, plus elle souffrait. Ils étaient tous rentrés. Tous sauf Julien !

Sur le Pont-Neuf, des enfants jouaient.

Un peu plus loin, un cycliste passa tout près du trottoir où elle marchait.

— Jour m'dame Dubois ! lança-t-il.

Elle leva la tête. C'était un camarade de Julien. Comme elle ignorait son nom elle cria :

— Hep ! hep ! jeune homme !

Le garçon freina, tourna au milieu de la rue et vint s'immobiliser à côté d'elle.

— Vous m'avez appelé, madame ?

— Oui, je voudrais savoir... est-ce que vous êtes parti, vous ?

— Bien sûr qu'on est parti. On est même rentré hier, sous la flotte.

— Hier !

— Oui, hier.

— Et...

Elle ne savait plus quoi dire. Ceux-là étaient partis et revenus.

— Vous êtes allés loin ? demanda-t-elle.

— On s'est arrêté à Saint-Flour.

— Ah, à Saint-Flour !

— Et Julien ?

La mère sentit sa gorge se serrer. Elle se raidit pour répondre :

— Il est parti aussi, j'espère qu'il ne va pas tarder.

— Vous ne savez pas où il est allé ?

— Comment voulez-vous que je le sache ?

— Bien sûr. C'est vrai.

Le garçon se tut. Il faisait tourner sa pédale en tapant dessus avec la pointe de son soulier. Le métal chromé lançait de petites étincelles blanches.

— Quand Julien rentrera, fit le garçon, vous lui direz de venir me voir.

La mère promit. Le garçon s'éloigna en saluant. Il pédalait lentement, tenant son guidon d'une seule main, l'autre posée sur sa cuisse, le corps légèrement incliné vers la droite.

Dès qu'il eut disparu à l'angle de la place, la mère murmura :

— J'aurais dû lui demander quand il était parti, par quelle route... Où ça se trouve Saint-Flour ?... S'il avait vu Julien, il me l'aurait dit, tout de même...

A présent, une foule de questions lui venait.

Elle se remit à marcher. Elle ne prêtait plus attention aux gens qu'elle croisait. Elle alla d'une traite jusqu'à la quincaillerie de M. Relaudit. Elle entra. Il y avait un vendeur qu'elle connaissait. Il vint au-devant d'elle.

— Madame Dubois...

Elle l'interrompit et se dirigea vers la caisse où Mme Relaudit était assise. Tout de suite elle demanda si M. Relaudit et Daniel étaient rentrés.

— Mais non, ma pauvre dame. Pas encore. J'espère qu'ils seront là ce soir ou demain, j'ai reçu un télégramme hier, ils étaient à Clermont-Ferrand, ça ne fait plus très loin, seulement ils sont à bicyclette...

— Un télégramme !

La mère a lancé ce mot presque malgré elle. Un télégramme. Elle n'y avait pensé...

— Mais oui, madame, un télégramme.

— Mais, ça marche donc, les télégrammes ?

— Il paraît. Le porteur m'a même dit qu'ils étaient assez bousculés. Ça se comprend, tous ceux qui sont loin veulent faire savoir à leur famille qu'ils sont sains et saufs... C'est tellement naturel...

Mme Relaudit parle beaucoup. Elle ne sait rien, rien d'autre que les quatre ou cinq mots qu'elle a lus sur ce télégramme, mais elle ne s'arrête plus de parler. Elle se demande pourquoi ils sont allés à Clermont-Ferrand, comment ils ont pu faire, s'ils ont eu de la pluie ou des bombardements... Elle parle, elle parle... et la mère Dubois subit ce bavardage sans broncher. Elle reste ainsi jusqu'à l'instant où la quincaillière demande :

— Et votre fils, il est parti, en fin de compte ? Il avait un peu projeté de partir avec le nôtre, et puis je ne sais pas ce qui s'est passé, au dernier moment, nous étions tellement bousculés.

La mère raconte en quelques mots le départ de Julien. Dès qu'elle a terminé, il y a un silence. La quincaillière et son employé écoutent la mère qui ajoute, d'une voix étranglée :

— Et je n'ai pas reçu de télégramme.

Aussitôt Mme Relaudit se remet à parler. Elle explique que la poste n'est pas encore partout en état de fonctionner, qu'il y a des villes où rien n'est rétabli.

Mais la mère s'accroche à cette idée de télégramme. Et si Julien en envoyait un aujourd'hui ? S'il allait arriver pendant son absence et que le porteur ne puisse pas réveiller le père... Il le remporterait... Si...

La mère s'affole. Elle balbutie quelques mots que les autres ne comprennent certainement pas, et voilà qu'elle part en courant.

Elle sort du magasin. Elle ne voit personne. Elle fait vingt pas en courant, vingt pas en marchant vite. Elle prend au plus court par la rue du Lycée. La rue monte, elle court malgré tout. Elle croise des gens qu'elle connaît. Elle se rend compte qu'ils la saluent avec étonnement. Elle fait un signe de tête mais ne ralentit pas sa marche.

Pas un instant elle ne se dit que Julien a pu arriver; c'est uniquement au télégramme qu'elle pense. Elle le voit, ce télégramme. Bleu, avec sa forme bizarre. Elle n'a pas reçu souvent de télégramme. Le dernier, c'était en pleine nuit. Le porteur avait déchiré son pantalon en enjambant la barrière. Elle revoit tout. La cuisine où ils viennent de descendre avec la petite lampe. Le père en bonnet de coton... C'était pour la mort de sa mère... La mort.

Elle court.

Elle vient d'atteindre la rue des Ecoles. Encore cent mètres de plat sous les grands arbres, après ce sera la descente au gros soleil. Elle ne pense même pas à longer le mur pour avoir un peu d'ombre.

Elle court.

Ce télégramme, c'était la mort de sa mère. Elle l'a gardé. Il est dans le tiroir de son armoire, entre deux pages de son missel

La mort.

Mais un télégramme n'annonce pas toujours la mort.

Elle court. Son pied bute. Elle a failli tomber. Sa

cheville lui fait mal. Elle fait quelques pas en boitillant puis se remet à courir, serrant les dents sur cet élancement qui monte dans sa jambe chaque fois que son pied touche le sol.

Est-ce qu'il y a aussi, dans les pays du sud, des gens qui expédient des télégrammes pour annoncer la mort des réfugiés ?

Elle ralentit.

— Et si le télégramme qui est à la maison ?...

Elle a un haussement d'épaules. Elle s'en veut d'être aussi ridicule. A présent, ce n'est plus la peur qui ralentit son pas, c'est elle qui s'impose de marcher normalement.

— Il n'y a pas de télégramme.

— Enfin, pas forcément.

La mère atteint la grille. Elle ouvre. Ses yeux vont à la boîte aux lettres. Elle n'a pas la clef sur elle, mais, par les petits jours du bas elle peut s'assurer que la boîte est vide. Ou bien alors, le télégramme serait resté coincé à mi-hauteur...

Elle va jusqu'à la maison. Les volets de la chambre sont fermés. Le père n'est donc pas encore levé. Elle regarde le réveil et s'aperçoit qu'elle a mis moins d'une demi-heure pour faire l'aller et le retour.

— J'aurais dû voir aussi d'autres personnes...

A présent, elle regrette d'être rentrée aussi vite. Elle veut encore s'imposer de ne plus rien faire pour tenter de savoir quoi que ce soit. Et pourtant, malgré elle sa main s'approche du tableau fixé à gauche de la porte, elle décroche la clef de la boîte aux lettres et repart.

La boîte est vide. La mère regarde la rue. Le tapissier qui a son atelier un peu plus haut a sorti des fauteuils devant sa porte. La mère monte jusque chez lui.

— Vous n'avez vu personne venir chez nous ? demande-t-elle.

L'homme n'a rien vu. La mère lui demande encore s'il est parti, et il raconte son voyage à bicyclette jusqu'à Montélimar.

— Vous voyez, dit-il, je suis rentré en fin de matinée et je suis déjà au travail, je n'ai pas perdu de temps.

Il rit.

Son rire fait mal à la mère Dubois. Et pourtant, le tapissier est un brave homme qu'elle aime bien.

Il s'arrête de rire pour mettre dans sa bouche une poignée de petits clous à tête dorée. La mère s'en va.

En passant, elle ouvre encore la boîte aux lettres.

Le père vient de descendre. Il dit simplement :

— Alors ?

Mais ce n'est même pas une question qu'il pose. Et la mère murmure :

— Ma foi.

Et ce n'est pas non plus une réponse. C'est comme un échange de mots de passe.

Le père sort. Ses pantoufles giflent les marches de pierre. La mère écoute, tendue, crispée.

La grille tinte et vibre. Le père doit descendre vers l'octroi.

La mère se retient quelques minutes encore; enfin, à bout de forces, le visage dans ses mains, elle se laisse tomber sur une chaise et se met à pleurer.

59

D'AVOIR libéré ces larmes si longtemps retenues, la mère se sentit soulagée. Cette nuit-là, elle put dormir un peu malgré le retour de la chaleur.

Pourtant, le lendemain matin, elle retrouva cette idée d'une lettre ou d'un télégramme et se mit à guetter le passage du facteur. Le père était allé de très bonne heure faire un tour vers l'octroi, à présent, il arrachait des haricots qui avaient fini de donner et préparait la terre pour les derniers semis de l'été. La mère qui désherbait une planche en bordure de l'allée, l'observait de temps à autre. Il semblait s'être vraiment remis à l'ouvrage. Peut-être s'habituait-il à l'idée que Julien ne reviendrait pas ? La mère se reprocha cette pensée et revit la grande tristesse de son homme. Est-ce qu'il ne faisait pas, lui aussi, un effort considérable pour ne plus aller passer ses journées à guetter ?

Elle s'était mise à ce travail non parce qu'il pressait, mais uniquement pour pouvoir surveiller la grille. Tout en arrachant l'herbe, elle voyait, au bord de ses yeux, la façade claire de la maison de Mlle Marthe. Lorsqu'une ombre remuait, elle levait la tête.

Quand le facteur s'arrêta devant la grille et passa le bras par-dessus la barrière pour jeter une lettre dans la boîte, elle faillit crier. Le temps qu'elle se relève, il était déjà parti. Elle eut envie d'appeler le père, mais elle se ravisa. Elle courut tout le long de l'allée. Il ne l'entendit même pas quand elle passa derrière lui, à quelques pas.

Elle n'avait plus de souffle en arrivant à la grille. Sa main tremblait. Elle prit l'enveloppe bleue et, tout de suite, elle vit que ce n'était pas l'écriture de Julien. Alors, elle eut peur. Vraiment peur. Le cachet de la poste n'était pas lisible et il n'y avait aucune indication au dos de l'enveloppe. La mère revint lentement vers la maison. Elle ne se décidait pas à ouvrir. Et pourtant, elle ne pouvait pas aller jusque près du père sans savoir.

Et si c'était... Si c'était une mauvaise nouvelle, il faudrait qu'elle parle... Ce serait encore elle qui devrait l'annoncer au père. Elle eut soudain la conviction d'être accablée. Il y avait comme une force invisible qui faisait tout converger vers elle, tout ce qui était dur, mauvais, lourd à porter.

L'été pesait sur les arbres. Entre les feuillages, de petits morceaux de ciel éblouissaient. Le silence était presque aussi parfait que celui des nuits.

— Mon Dieu, murmura-t-elle, mais qu'est-ce que j'ai donc fait pour mériter ça ?

Elle s'arrêta sous le grand poirier, à l'endroit où l'ombre est plus épaisse. Se mordant la lèvre, elle ouvrit l'enveloppe et déplia le papier. L'écriture était fine mais parfaitement lisible. La lettre était datée de Villefranche et signée Guillemin.

— Mon Dieu, fit-elle.

Et, avant de lire, elle laissa retomber ses bras un moment.

Elle se dirigea ensuite vers le père en essuyant son front moite avec le coin de son tablier.

— Gaston, dit-elle, il y a une lettre de Guillemin.

Le père se redressa, une poignée de plants de haricots à moitié desséchés dans la main.

— Qu'est-ce que tu dis ?

La mère répéta. Il vint jusqu'à l'allée.

— Il avait promis d'écrire, il a tenu, dit-il. C'est un brave garçon.

— Ça n'est pas ce que tu disais le jour de son arrivée, remarqua la mère.

— Peut-être.

— Sûr.

Le père s'énerva et lança :

— On peut se tromper, non ! D'ailleurs, il y a sans doute comme ça beaucoup d'hommes qui sont de braves garçons, de bons ouvriers courageux et honnêtes et tout; et qui n'ont pas le goût de faire la guerre. Après tout, ils n'ont peut-être pas tous les torts.

La mère laissa passer un instant avant de se mettre à lire :

— « Chère Madame et Monsieur Dubois. Comme je vous l'avais promis je vous écris pour vous dire que je suis bien arrivé. A cause du manque d'essence il n'y avait presque personne sur les routes et c'était très bien pour rouler à bicyclette. J'espère que votre garçon en aura profité aussi pour rentrer. Vous devez être contents qu'il soit vers vous. »

La mère se tut. Elle leva les yeux et rencontra le regard du père qui soupira :

— Tout de même... tout de même, on ne sait plus quoi penser.

Elle eut un hochement de tête avant de reprendre sa lecture :

— « Ici, il passe encore pas mal de monde. Mes parents étaient partis, mais ils sont rentrés la veille de mon arrivée. »

— Tout le monde, fit le père. Tout le monde rentre.

— « Je n'oublie pas ce que vous avez fait pour moi et si un jour je pouvais vous être utile, ne vous gênez pas. Je vous adresse à tous mes amitiés et ma reconnaissance. »

Elle s'arrêta quelques secondes avant de dire :

— Il y a un post-scriptum. Il dit : « Je me souviendrai toute ma vie des nuits du pain. Le pain n'est pas aussi bon ici, il n'y a pas deux pères Dubois. »

Le père eut un sourire triste.

— Oui, fit-il... Bien sûr... Bien sûr...

Il remonta sur la bordure de pierre comme pour aller reprendre son travail, mais, se ravisant soudain, il revint vers l'allée.

— On ne peut pas continuer d'attendre comme ça, dit-il, il faut faire quelque chose.

— Quoi ?

— Je ne sais pas, moi, essayer de se renseigner. Aller voir à la mairie, peut-être à la préfecture... Ils ont sûrement des nouvelles des autres régions.

Il s'animait en parlant. La mère était étonnée de le voir ainsi.

— Mais à qui veux-tu que nous nous adressions ?

Il réfléchit un moment. Son front était tout plissé, ses yeux mi-clos, tout son visage tendu par l'effort.

— Après tout, dit-il soudain, tu vas aller voir Vintrenier, il fera le nécessaire. C'est la moindre des choses. Il a bien su nous trouver, lui, quand il était dans l'embarras.

La mère ne retourna même pas à la maison, quittant son tablier, elle le posa dans la fourche d'un pêcher, et fila d'une traite jusqu'à la mairie.

Le conseiller était là. Il expliqua que la préfecture du Rhône venait de créer un important service pour le rapatriement des réfugiés et tenta aussitôt de téléphoner. Comme il ne pouvait obtenir la communication, il promit de donner la réponse dès qu'il saurait quelque chose.

La mère rentra et ce fut de nouveau l'attente.

Cette lettre de Guillemin avait tout remis en cause et la fièvre était revenue.

Le père retourna plusieurs fois au carrefour et, à midi, ils eurent l'un et l'autre du mal à manger.

Ils venaient à peine de terminer, et la table était encore embarrassée, quand Vintrenier arriva.

— Je ne m'arrête pas, dit-il à la mère qui avançait une chaise. Je rentre seulement déjeuner.

— Alors, demanda le père, tu sais quelque chose ?

— J'ai eu Lyon au bout du fil. Un employé très aimable m'a expliqué qu'ils s'occupent surtout des gens de zone occupée qui ne peuvent pas rentrer chez eux. D'ailleurs...

Il s'arrêta. Il semblait très embarrassé. La mère demanda :

— D'ailleurs quoi ?

Il parla plus bas, comme à regret.

— Pour les autres, c'est bien ce que je pensais... Presque tous sont déjà rentrés.

Silence.

La tête du père s'incline lentement vers la table. Ses coudes se posent sur la toile cirée, ses mains repoussent son assiette et ses doigts se croisent. Ses épaules et son dos se voûtent.

La mère l'observe. A présent, il est immobile. Elle attend encore un peu, mais, comme il ne parle pas, elle se tourne vers le conseiller toujours debout sur le pas de la porte.

— Alors, demande-t-elle, qu'est-ce qu'il faut faire ?

— L'employé a noté le nom. S'ils ont des nouvelles, il m'a promis de m'appeler tout de suite.

Il a une petite hésitation et regarde la mère en ajoutant :

— J'ai dit que c'était mon neveu.

— Merci, dit-elle, merci bien.

— C'est la moindre des choses.

— Je te remercie, dit le père.

Sa voix est très enrouée.

— Faut pas vous en faire, dit encore Vintrenier, à bicyclette, on ne va pas toujours aussi vite qu'on voudrait.

— Ça fait rien, tout ce temps...

— Moi, je pense que s'il lui était arrivé un accident, on le saurait...

Sa phrase reste en suspens. La mère le suit sur le palier.

— Si on avait pu prévoir, dit-elle.

— Ah, évidemment...

Il s'arrête. Elle sait ce qu'il allait dire. Mais il se tait et c'est elle qui soupire :

— C'est ma faute, si je vous avais écouté...

Vintrenier l'interrompt.

— Taisez-vous, dit-il. Il y en a des milliers, dans le nord, qui sont restés et qui ont été tués chez eux par des bombes d'avions. Personne ne pouvait rien prévoir.

Le conseiller lui serre la main longuement en la secouant un peu... Comme on fait aux enterrements, à la sortie du cimetière.

Elle pense à cela, tandis qu'il s'éloigne, noir dans le fouillis de lumières vertes et d'ombres bleues du jardin.

La grille claque.

Silence.

La mère rentre. Le store retombe derrière elle et ses yeux encore pleins de lumière ont besoin d'un long moment pour s'habituer à la pénombre de la cuisine.

Le père n'a pas bougé. On le dirait endormi, mais elle sait qu'il ne dort pas.

Avec des gestes qu'elle ne commande pas, elle se met à préparer le café.

Elle est calme, elle n'a presque plus mal. Ou, plutôt, c'est en elle comme une immense douleur sourde, presque agréable à porter. C'est une douleur qui dort à moitié en attendant le moment de bondir.

La mère le sait. Elle sait aussi ce qui la fera bondir et mordre. Quelque chose viendra. Un télégramme, ou un gendarme, ou Vintrenier, ou quelqu'un d'autre encore pour annoncer que Julien est mort la nuit où elle a senti cette lame pénétrer en elle et fouiller sa chair.

Elle saura alors qu'elle a tué son garçon.

Car c'est elle qui a voulu qu'il parte.

A présent, elle n'a même pas envie de pleurer. L'idée est là. Tout est clair, précis. Il n'y a pas de doute : elle a tué son fils. Le père le sait aussi, et c'est pour cela qu'il s'obstine à ne pas la regarder.

Le jour où la nouvelle arrivera, elle n'aura pas un geste à faire. Elle sent bien que son corps est une vieille mécanique épuisée et qui s'arrêtera toute seule de fonctionner, à l'instant précis où s'éteindra cette lueur d'espoir qu'elle ne voit déjà presque plus.

Elle verse le café dans les tasses. Elle pose le sucre sur la table et elle reprend sa place.

Les mains du père s'ouvrent. Sa tête se soulève à peine. Il se met à remuer son café d'un geste machinal et qui pourrait durer toute une vie d'homme.

D'une voix presque ferme, la mère dit :

— Tu remues, et tu n'as même pas mis de sucre dans ta tasse.

CINQUIÈME PARTIE

60

Trois jours passèrent, interminables. Les Dubois ne parlaient presque plus. Ils étaient comme des plantes parmi les autres plantes du jardin; comme des meubles parmi les autres meubles de la cuisine. De loin en loin, ils se regardaient avec des soupirs. C'était tout. La mère sentait que la vie s'en allait peu à peu de leur corps, comme chassée par l'idée de la mort du garçon, qui y prenait place chaque jour davantage.

Ils continuaient de travailler au ralenti, de se lever et de se coucher avec le jour, de se mettre à table pour faire semblant de manger.

Trois jours passèrent ainsi, et puis, le quatrième jour, au moment où ils s'apprêtaient pour le repas de midi, la grille claqua.

La mère souleva le store. Elle avait ce mouvement chaque fois que la grille se fermait. Elle ne sortait même plus. C'était de nouveau le va-et-vient des gens qui venaient chercher des légumes. Elle attendait pourtant chaque fois d'être certaine qu'il s'agissait bien d'une cliente pour laisser retomber le rideau en disant :

— C'est rien, ne te dérange pas, Gaston, c'est Mme Untel je descends.

Cependant ce jour-là, après quelques secondes, elle sortit sur le palier sans lâcher le rideau.

— C'est un vélo, dit-elle le souffle court.

Le père la rejoignit au moment précis où elle descendait l'escalier extérieur en criant :

— C'est lui... C'est lui... Viens vite, c'est lui !

Elle ne laissa pas à son garçon le temps de poser sa machine. Elle ne le regarda même pas. Elle l'agrippa, se cramponna à lui pour l'embrasser plus étroitement. Elle riait, elle pleurait, elle avait besoin de le mordre, de serrer fort ses bras, de le presser contre sa poitrine à se faire mal. Ils manquèrent tomber tous les deux à cause de la bicyclette qui glissait. Elle dut le lâcher, et ce fut pour l'entendre dire en riant :

— Comme tu y vas, m'man, on croirait vraiment que je reviens du pôle Nord.

Elle se retourna. Le père s'était arrêté au pied de l'escalier. Il souriait, clignant un œil à cause du soleil. Il avait l'air très calme; pas du tout surpris.

Quand Julien eut appuyé son vélo contre le banc et posé son sac tyrolien, il alla l'embrasser. Un gros baiser sonore sur chaque joue.

— Tu piques drôlement, dit-il.

Le père rit. Il ne s'était pas rasé de la semaine. Il demanda :

— D'où viens-tu ?

— Pour le moment, de Lyon; je suis parti ce matin, à huit heures. J'ai trouvé un camion qui m'a pris pendant près de la moitié du chemin. C'est une veine, j'étais crevé. Je me suis envoyé quelque chose comme kilomètres, tiens !

Il avait chaud. Son visage était maigre et ses yeux cernés Quand il riait, ses dents brillaient à cause de sa peau très bronzée.

— Allons, fit le père, ne restons pas là. Monte, tu dois avoir faim, après tout ce chemin.

— Un peu. J'ai surtout soif.

La mère se précipita pour le servir. La cuisine paraissait soudain claire, pleine de lumière malgré les volets clos et le store baissé. Tout vivait ou demandait à vivre. La mère avait l'impression qu'un monde fou était entré dans la maison en même temps que Julien.

— Je n'ai pas fait de feu, expliqua-t-elle. Nous deux, ton père, on mangeait froid, une bricole... Qu'est-ce que tu veux que je te fasse ?

— Je m'en fous. Je mangerai comme vous. Fais-moi des œufs, si tu en as. En tout cas, n'allume pas du feu, ça prendrait trop de temps.

Le père descendit chercher des œufs à la cave tandis que la mère coupait des tomates pour la salade. Quand il fut sorti, elle revint vers son garçon qui s'était assis et l'embrassa encore. Elle ne savait que répéter :

— Mon Dieu... Mon Dieu...

Il y eut un bon quart d'heure d'affolement. Le pere tournait, les mains au-dessus de la table.

— Assieds-toi, Gaston, tu me retardes en voulant m'avancer.

— Mais je vais t'aider, dis-moi ce qu'il faut faire.

— Non, non, laisse-moi.

— Vous cassez pas la tête, dit Julien. On est pas au feu.

— Mais il est déjà près d'une heure, remarqua le père.

— On se moque bien de l'heure ! lança la mère.

Le père haussa les épaules en regagnant sa place.

— Toi, peut-être, dit-il, mais moi, je voudrais bien avoir le temps de me reposer un peu. Et il faut pourtant que je me relève assez tôt pour tout arroser ce soir.

Elle en eut le souffle coupé. En elle-même, elle grogna :

— Ça alors... Ça alors... C'est tout de même extraordinaire !

Le père s'était assis, les mains sur le table, prêt à manger. Son calme désarmait la mère.

— Si j'avais su que tu arrives aujourd'hui, dit-il à Julien, j'aurais fait des tartes aux prunes. Il y a des reines-claudes qui sont mûres, sur le gros arbre du fond.

Julien mangeait vite. Entre deux bouchées, il proposa :

— Tu en feras demain. Si tu veux, je te cueillerai les prunes.

Quand il eut achevé sa salade de tomates, la mère put enfin demander :

— Alors, où étais-tu ?

— Hou là, c'est compliqué !

Tout en continuant de manger, il raconta son voyage. Il avait laissé le gars de Dombasle à l'hôpital de la Croix-Rousse à Lyon. Ensuite, il avait continué seul dans la cohue et s'était finalement arrêté à Toulouse.

Comme il cessait de parler pour manger les œufs que la mère venait de lui servir, le père se leva en disant :

— Faudrait tout de même qu'on marque le coup.

Il sortit. La mère demanda :

— Et de Toulouse, tu n'as pas pu revenir plus tôt ? Il y a longtemps que tous les gens sont de retour.

— Parce qu'ils sont revenus directement. J'aurais pu, moi aussi, mais j'ai réfléchi, il me restait du fric, j'ai dit : « C'est con d'être si près de la mer et de ne pas y aller. » Tu comprends, je ne l'avais jamais vue, c'était tout de même une occasion.

— Tu... tu...

La mère ne put rien articuler. Il n'avait pas l'air de plaisanter. Tranquille, il mangeait, cassant son pain qu'il trempait dans le jaune de ses œufs.

Elle mit bien une minute à se reprendre. Puis, comme la porte de la cave se fermait, vite, très vite, elle dit :

— Mon Dieu, tu ne te rends pas compte. Surtout, ne dis pas ça à ton père.

— Mais maman...

Elle s'affolait. Elle voyait bien qu'il ne la comprenait pas, mais elle insista :

— Trouve autre chose, je ne sais pas, n'importe quoi,

je... je t'expliquerai... Mais ne lui dis pas ça... Surtout pas... Il faut absolument trouver autre chose.

Le pas du père montait l'escalier. Elle baissa la voix pour dire encore :

— Je t'en supplie, ne lui dis pas ça.

Julien fit une grimace qui semblait vouloir dire :

— Comme tu voudras. Mais moi, je ne vois pas quel mal il peut y avoir à cela.

Le père entra. Il posa sur la table une bouteille poussiéreuse en disant à Julien :

— Il a ton âge.

— Tu avais dit que tu gardais ces quelques bouteilles pour son mariage, observa la mère.

— J'ai peur qu'il ne soit passé. Rien qu'à la couleur, ça m'inquiète.

Il souleva la bouteille qu'il regarda à contre-jour, devant la porte. Ensuite, la reposant sur la table, il ajouta en souriant :

— Et puis, toi, tu aimes mieux le rouge que le blanc.

— Oh ! moi, dit la mère, avec l'estomac tout barbouillé que j'ai en ce moment...

Le père l'interrompit :

— Tu penses, du vin comme ça. J'espère que tu ne vas pas tordre le nez dessus. Et surtout aujourd'hui.

Elle ne répondit pas. Elle regardait Julien. Elle pensait à son voyage; à cette idée d'avoir voulu s'en aller jusqu'à la mer... Elle pensait aussi à ce qu'elle avait promis au bon Dieu... Elle eut soudain envie de rire, mais elle se retint.

D'ailleurs, le père demandait :

— Alors, à Toulouse, qu'est-ce que tu as fait ?

— A Toulouse, dit Julien, ils ne sont pas accueillants, les gens. Ils nous appelaient les Doryphores. Comme nous appelons les Boches.

Il parla de sa vie là-bas. La mère ne le quittait pas des yeux, s'efforçant de lui rappeler ce qu'il avait promis.

— Et comment es-tu revenu ? finit par demander le

père. Il n'y a plus guère de gens qui ne soient pas encore rentrés.

Julien n'hésita pas un instant. Toujours sur le même ton, sans aucun trouble, il raconta son retour par des routes compliquées qu'il avait dû emprunter en raison des ponts sautés et des villes bombardées.

— Tout de même, dit le père, notre beau pays est bien arrangé.

Julien sourit et adressa un clin d'œil à la mère qui se leva pour aller chercher un pot de confitures dans son buffet.

Elle avait en même temps envie de pleurer et de rire, de remercier son garçon et de le gifler. Jamais elle ne l'aurait cru capable de mentir avec un tel aplomb. Et tout ce qu'il racontait semblait si vraisemblable qu'elle finissait par se demander si ce n'était pas en parlant de la Méditerranée qu'il lui avait monté le coup. A plusieurs reprises, elle fut sur le point de lui crier : « Arrête-toi donc, ça suffit comme ça. »

Elle avait la conviction qu'il prenait plaisir à mentir à son père. Plus le vieux grognait, plus Julien ajoutait de détails.

— Tout de même, finit par dire le père, ici, nous pouvons dire que nous avons eu de la chance. A ce que je vois, il y a bien plus de mal partout ailleurs.

Il avait ouvert la bouteille.

— Juste une goutte, dit Julien.

La mère posa la main à plat sur son verre.

— Non, non, je ne pourrais pas. Je t'assure, Gaston, ne me force pas, je suis sûre que ça me contrarierait.

La père fit la moue et dit à Julien :

— Voilà quelque temps, ta mère ne prend absolument plus rien. Je me demande comment elle tient le coup.

— Tu peux bien dire, toi !

Julien les examina tous les deux.

— C'est vrai, dit-il, que vous avez de sales têtes. Ma parole, on ne dirait pas que vous êtes restés ici, bien peinards. On croirait presque que vous avez fait plus de chemin que moi.

Les deux vieux eurent un sourire et un hochement de tête, en observant leur garçon qui étendait de la confiture sur une large tranche de pain.

61

LE PÈRE monta faire sa sieste. Seule avec Julien, la mère continua de le regarder. Elle avait déjà levé le couvert et il ne restait plus sur la table que les tasses à café et la boîte de biscuits, celle qui a des moulins à vent peints sur le couvercle. Julien mangea les quatre petits beurres qu'elle contenait encore et il dit :

— J'ai toujours faim, tu sais.

C'était merveilleux de le voir dévorer ainsi. En moins d'une heure, il avait avalé beaucoup plus que le père et la mère au cours de toute la semaine écoulée.

— Je n'ai plus de biscuits, dit la mère, veux-tu que j'ouvre un autre pot de confitures ?

— Si tu avais encore des œufs.

— Mais tu viens de manger du sucré.

— Qu'est-ce que ça peut faire !

Il mangea trois œufs, et encore de la confiture et puis des pêches et des prunes du jardin.

La mère n'avait touché à aucun dessert, mais aujourd'hui, elle n'avait pas eu à se priver. Elle avait encore moins envie de manger et de boire que les jours précédents. Elle regardait manger Julien, et c'était un spectacle qui lui faisait chaud et doux dans tout le corps. Elle eut aimé pouvoir lui donner beaucoup d'autres choses meilleures. Elle ne cessait de se répéter :

— Merci, mon Dieu... il est rentré... Merci de me l'avoir rendu.

Elle n'avait pas envie de lui parler. Elle sentait venir à son esprit d'innombrables questions qu'elle repoussait en se disant:

— Plus tard... A présent, on a le temps... tout notre temps.

Autour de la maison, il y avait l'été qui endormait le jardin dans sa grosse chaleur silencieuse. Et c'était un bon été qui vous protégeait de tout. Il y avait eu la guerre. Elle était loin, à présent. Elle n'avait pas été trop mauvaise, somme toute, puisqu'elle avait épargné Julien.

La mère ne pouvait pas penser à tout cela. Elle n'avait pas la tête à penser. Elle n'avait d'ailleurs pas de tête du tout, mais seulement un cœur qui avait recommencé de battre normalement.

Tout en continuant de manger des fruits, Julien demanda :

— Dis donc, pourquoi tu n'as pas voulu que je parle de mon voyage devant papa ?

Elle demanda :

— Parce que c'est vrai, tu es allé te promener au bord de la mer au lieu de rentrer directement ?

— Mais ça m'a à peine allongé mon retour de quelques kilomètres et je ne me suis arrêté que quatre jours.

— Quatre jours... quatre jours.

Elle répéta cela plusieurs fois à mi-voix. Elle revoyait ces quatre dernières journées. Et pourtant elle continuait de le regarder avec l'envie de l'embrasser, de lui dire merci d'être rentré; merci de l'avoir fait attendre; merci de lui avoir permis de...

Elle ne savait plus ce qu'elle pensait, où elle en était exactement.

Pourtant, l'idée du père lui revint soudain, sa vie pendant ces derniers jours et cette tristesse qu'il traînait derrière lui sans cesse. Et, en même temps, elle se souvenait que lorsque Julien était enfant et qu'elle pardonnait trop facilement une sottise, le père lui disait :

— Il te cracherait à la figure, tu le remercierais...

Et aujourd'hui, elle se disait :

— Mon Dieu, s'il fallait cela pour qu'il puisse continuer de vivre. Pour qu'il reste là, devant moi, à manger les fruits du jardin !...

Elle fit un effort pour durcir légèrement sa voix et demanda :

— Pendant que tu étais loin, tu ne t'es pas dit que nous pouvions être inquiets?

— Oh ! vous saviez que j'étais vers le Midi... qu'est-ce que je risquais ?

Elle ne trouva rien à répondre. C'était merveilleux et effrayant à la fois. Ce fut Julien qui reprit :

— Au fond, c'était plutôt moi qui aurais pu me faire du mouron à cause de vous.

Il s'arrêta. Elle attendit un peu avant de demander :

— Et tu ne t'en es pas fait ?

— Bien sûr que si.

— Mais ça ne t'a pas empêché d'aller quatre jours au bord de la mer.

— C'est pas pareil.

Elle ne voyait pas très bien ce qu'il entendait.

— Et tu n'as même pas eu l'idée de nous envoyer une carte postale, une petite lettre.

— Je n'avais même pas emporté d'enveloppes.

— Julien !

Presque malgré elle, elle avait crié.

— Quoi ? fit-il.

— Mon pauvre grand...

— Et puis, tu sais, la poste ne marchait pas, les premiers

jours. Ensuite, comme je revenais, j'ai pensé que ça ne valait plus le coup.

Elle ne trouva plus rien à dire.

Il était là. Devant elle. Elle pouvait le toucher, prendre sa main et la serrer dans les siennes. Elle ne le faisait pas. Il n'aimait pas cela, elle le savait, mais enfin, elle aurait pu le faire.

Il venait à peine d'arriver, elle n'allait pas déjà se mettre à lui faire des reproches ! L'avoir tant attendu pour le gronder dès les premiers jours, non, ce n'était pas possible. Elle s'y refusait. Elle n'avait même pas besoin de se retenir, c'était comme pour manger, elle n'avait, en quelque sorte, ni goût pour les reproches, ni goût pour la nourriture.

Pourtant, il y avait le père. Elle pensait à lui constamment. Il s'était sans doute contraint à reprendre très vite sa vie ordinaire, il avait su cacher son émotion, mais il y avait tout de même sa vie des jours précédents. La mère pouvait aisément oublier sa propre angoisse, mais l'inquiétude du père était entrée en elle et n'en sortait pas.

Elle attendit longtemps, avec, devant les yeux, sa silhouette de vieux tout ratatiné, cassé, écrasé, sans forces et partant vers le carrefour où aboutit la route du sud; elle attendit longtemps, mais elle finit par dire :

— Tu sais, mon grand, ton père s'est vraiment fait du souci, pendant ton absence.

Julien parut surpris.

— Lui ?

— Mais oui, vraiment.

— On ne le dirait pas. Il n'a pas sauté au plafond en me voyant arriver.

La mère enfla un peu sa voix.

— Ne sois pas injuste, Julien. Il ne montre pas toujours le fond de sa pensée, mais tu sais, il a été très malheureux. Je t'assure... Vraiment très malheureux.

— Ah !

C'est tout ce que le garçon trouvait à dire. La mère

hocha la tête et répéta, d'une voix à peine audible :

— Très malheureux... Vraiment très malheureux...

Elle s'arrêta encore avant de souffler :

— Je n'aurais jamais cru... Mais il t'aime, tu sais... Je crois qu'il t'aime vraiment beaucoup.

62

DÈS ce jour-là, le père retrouva en effet son rythme de vie normal. Il s'attela au travail, se remit à manger et à ronchonner. La mère se surprit plusieurs fois à se demander si vraiment il s'était aperçu de l'absence et du retour de Julien. Au repas du soir, il raconta les journées de travail à la boulangerie, la bagarre avec l'employé du gaz, et cela amena des histoires d'avant quatorze.

La mère se contraignit un moment à l'écouter, mais, comme elle voulait encore poser d'autres questions à Julien, elle finit par dire à son homme :

— Mais tu nous l'as déjà dit vingt fois, mon pauvre Gaston, tu rabâches, tu rabâches !

— C'est bon, dit le père, puisque je ne vous intéresse pas, je n'ai plus qu'à aller me mettre au lit.

En entendant cela, la mère comprit que la vie allait vraiment reprendre COMME AVANT.

Le repas étant achevé, le père se leva, prit la clef de la grille et alla fermer. Quand il fut sorti, la mère dit à Julien :

— Pendant ton absence, je ne sais pas si c'était le souci qu'il se faisait, mais il fumait beaucoup moins. A présent, il va recommencer.

Julien ne dit rien. Il examinait la cuisine où le soir commençait à envelopper les objets de sa grisaille à peine teintée de rose. La mère regardait aussi. Et il lui semblait qu'elle n'avait pas vu cela depuis des semaines. Ce n'était pourtant pas elle qui était partie ? Mais avait-elle vraiment vécu ici, pendant cette absence de son garçon ?

Lorsque le père eut posé la clef et qu'il fut monté dans la chambre, Julien dit :

— Je vais aller faire un tour pour voir quelques copains.

— Hein ? Déjà ce soir; fatigué comme tu es, mais tu es fou.

Elle avait failli dire : « Et moi, alors, tu me laisses déjà ? » Mais elle s'était retenue.

— Tu rigoles, dit Julien, je ne suis pas fatigué du tout, et puis je fais juste un tour et je rentre.

— Enfin, soupira-t-elle.

Il l'embrassa et prit la clef sur le buffet.

— Ne reste pas trop longtemps, je ne me couche pas, je t'attendrai sur le banc, au jardin.

— Comme tu voudras.

Elle l'écouta s'éloigner et, dès qu'elle n'entendit plus son pas dans l'allée, elle rentra afin de profiter des dernières minutes de jour pour ranger la cuisine.

A présent qu'il était parti, voilà qu'elle se remettait à lui parler. Tout ce qu'elle avait cherché en vain ou retenu tout à l'heure lui revenait.

— Qu'est-ce que tu as donc fait, à rester à Lyon une journée entière et une nuit au moment de ton retour ? Est-ce que tu es allé voir cette jeune fille qui t'a fait renvoyer par M. Martin ? Est-ce que tu as pensé à nous un seul instant, quand tu étais au bord de la mer ? Mon Dieu, comme tu as changé, en quelques années !

Elle quitta la cuisine pour descendre s'asseoir sur le banc du jardin. Le soir se faufilait doucement sous les arbres, avec des frôlements de chat et des plaintes très douces. Un rossignol commençait à chanter dans le chêne de la pompe.

La mère s'assit. Quelques minutes passèrent, avec les seuls bruits du soir pour meubler le temps.

— Julien, cette jeune fille que tu as tant dessinée, il me semble bien que c'est elle, que j'ai vue... tu devrais bien me parler... Tu ne me racontes rien de ce que tu fais en dehors de la maison... tu es parti faire deux ans d'apprentissage à Dole, quand tu es rentré, tu m'as tout raconté en un quart d'heure... Tu viens de rentrer de la débâcle, et tu n'as presque rien à me dire... Et pourtant, quand tu t'es mis à inventer pour ton père, tu ne t'arrêtais plus. Est-ce que tu aurais plaisir à raconter des mensonges, par hasard ? Je ne te reconnais plus, tu sais, mon grand...

Elle continua un long moment ainsi. De temps à autre, elle s'arrêtait pour prêter l'oreille, mais ce n'était jamais le bruit de la grille.

Julien était rentré au pays, elle l'avait embrassé et serré très fort contre elle et, à présent, elle était de nouveau seule, de nouveau à guetter son retour.

Elle revivait le moment de son arrivée. Ce qu'il avait fait, ce qu'il avait dit, tout restait en elle. Pensant au repas de Julien, elle songea qu'il lui faudrait, dès demain, essayer de faire quelques réserves, de trouver le moyen d'obtenir de son épicière ce qu'il allait falloir pour le nourrir.

Le temps passait. La mère eut soudain le sentiment que Julien était parti depuis des heures. Elle monta jusqu'à la cuisine et chercha sa lampe de poche pour éclairer le réveil. Non, il y avait à peine une demi-heure. Alors, lentement, elle redescendit au jardin.

La nuit était plus épaisse. Le ciel était plein d'étoiles, mais la lune n'était pas encore levée. Il y avait seulement, derrière les arbres de l'école, un petit coin de ciel plus clair que le reste.

Arrivée devant le banc, la mère s'arrêta, mais elle renonça à s'asseoir et se remit à marcher.

Elle n'avait plus le même fardeau d'inquiétude que les jours précédents; seulement, ce soir, dans cette nuit où tout restait invisible, il lui semblait qu'elle était seule. Ce n'était plus la même solitude, ce n'était plus non plus la même fatigue qui raidissait ses membres, mais il y avait en elle comme une douleur sourde, imprécise, et qu'elle avait le sentiment de n'avoir jamais encore éprouvée.

63

A MESURE qu'elle approchait de la rue, la mère sentait mieux la douleur qui venait de s'installer en elle. Ce n'était ni la piquée fulgurante des hernies qui laisse derrière elle comme un sillon à vif, ni l'élancement du rhumatisme qui semble attirer un autre élancement; c'était une espèce d'engourdissement qui s'infiltrait partout.

Malgré elle, la mère pensa au jour qui s'en va de la cuisine et à la nuit qui prend sa place. Sa douleur venait ainsi. Et ce ne pouvait pas être la fatigue. La fatigue, elle la portait depuis trop longtemps pour ne pas la reconnaître au premier signe. D'ailleurs, la fatigue, il y avait des années qu'elle n'avait plus quitté son corps. Cette nouvelle douleur semblait être, en quelque sorte, un complément à la fatigue. Et comme elle, peut-être, allait-elle s'installer à demeure, aller sans cesse en grandissant.

Arrivée au bout du jardin, la mère s'assit sur la dalle de bordure et recommença d'attendre. Il n'y avait aucune lumière dans cette rue où rien ne vivait. Toute la ville s'était déjà endormie.

Plusieurs personnes passèrent pourtant, tout près de la grille, sans même deviner la présence de la mère Dubois.

La dalle était tiède encore de la chaleur du jour. Des façades, venaient aussi des bouffées de chaleur qui traversaient la rue et s'en allaient se perdre sur le jardin que le père avait arrosé. La mère les sentait passer sur son visage. Elle respirait leur odeur un peu sèche, et, se tournant vers les carrés, elle aspirait ensuite de longues bouffées de cet air plus frais, plus vif, qui montait de la terre avec des senteurs d'averse.

Ici, la mère ne pouvait plus savoir l'heure, et elle dut un moment se défendre contre l'idée qu'elle s'était trompée, qu'elle avait vu en rêve le retour de son garçon.

Pour meubler l'attente, elle épiait chaque bruit qu'elle s'efforçait d'identifier. Il y avait les insectes, les oiseaux, les feuilles, la chute des prunes trop mûres qui se détachaient des branches et tombaient par terre avec un bruit mat. Il y eut, pas très loin, dans le fouillis d'un massif, une bataille de chats, avec des miaulements aigres comme des cris de nourrisson.

Il y eut des pas aussi, venus du haut de la rue, mais la mère connaissait trop celui de Julien pour s'y tromper. Elle écouta pourtant. Plusieurs personnes marchaient et parlaient. Elle se leva. Ce devait être à hauteur de l'école. Elle écouta mieux. C'était bien Julien, mais il n'était pas seul.

La mère s'éloigna de la grille. Elle reconnut bientôt la voix de Daniel Relaudit, le camarade de Julien. Les deux garçons s'arrêtèrent devant l'entrée et parlèrent un long moment. La mère essaya de comprendre, mais elle s'était trop éloignée et, à présent, elle n'osait plus revenir.

Enfin, les garçons se séparèrent. Elle entendit décroître le pas de Daniel. La clef tourna dans la serrure, Julien approchait.

— C'est toi, Julien ? demanda-t-elle.

— Oui, tu étais là ?

— Non, j'ai entendu qu'on parlait, je venais voir.

Il la rejoignit.

— C'est Daniel qui m'a raccompagné, dit Julien.

Ils firent quelques pas côte à côte.

— Qu'est-ce qu'il t'a raconté ? demanda la mère.

— Pas grand-chose. On se reverra demain. On aura un peu plus de temps pour discuter.

La mère sentit qu'il hésitait, mais qu'il avait autre chose à ajouter. Enfin, comme ils arrivaient à la petite allée qui mène à la maison, il dit, un peu plus bas :

— Ils ont un poste de T.S.F. On a écouté Londres. Son père prétend qu'il y a des mecs qui partent par l'Espagne et qui vont rejoindre de Gaulle. Paraît même que c'est assez facile.

Il se tut. La mère attendit un long moment avant de demander :

— Et alors ?

— Alors, faudrait se renseigner.

— Mais... tu ne penses pas...

La mère se tait.

La nuit lui paraît soudain plus froide. Pourtant, la lune commence à monter derrière les arbres de l'école.

Maintenant, la mère peut voir Julien qui s'arrête devant le banc. Elle le voit sans que son visage soit vraiment éclairé et elle essaie de deviner ce qu'il peut bien y avoir dans ses yeux.

Elle voudrait parler. Poser d'autres questions et voilà qu'une fois de plus les mots restent pris dans sa gorge serrée. Elle va peut-être demander à son garçon s'il serait assez fou pour repartir; mais, juste à ce moment-là, c'est lui qui parle.

— Le père Relaudit m'a dit d'aller le voir demain. Il a un ami qui pourrait peut-être me trouver du travail. C'est un type qui a plusieurs boîtes dans le Midi et du côté de Grenoble...

Julien ne s'assied pas sur le banc. Il continue en direction de l'escalier et la mère le suit. Il parle de cet homme, il parle de Londres, de la frontière espagnole... Il parle d'autres camarades qu'il doit revoir également. La mère l'écoute, mais c'est seulement la présence de sa voix, qu'elle veut. Ce qu'il dit, est-ce que ce sont des choses pour elle; est-ce que tout cela n'appartient pas déjà à un autre monde ?

Dans la cuisine, la mère tend à Julien la torche électrique. Elle n'en a pas besoin, elle se déshabillera dans l'obscurité, comme elle fait toujours.

Julien parle. Sa voix est celle d'un homme... d'un homme heureux. Et, quand il se penche vers elle pour l'embrasser et lui dire bonsoir, la mère ne le voit pas, mais elle sait qu'il sourit.

Il monte le premier. L'escalier craque. Julien est lourd, il fait à présent le poids d'un homme.

Devant la porte de sa chambre, avant d'entrer, il embrasse encore sa mère. De nouveau, elle sent son sourire, elle sent la joie sur son visage.

Elle entre sans bruit dans la chambre. Elle se couche doucement. Le père respire régulièrement, elle sait qu'il dort. Au moment où elle s'allonge à côté de lui, il grogne et remue un peu sans se réveiller. Il a dû plier son bras, car son coude a craqué comme une brindille sèche.

La mère tend l'oreille. Par la fenêtre ouverte, les bruits de la nuit pénètrent, portés par des bouffées d'air tiède. Elle écoute davantage. Et ce soir, ce n'est plus ce qui vient de la rue qu'elle épie ainsi. De l'autre côté de la cloison, le sommier de fer craque.

La mère imagine Julien couché dans sa petite chambre. Il lit peut-être, avec la torche électrique. Il a peut-être tiré du carton à dessins les portraits et les poèmes.

Est-ce qu'il sourit encore? Est-ce qu'il ose encore sourire en pensant à la route qu'il reprendra ?

Un instant, la mère retient son souffle.

Silence.

La nuit est toute pleine de bruits, la lune est levée, mais c'est partout le silence et l'obscurité.

La mère voit Julien. Elle sent sa peau d'homme sous ses lèvres de vieille.

Un temps; elle sourit aussi.

Puis, sans bruit, immobile dans son lit, les mains jointes sur sa poitrine comme une morte, les yeux fermés, la mère Dubois laisse aller ses larmes qu'elle sent rouler toutes tièdes dans le chemin creux de ses rides.

Saint-Genis-l'Argentière,
21 août 1962.

OUVRAGES DE BERNARD CLAVEL

Aux éditions Robert Laffont

ROMANS

L'Ouvrier de la nuit.
Pirates du Rhône.
Qui m'emporte.
L'Espagnol.
Malataverne.
Le Voyage du père.
L'Hercule sur la place.
Le Tambour du bief.
Le Seigneur du fleuve.
Le Silence des armes.

LA GRANDE PATIENCE :
1. La Maison des autres ;
2. Celui qui voulait voir la mer ;
3. Le Cœur des vivants ;
4. Les Fruits de l'hiver, Prix Goncourt 1968.

LES COLONNES DU CIEL :
1. La Saison des loups ;
2. La Lumière du lac ;
3. La Femme de guerre ;
4. Marie Bon Pain ;
5. Compagnons du Nouveau-Monde.

L'Espion aux yeux verts (nouvelles).
Le Carcajou.

ESSAIS

Jésus, le fils du charpentier (éditions reliée et brochée).
Le Massacre des innocents.
Lettres à un képi blanc.

JEUNESSE

Victoire au Mans (Collection « Plein Vent »).
Le Voyage de la boule de neige (Collection « Dauphin bleu »).

Chez d'autres éditeurs

ROMANS

Tiennot, *J'ai lu.*

LE ROYAUME DU NORD, *Albin Michel :*
1. Harricana ;
2. L'Or de la terre ;
3. Miserere ;
4. Amarok ;
5. L'Angélus du soir ;
6. Maudits sauvages.

Quand j'étais capitaine, *Albin Michel.*
Meurtre sur le Grandvaux, *Albin Michel.*
La Révolte à deux sous, *Albin Michel.*
Cargo pour l'enfer, *Albin Michel.*
L'Homme du Labrador, *Albin Michel.*
Les Roses de Verdun, *Albin Michel.*
Le Soleil des morts, *Albin Michel.*
La Guinguette, *Albin Michel.*

ALBUM, ESSAIS

Le Royaume du Nord (photos J.-M. Chourgnor), *Albin Michel.*
Je te cherche, vieux Rhône, *Actes Sud.*
Arbres (photos J.-M. Curien), *Berger-Levrault.*
Bernard Clavel, qui êtes-vous ?
(en coll. avec Adeline Rivard), *J'ai Lu.*
Léonard de Vinci, *Bordas.*
Fleur de sel (photos P. Morin), *Le Chêne.*
Contes espagnols (illustrations August Puig), *Choucas.*
Terres de mémoire (avec un portrait par G. Renoy,
photos J.-M. Curien), *Delarge.*
L'Ami Pierre (photos J.-Ph. Jourdin), *Duculot.*
Bonlieu (dessins J.-F. Reymond), *H.R. Dufour.*
Contes du Léman (illustrations J.-P. Rémon), *Hifach.*
Célébration du bois, *Norman C.L.D.*
Écrit sur la neige, *Stock.*
Paul Gauguin, *Sud-Est.*
J'avais dix ans à Hiroshima
(en coll. avec Keiji Nakazawa), *Le Cherche-Midi.*

JEUNESSE

L'Arbre qui chante, *La Farandole.*
A. Kénogami, *La Farandole.*
L'Autobus des écoliers, *La Farandole.*
Le Rallye du désert, *La Farandole.*
La Maison du canard bleu, *Casterman.*
Le Chien des Laurentides, *Casterman.*
Le Hibou qui avait avalé la lune, *Clancier-Guénaud.*
Odile et le vent du large, *Rouge et Or.*
Félicien le fantôme (en coll. avec Josette Pratte), *Delarge.*
Rouge Pomme, *L'École.*
Poèmes et comptines, *L'École des loisirs.*
Le Mouton noir et le loup blanc, *Flammarion.*
L'Oie qui avait perdu le Nord, *Flammarion.*
Au cochon qui danse, *Flammarion.*
Légendes des lacs et rivières, *Hachette.*
Légendes de la mer, *Hachette.*
Légendes des montagnes et des forêts, *Hachette.*
La Saison des loups (bande dessinée par Malik), *Claude Lefranc.*
Le Grand Voyage de Quick Beaver, *Nathan.*
La Cane de Barbarie, *Seuil.*
Le Roi des poissons, *Albin Michel.*
Achille le singe, *Albin Michel.*
Le Loup bavard, *Hesse.*
Les Larmes de la forêt, *Hesse.*

La plupart des ouvrages de Bernard Clavel ont été repris par des clubs et en format de poche.

Cet ouvrage a été réalisé par la
SOCIÉTÉ NOUVELLE FIRMIN-DIDOT
Mesnil-sur-l'Estrée
en octobre 2000

Édition exclusivement réservée aux adhérents du Club
Le Grand Livre du Mois
15, rue des Sablons
75116 Paris
réalisée avec l'aimable autorisation des éditions Robert Laffont

Imprimé en France
Dépôt légal : septembre 1999
N° d'impression : 53238
ISBN : 2-7028-6243-8